比較から世界文学へ

比較から世界文学へ

張隆溪
鈴木章能訳

水声社

目次

凡例

一、原書の脚注は、（ ）内にアラビア数字を付し、巻末に収録した。
一、訳注は本文中の〔 〕内に、割注のかたちで記した。
一、既訳書を参照した場合は、〔 〕内にやはり割注のかたちで書名と頁数を記した。なお、訳文は前後の文脈や本書の用語統一の観点から適宜修正した。参照した邦訳書の書誌情報は、巻末の参考文献に収録した該当原書の後の〔 〕内に記した。
一、中国の人名や書名等にルビをふる際、表記を音読みで統一した。ただし、著者の張隆溪は中国語発音でその名が世界に知られていることを踏まえ、中国語発音のカタカナ表記「チャン・ロンシー」とした。

序

ここ一〇年余りの文学研究に見られる最も顕著な変化が世界文学への新たな関心であることは疑う余地もない。アメリカのみならず、中国、インド、日本をはじめとする多くのアジア諸国やラテンアメリカのほか、世界のいたる所で、世界文学への関心が高まっている。《世界文学》という用語は一八二〇年代初頭、ヨハン・ヴォルフガング・フォン・ゲーテによって広く世に知られることになったが、世界主義的観点にたってまったく異なる文学の伝統を一体にして考えるという地球的視野にたったゲーテの世界文学の構想――ゲーテは、中国の小説を翻訳で読んでいた頃、ヨハン・ペーター・エッカーマンとの対話の中で世界文学の時代が差し迫っていると述べた――は、一九世紀末にヨーロッパで生まれた比較文学では実現せず、ヨーロッパの歴史・文化の中に限られた、事実関係の実証に重きをおく研究が支配することとなった。比較文学という学問は、もっぱらヨーロッパ中心の営為となった。ここでヨーロッパ中心という言葉を用いたのは、自己中心的、関心の狭さ、否定的な意味での覇権的規範といったことだけでなく、ヨーロッパや西洋の伝統の中だけで文学作品を比較することにもっぱら携わってきたゆゆしき影響力のある学問という事実説明の意味もある。考えてもみれば、ゲーテからエーリヒ・アウエルバッハまで、レオ・シュピッツァからレネ・ウェレックまで、フランコ・モレッティからパスカル・カザノヴァまで、比較文学に重要な貢献をし、それゆえ比較文学でその名が知られる優れた研究者はすべて、西洋人か西洋でキャリアを積んだ人々である。だが、いまは変わりつつある。今日の世界文学の台頭には、ヨーロッパ中心主義をはじめとする、あらゆる民族主義的自閉性を乗り越えて、真の世界的視野を獲得しようという傾向が顕著に見られる。世界文学研究では概して、ヨーロッパの著名な詩人や作家や批評家に加えて、非ヨーロッパの詩人や作家や批評家について論じられることが期待される。今日の世界文学の台頭によって、ある特定の支配的地域の文学ではなく、世界全体の文学を射程にして、様々な形式をもった文学を出現させる人間の創造力について、真に地球的視野で考える時代がようやく到来したようだ。

　文学研究の地平が拡大することを考えると胸が躍る。世界文学の台頭の要因が今日のグローバル時代における政治と経済の変化にあることは間違いない。より具体的に言えば、アジアや南アメリカの経済が隆盛し、同時にアメリカやEUを金融危機が襲い、経済が衰退したときのことだった。今日の世界は、わずか二〇年前から大きく変わっている。しかし、同時に、文学的・文化的関係は政治的・経済的関係とは異なるものであり、政治経済学の学理を単に反映するものではないことを理解しなければならない。パスカル・カザノヴァが力説するように、文学的関係の形態は多くの点で「政治的支配の形態」に依拠するものかもしれないが、「実社会や政治的区分の別とは比較的無縁な文学空間、国境や運用される法を通常の政治空間的なものによって類型できない『文学世界』というものが存在する」[1]。グローバリゼーションは有形の商品の生産流通を均一化する力をもっているが、文芸作品の創作や評価では世界中の聴衆や読者に理解されうる伝統的特徴、すなわち多様性や特殊性や地域的独自性こそが重要になる。世界文学は経済のグローバル化の単なる副産物ではない。世界文学は、世界文学という「文学世界」の中で、文化的・歴史的環境に特有の問題、美学的・形式的特徴に特有の問題が研究でき、また研究されなければならない。他方で、それらの問題は、国民同士、伝統同士の社会的・政治的相互作用といった広い文脈で考察が可能なことであり、多くの場合、考察されなければならない。社会的なものと文化的なもの、政治的なものと文学的なもの、地域的なものと世界的なもの——こうしたものは、人間の体験や表現の研究において、いずれか一方を重視し他方を排除することなどできない。世界文学は、異なる伝統から見た審美的魅力や興味関心に応じて作品を評価する機会を提供するだけでなく、各々の伝統の中で作品が生まれ、流通する固有の状況を瞥見する機会を提供する。すなわち、世界文学は異なる文化的・歴史的状況を理解し、認識を不可避的に深める機会を提供するのだ。

　比較文学という学問は、その始まりから、至極当然の理由で、必要な専門知識の優先順位の上位に語学力をおいている。言語集団間、とくに東アジアとヨーロッパの言語の間にある大きな溝を越えることはもちろん容易ではない。だからと言って、スケールの大きな比較など不可能であるということにはならないし、世界文学がいつになっても埋まらない東洋と西洋の溝を越えて発展するためには、言語の溝と文化の溝に橋をかけることが絶対的に必要である。また適切な翻訳についても考える必要がある。異文化理解の可能性と翻訳可能性への疑念は、いまだ大きな問題となっており、このことから比較研究や世界文学の可能性を疑わしく思っている向きもある。洋の東西にかかわらず、強い影響力をもつ思想家や研究者は、とくに古代中国と古代ギリシアを差異の根源とし、アジアとヨーロッパの間には根本的な違いがあると論じることが多い。そうした思想家や研究者は、異なる言語と文化の間、とりわけ東アジアの言語とヨーロッパの言語の間での翻訳不可能性を主張する。たしかに、中国はしばしば、ヨーロッパと正反対だと考えられる。中国人は、フーコーの言う《他なる場所》のような奇妙な空間で、デリダの言う差延作用をもった非音素文字を代表する非音声的な書記体系を用いて生きている、究極の非ヨーロッパ的他者であると。こうした二項対立的な見方が異文化比較と世界文学の大きな障害となっている。そこで、中国と西洋の文化的通約不可能性や根源的な差異を主張する意見について検証し、中国と西洋は通約可能であり、あらゆる面で違いがあるとしても、あらゆる困難を乗り越えて異文化を理解する必要があることを本書の目的として論じていく。

本書の最初の三つの章では、異なる言語や文化を横断する比較研究の理論的・方法論的課題を扱う。第一章では、比較を、思考をはじめとするあらゆる人間の行為に存在論的に付与されたものとして示すことで、比較研究の基礎を固める。我々は人生において、常に選択決定を迫られ、決定に基づいて行動しているが、決定や選択は比較を基にして行っている。こうした基本的な意味において、比較は我々がいつ何時も行っていることと言え、それゆえ、比較すべきか否かといった議論は的外れである。問題は、比較すべきか否かではなく、比較し選択し決定した末に、個々の人生と他者の人生にどのような結果がどのように生じるのかということである。この問いは、比較の倫理と政治を巡る問いである。比較して決め難い選択を行うという思考は岐路に立つという隠喩で表される。また、一九世紀ヨーロッパ文学に見られる「中国に暮らす中国人の殺害《チュエ・ル・マンダラン》」というモチーフは、他人や見知らぬ人に対して自分の身内や仲間と同じように道義的責任を果たせるかという道徳判断を巡る倫理思考の隠喩となっている。翻訳は、ある言語の中からほかの言語と類似する《コンパラブル》、あるいは等価の表現を見つけることに終始する。したがって、翻訳の本質は比較にある。それゆえ、概念的次元の翻訳可能性の問題について考えることが異文化理解での取り組みには欠かせない。第一章では、岐路や冷酷な殺人という概念的隠喩を取り上げ、翻訳可能性の問題について議論することで、選択と決定に纏わる倫理と政治的意味を考えるとともに、比較は無条件に要請されるものであるということについて論じる。

第二章では差異の問題に取り組み、個人、文化、異文化の三つの水準においてそれぞれの差異について考察する。東洋と西洋を別のものとする考え方は、集団的差異・異文化的差異を強調しすぎる余り、同一文化内の個人の差異を常に無視する。民族学という学問では、民族学者が自分たちのものとは異なっていると言われる異国の民族の生活様式に「著しい差異」を憶測することで、間違いを起こすことがしばしばある。また、トーマス・クーンの通約不可能性という考えにも同様に、異なるパラダイム間には根源的な差異があり、理解や意思疎通ができないという憶測の問題がある。本章では、二項対立的議論や批評をいくつか取り上げ、また中国とギリシアについて差異だけでなく類似性も指摘するジェフリー・ロイドのバランスある見方に触れることで、あらゆる差異を否定する普遍主義者の意見と類似性などまったくなく差異のみがあると言う相対主義者の意見が、ともにいかに間違っているのかということを論じ、差異は、異なる文化間であろうと同じ文化内であろうと、どこにでも存在するということについて述べる。第三章では、前章の議論を引き継ぎ、異文化研究の方法上の問題として、差異と類似性について再考してみたい。解釈学の観点からすれば、どのような異文化研究も、またどのような学術的議論も、ある特定の問いに対する答えを、問いの文脈に従って提示することとして理解することができる。したがって、比較研究で、特定の文脈を考慮することなく、差異と類似性のいずれか一方を重視するのは的外れである。古代、中国の思想家もギリシアの哲学者も、調和とはあらゆるものが統一された結果ではなく、多様な要素が結合した結果であると考えた。今日の我々にとってさらに重要なことは、類似性は多様性のない同一性の意味ではなく、また差異は比較や意思疎通のまさにその可能性を否定する通約不可能性の意味でもないことを知る必要があるということである。

　続く三つの章では、議論の対象を絞り、異文化の視点から中国を理解することに纏わる問題について論じる。第四章は、中国の伝統に見られる《天人合一》という考えを巡る歪んだ見解への批判から始める。《天人合一》は、人間と自然が完全に調和した関係を形成するという「東洋の全体論的《ホーリスティック》視座」であるが、一方で、自然の征服を目論み、今日の世界が直面するあらゆる問題を生み出してきた攻撃的な「西洋の分析的思考様式」を表しているという見解がある。そこで、漢の董仲舒（紀元前一七九～一〇四）の書にある「天と人」を巡る古典的表現を取り上げ、右のような牽強付会な解釈がどれほど中国の伝統的な思想と無関係なものであるのか引証する。《天人合一》という考えには、そもそも天と政治に階層を設定し皇帝の支配を正当化する目的があるが、そうした中国の思想が、自然と人間の関係を大宇宙《マクロコスモス》と小宇宙《ミクロコスモス》として符合させたヨーロッパの思想ならびに西洋の政治理論における国家（ボディ・ポリティック）観と非常によく似たものであることを示そうと考える。狭量な愛国主義で一致団結し、東洋文化に対する自民族中心的な優越感を共有する中国の研究者たちの歪んだものの考え方は、東洋と西洋の対立関係を構築する西洋の相対主義的パラダイムと同様、異文化理解にとって擁護できない有害なものである。

第五章では、アメリカの中国研究における中国史の理解を巡って二つの異なる研究モデルを議論する。とくにアメリカの西洋中心的な中国学に対するポール・コーエンの批判と、それに代わるものとして彼が提唱した「中国中心」の方法論、すなわち中国の歴史を中国自身が経験したように共感理解することで中国史を再構築しようとする方法論を取り上げる。コーエンが西洋中心主義を乗り越えようとしたことは評価できるが、中国の内部に生きる人間の視点が中国の歴史を概してより正確に理解することを保証するとは限らないと考える。外部者であろうと内部者であろうと、個々の見方にはすべて限界がある。限定的な個人的経験から歴史の包括的視座を手に入れる方法は、歴史家から好ましい歴史研究の方法論が示されるのを待ちたい。ここでは、中国の偉大な詩人蘇軾《そしょく》（一〇三七～一一〇一）の廬山を巡る有名な詩を取り上げ、廬山の真の姿は多様な要素から構成されているため、外部者であろうと内部者であろうと、ある特定の視点から真の理解や真実に近づくことなどできず、内部者と外部者が「遠近高低」とそれぞれ違った地点から眺めた異なる見方を組み合わせる、あるいは融合させる以外にないことを論じる。このことには、アメリカの中国学と中国で行われてきた中国研究の知識と見解を融合させるという意味もある。第六章では、歴史と文学の語りにある構造上の類似性と重要な差異について議論し、歴史と文学作品には何ら違いがないという極端な見方を斥ける。西洋の史書も中国の史書も、歴史叙述はたしかに多くの点で文学の語りに似ており、歴史的事実に忠実で文学的性質も十分認められるために高く評価されることがしばしばあるが、西洋と中国、とくに中国では、歴史と文学作品にある重要な違いが常に意識され、適切に認識されてきた。中国の歴史家が有するべきとされる「史的」という美徳観に関する考え、すなわち歴史家は道徳判断のために、また道義的責任として、真実を語る責務があるという考えが、そのような違いを理解するのに欠かせない。歴史と文学はたしかに似たところがあるが、史書について確かなことは、史書には倫理的・政治的行動の確固たる基盤が書かれているということであり、このことを無視して史書と文学の叙述形式にある区別を無責任にも取り除くことはできない。

最後の四章では比較から世界文学へ焦点を移す。第七章では世界文学の重要なジャンルであるユートピアとその反転社会――ディストピア――について論じる。ヨーロッパの伝統に見られるユートピアの基本的な構成要素を確認するとともに中国とイスラム文化からも同様のものを引証することで、幸福の土地の希求が人間にとって基本的かつ普遍的な欲望であることを明らかにする。ただし、どのようなユートピアでも個人の幸福と社会秩序の維持という集団的利益との微妙なバランスが常に難しい問題となるため、ユートピアにはなぜディストピアに反転しやすい危険な性質があるのかということについても説明する。現代は、希望に満ち溢れる社会など夢物語に過ぎないと考えるポスト・ユートピアの時代かもしれない。しかし、人間がより良い社会を今後いっさい思い描かなくなることなどありえない。したがって、ユートピア、あるいは少なくともユートピア的要素をもった改良版が以前と変わらず文学や社会の中に何らかの形となって現れてくるだろう。第八章では、二〇世紀の中国の学者、銭鍾書を世界文学研究における重要な見本として示したい。中国とヨーロッパの知の邂逅は一七世紀末にまで遡ることができる。イエズス会の伝道師が中国にやって来て、中国の文人官僚と交流し始めるが、二〇世紀になると西洋の思想や文化的価値観が長い歴史をもつ中国の伝統に対する強烈な異議申し立てとなった。優秀な学者を父にもち幼少期から古典教育を受けた銭鍾書は、西洋と中国の偉大な伝統の融合において、現代中国の学者を代表する比類なき学識をもった人物であると言ってよかろう。中国の文化的伝統と古典の知識は驚嘆に値し、また西洋の文化と知の伝統にも深く精通している。銭の研究書は原文中心主義で、中国古典文学のみならず、英語、フランス語、ドイツ語、イタリア語、スペイン語、ラテン語といった諸言語の書物からも膨大な引用を付す点に特徴がある。様々な書物から膨大な引用が付され、常に原典に依拠した揺るぎない証拠とともに見解が述べられるため、言語と文化の違いを越えて妥当性のある意義深い考察が示される。銭鍾書の研究書が今後一層多くの人々から読まれるようになり、銭がいかに傑出した模範とすべき比較学者であるのか、また銭の研究書が世界文学研究にあたって真の地球的視野を得るためにいかに有益なものであるのか理解されれば、銭は西洋の学問の伝統に名を連ねる学者たちに比肩する重要な人物になると確信している。

第九章では、世界文学の詩学の概念化を試みる。世界文学とは、文字通りの意味では世界中で書かれたすべての文学作品のことであるが、世界文学をそう捉えるとき、途方もない作品の数となるため、ごく一部の世界文学の作品を読むことさえできず、世界文学は意味をなさなくなる。現実的な意味として、世界文学とは、ある特定の言語や伝統のもとに生まれたのち、発祥地の環境を越えて、世界中の読者に読まれ、高く評価される文学作品のこと——その多くは適切な翻訳作品——である。したがって、世界文学の詩学とは、世界のあらゆる地域の伝統のもとに生まれた批評概念や思想を並置することではなく、異なる地域の文学の性質、起源、内容、価値、創作技法、構成要素を一まとまりにした基本的考察、すなわち、異なる文化や文学の伝統の中で、詩学あるいは批評理論がなにをどのように扱っているのかを考察することである。世界文学の詩学には、その名が示すとおり、様々な伝統に連なる批評上の見解のみならず、様々な地域や地方に根づく批評上の見解も含まれる。こうしたことから、本章では西洋の伝統、ならびにその中でも最も名高いアリストテレスの『詩学』について論じるとともに、アラブ、中国、インドの伝統的な詩学について論じていく。ほかの伝統に連なる詩学も数多くあるはずだが、世界詩学の考察では、包括性より関連性と固有性の方が重要である。言い換えれば、世界文学の詩学は、扱う対象となる国や地域の伝統を常に広げながら比較し、深い知識と鋭い眼識をもって世界の文学をより適切に理解できるようになることに資するべきものであると主張する。世界文学の詩学ならびに世界文学では、異なる文学と文化の見方を融合させること、世界の様々な国の人々や各国の社会集団間の異文化理解に資する真の意味での国際的な視野、すなわち、国家や民族の立場にとらわれない地球的視野にたった思考が重要である。

第一〇章では、世界文学を変化する概念として再考することで、本書の様々な場所で結論づけた点をまとめる。東西比較研究《イースト・ウエスト・スタディーズ》のために指摘しておけば、中国はゲーテの《世界文学》の概念と、ある特別な関係で直接繋がっている。というのも、ゲーテは中国の小説を読み、外国の文学に描かれた、異国のものではあるが、どこか馴染みのある世界を楽しんでいる自分に気づいて、世界文学の構想に至ったためである。世界文学の世界主義構想は、非常に大きく異なる伝統に連なる文学作品を読み、評価する可能性を秘めているが、今日の世界文学研究において影響力のある理論モデルの中には、いまだにヨーロッパ中心主義の課題を抱えているものがある。たとえば、フランコ・モレッティは、イマニュエル・ウォーラーステインの「近代世界システム」という、それ自体がヨーロッパの歴史的経験に基づいた理論を援用し、現代の小説はヨーロッパを中心とする都市文化からヨーロッパ以外の周辺地域へ展開したもの、つまり、ヨーロッパの中心文化から非ヨーロッパ圏に広がり受容された、一種の適応拡散の産物であると論じる。しかし、この理論モデルは各地域の文学の伝統を無視して一方的な影響力を肯定し、伝統的小説が新しい現代的形式をもった小説となる際に重要な役割を担う、各地域の表現形式がもっている刷新力を無視している。同じく、カザノヴァの「世界文学共和国」もパリを首都とする。パリを中心とするこの世界文学の概念には、地域も時代も異なるほかの文学の存在、つまり、ヨーロッパ以外のすべての地域ならびにヨーロッパが支配してきた植民地のことが、すっかり抜け落ちている。世界文学における「世界」という言葉を真摯に考えれば、そのようなヨーロッパ中心の視野の限界を超えて、世界には驚くべき豊かさと多様性があると我々が日頃認識しているとおりに世界を考える必要がある。だからこそ、世界文学の研究アプローチがもっている包括性、異なる観点や意見の融合、より広い新たな地平の可能性が重視されなければならない。世界文学の概念とも関係する広い視野と柔軟さ、有名な主要作品が並ぶ正典にこれまで目が向けられてこなかった地域から新しい文学作品を仲間として精力的に加えていくこと――このことによって、世界文学は活気と刺激に満ちた、新たな可能性をもった新たな文学研究の領域となるのだ。

世界文学は定義上、世界を包括的に捉えた概念ではあるが、各文学作品をそれが誕生した時代と地域に差し戻して考えることが欠かせない。世界文学作品として創作される文学作品は一つも存在しない。というのも、理由は単純で、文学作品は、ある特定の言語と伝統に常に密接に結びついているからである。ステファン・オーウェンが「世界詩《ワールド・ポエトリー》」という用語で批判したように、世界文学には各々の言語と文化の特質を失わせる可能性があるのではないだろうかという懸念もあるが、エスペラント語のような「普遍言語」で創作されたり、世界的伝播や消費を狙って、あらかじめ翻訳されることを期待して書かれたりしたような作品の中に、重要な世界文学の作品はない。(2) たしかに、いまでは、国際的に著名な現代作家がある言語で作品を書き、ほかの言語への翻訳が許されてオリジナルと同時に出版される、あるいはオリジナルの作品が出版される前から翻訳が読めるといったことが世界的に起こっている。世界的人気の『ハリー・ポッター』シリーズは言うに及ばず、サルマン・ラシュディやドン・デリーロ、ポール・オースター、ガブリエル・ガルシア＝マルケスといった世界的ベストセラー作家の作品がそうである。もっとも、世界的ベストセラーになったからといって、世界文学における正典の地位が保証されるわけではない。一方で、世界的ベストセラーになるか否かは、人間的見地から見て意義深い物語が地域色豊かな芸術様式で描かれているかどうかにかなり左右される。

書籍市場で成功を収めた今日入手可能な世界文学アンソロジーをいくつか紐解いてみると、そのほとんどに、お馴染みのヨーロッパの古典文学に加えて様々な伝統の正典《キャノン》が載っている。デイヴィッド・ダムロッシュは影響力のある研究書『世界文学とは何か？』で、ギルガメッシュ物語やメソアメリカ、古代エジプトのあまり知られていない昔の文学作品について論じ、世界文学は、広く知られるヨーロッパ文学の正典にさえ、これまでとまったく異なる理解の可能性をもたらすと述べる。「正典の中の主要な名作には、注意を向けつづけられるだけの価値が美学的にも文化的にも見出せる」が、「結局のところ、そうした作品がそれほど力をもちつづけるのは、どこか不滅の領域を漂っているからではなく、様々な時代と場所の、変わりつづけるニーズにじつに巧みに適応するからだ。世界文学の輪郭の中で現在起こっている変化は、名作中の名作の読み方にすら大きな衝撃をもたらしている」[3]。グローバルな文脈をもつ世界文学は、各々の作品の読まれ方を変える。そして、作品が発祥地の国の社会的・文化的環境から世界文学の文脈に移動して変容する中で、地域的なものと世界的なものが興味深い関係を紡ぐ。ダムロッシュはこう続ける。「世界文学の作品を最も適切に読むためには、元の文化的コンテクストにも気を配らなければならない。しかし、概してこのコンテクストと世界文学作品との結びつきはあまり確固たるものではない。イタリア文学の作品としてダンテの『神曲』を読めば、イタリア国外では専門家しか知らないような数多の中世詩人、神学者、政治思想家らとの密接なつながりがおのずと考慮される」[4]。ダンテの『神曲』のように、西洋文学の多くの正典は、世界的な影響力をもっている。なぜなら、それらは発祥地の文化的・社会的文脈の中だけでなく、意義のある世界文学の作品として世界中で読まれてきたからだ。世界文学はいま、非西洋の伝統に生まれた文学作品を発祥地の地域的環境からもっと大きな環境へ送り出し、これまで作品に出会う機会のなかった読者、背景や文化的価値観や読み方の習慣や作品の好みをまったく異にする読者から読まれ評価される魅力的な機会を提供する。これは非西洋圏の文学の伝統の中で仕事をする研究者にとって素晴らしい機会であるが、同時に、発祥地の地域的環境の中で正典となっている非西洋の文学作品が、グローバルな文脈の中で適切に理解され評価される大きなチャンスでもある。私見では、ここに比較文学研究と異文化研究が世界を変えるに資する点がある。

本書をまとめるにあたって、既刊論文ならびに発表原稿に大幅な加筆修正を行い、各章とした。それぞれの初出は以下のとおりである。

第一章　Rita Felski and Susan Friedman (eds.), *Comparison: Theories, Approaches, Uses*, Johns Hopkins University Press, 2013.

第二章　*Interdisciplinary Science Review*, Special Issue: History and Human Nature (Dec. 2010).

第三章　*Revue de littérature comparée* (Jan.-March, 2011).

第四章　Jin Y. Park (ed.), *Comparative Political Theory and Cross-Cultural Philosophy: Essays in Honor of Hwa Yol Jung*, Lexington Books, 2009.

第五章　*History and Theory* (Feb. 2010).

第六章　*Rethinking History* (Sept. 2004).

第七章　ローマ・ラ・サピエンツァ大学ピエーロ・ボアターニ教授から招聘を受け、二〇一二年九月ローマで開催された国際学会 "Dall'antico al modern" で用いた講演原稿。

第八章　*Revue de littérature comparée* (June, 2013).

第九章　Theo D'haen, David Damrosch and Djelal Kadir (eds.), *The Routledge Companion to World Literature*, Routledge, 2012.

第一〇章　David Damrosch (ed.), *World Literature in Theory*, Willey-Blackwell, 2014.

これまで多くの友人・知人から、様々な研究書やジャーナルへの寄稿、講義、カンファレンスでの講演に声をかけて頂いたばかりか、今日までの研究生活において鼓舞激励や精神的な援助を頂いてきた。ここに感謝申し上げたい。人数が多いため、ここで一々名前を挙げることはできないが、皆さんの友情とご協力に対して深く感謝申し上げる。本書における間違いや誤字脱字は、もちろん筆者である私に全責任がある。

二〇一四年三月　香港・翠麗軒　　張隆溪（チャン・ロンシー）

第一章　岐路と遠隔殺人と翻訳——比較の倫理と政治学を巡って

天の道はちょうど弓を張るようなものと言えようか。
高すぎると抑え、低すぎると挙げる。
余りがあると減らし、足りないと補う。
天の道は余りあるものを減らし、足りないものを補う。
ところが、人の道は、そうなっていない。
足りないものを減らし、余りあるものに奉仕する。
余りあるものをもって天下に奉仕する人はだれか。
ただ道ある人のみである。
——『老子』「天道第七十七」[1]

比較すべきかすべきでないか。生きるべきか死ぬべきかという問いとは異なり、それは問題ではない。存在論的に言って、人間は自然の営みとして比較せずにはいられない生き物である。人間は差異化し、認識し、理解し、判断し、決定し、その決定に基づいて行動するために常に比較している。認識面でも身体面でも、人間の行動はすべて比較に基づいている。人間は比較以外の手段を持ち合わせていない、なぜなら人間は、言語や文化を含む様々な生活状況や社会環境に前置きなしに放り込まれて、既存のものごとと今後の可能性、外的現実と個々の夢や希望や選択の対象との狭間に存在し続けるからだ。高すぎるのか低すぎるのか、余りあるのか足りないのか、こうしたことは比較するからこそ考えられることであり、余りあるほど持っているのか足りないのか、妥当な状況にいたるには比較して正しい選択をする以外にない。選択以外に選択肢がないというのは人生のちょっとした皮肉であるが、選択するには比較しなければならない。差異が多種多様な依存関係にある一方、同一性が自足したものであると考えるのは幻想である。なぜなら、ジークムント・フロイトが精神分析学で、またフェルディナン・ド・ソシュールが言語学で論じるように、同一性というまさにその概念こそが比較と差異化をとおして確立されるからである。

フロイトによれば、自我は欲望（イド）と現実世界の要求を比較し、その相互作用をもって「現実法則」に従いながら発達する。ここでの議論のために、言語を議論の中心に据えてソシュールの言語理解を思い起こさせる方法で自己同一性と差異の問題について論じたフロイトの小論を引用する。フロイトは、カール・アーベルの『原始言語における単語の意味の相反性』の書評の中で、「概念はすべて比較を前提とする」と述べる。続けてフロイトはアーベルの書を引きながら、「いつも明るかったら、名と暗の区別は不可能で、したがって、〈明るさ〉という概念も単語も生まれないだろう」という事実に気づかせる。『『地球上のものはすべて相対的で、それらが独立した存在を保っているのは、ほかのものと区別される限りにおいてでしかないのは自明の理である』。（……）『つまり、いちばん単純でいちばん古いこれらの概念を手に入れるにあたって人類は、反対概念との対比という方法を取るほかなかったのであって、そのあとで徐々に、対立概念のそれぞれを区別し、意識的に反対概念と対比しなくても、一方の概念だけを考えることができるようになった』[2]」。精神分析学の理解では、反対概念との比較や区別なしではこの世になにも存在しない。自己充実だけを純粋に求めるのは子どもや「未開人」に典型的な「ナルシシズム」にすぎず、フロイトはこのことが科学の発達によって徐々に明らかになっていったと言う。まず、コペルニクスの地動説が徐々に浸透していくと、「人間の自己愛は、その最初の宇宙論的な侮辱を経験した」。そして、ダーウィンの進化論が「人間の自己愛に対する第二の、動物学的な侮辱」となった。それからフロイト自身の精神分析学が第三の侮辱、すなわち「心理学的な侮辱」となった[3]。自我は根本的に、また動的に比較と差異化によって構築され、自己と他者を絶えず行き来しながら発達する、すなわち異なるもの、異質であるものからの終わりなき学習の過程をとおって発達していく。

ソシュールの構造言語学にも似たような、同一性と差異を巡る有名な見解がある。「言語機構はことごとく同一性と差異に基づいて作動するが、後者は前者の反面にほかならない」とソシュールは言う。ソシュールは言語を、一つの記号の価値がほかの記号の価値との比較によって決定される相互決定辞項の体系と捉え、同一とみなされるものは実際には等価のもの、すなわち比較上等しい価値をもつものと考えた。この言語記号の特質について、ソシュールは言語活動以外の例を引き合いに出して説明する。「たとえば、『ジュネーヴ発パリ行き』の急行列車が、二四時間の間をおいて二本発車する場合、我々はそれを同一であるという。我々の眼には同じ急行であっても、実は機関車なり、車両なり、乗務員なり、すべて別であるに相違ない。あるいはまた、ある市街が破壊され、のちに再建されたとすると、我々はそれを同じ市街だという、資材としてはおそらくなに一つ旧いものは残っていなかろうとも(4)」。こうした例から、同一であると考えられるものは、実際には、まったく異なるものである可能性があるということ、また、同一であると考えられるものは各々差異化された記号の相互連結網《ネットワーク》全体において決定されるということが示される。ソシュール曰く、「言語には差異しかない」。「それだけではない。差異といえば、一般に積極的辞項を予想し、それらの間に成立するものであるが、言語には積極的辞項のない差異しかない(5)」。要は、同一性は自足したものではなく、それがそうであることより、そうではないことによって確立するということである。すなわち、同一性は比較において、比較をとおして顕現する。人間の存在は様々な関係から成り立っており、好機も由々しい難局も訪れる人生では比較を避けてはとおれない。

岐路と平行性

比較と選択の難しさについては古代中国の思想家楊朱《ようしゅ》の話がわかりやすい例えになろう。彼は「分かれ道で、南へ行くべきか北へ行くべきかと考えて泣いた(6)」。これを読んで理解に苦しむ向きもあるかもしれないが、ここで先の見えない岐路に立って涙を流しているのは思想家であり、彼の苦悩は文字通り正しい道を選択することと同程度に比較することにある。岐路に立つこととはもちろん、先が見えず選択が難しいというジレンマに直面していることの隠喩である。ジョージ・レイコフとマーク・ターナーが論じるように、「隠喩は単に言葉ではなく、思考に宿ったものである」(7)。概念的隠喩は、様々なものごとを絶えず比較し、二者択一する人間の思考に宿る隠喩的性質を顕現せしめる。行く先になにがあるのか考えることもなく南の方へ進んだり北の方へ進んだりするのは愚行以外のなにものでもないだろうが、岐路の意味が象徴的あるいは隠喩的であればこそ、楊朱の苦悩が理解できる――つまり、彼は分かれた道に困惑しているのではなく、間違った方向へ向かった先のことに危惧しているのである。

森の中の岐路を前にして、ロバート・フロストは「わたしは――／わたしは通ったものの少ない路を選んだ、／そうしてすべての違いが生まれたのだった」(8)とただ述べることによって、楊朱とは対照的に、断固とした意志の強さを示しているようだ。最後の「そうしてすべての違いが生まれたのだった」は、選び取った道を行った結果について真相を述べていると考えられるが、選ばなかった道(これがこの有名な詩のタイトルなのだが)を行った場合はどうなるのだろうか。きっと「ため息とともに」という言葉が添えられるのではないだろうか。そのような悲しみの色を滲ませる言葉を用いて喪失感や後悔が示唆されるのではないだろうか。別のアメリカの詩人ジョン・ホイッティアは「話し言葉であれ書き言葉であれ、あらゆる悲しみの言葉の中で最も悲しいものは、『そうであったかもしれない!』である」(9)と述べる。悲しみは「そうであったかもしれない」ことと比較するとき、すなわち、より好いと考えた状況を失ったときに生まれる。幸福と思うか不幸と思うかは、もちろん、比較をとおして決定される。「幸福な家庭はすべて互いに似かよったものであり、不幸な家庭はどこもその不幸のおもむきが異なっているものである」(10)とレオ・トルストイのかの小説『アンナ・カレーニナ』は、整然とした比較とともに始まる。中国の小説『三國演義』も同様に比較とともに始まる。この場合の比較は、歴史は繰り返すという見解、すなわち王朝の歴史は統合と分裂を二者択一のもとに繰り返しながら展開するという見方を示す。曰く、「そもそも天下の大勢は、分かれること久しければ必ず合し、合すること久しければ必ず分かれるもの[11]」である。

現実の世界についてであれ想像上の世界についてであれ、非常に多くの偉大な小説が比較とともに書き始められていることを知っておくのは有益であろう。ここに最も知られる小説の一つ、チャールズ・ディケンズの『二都物語』の冒頭を引用してみる。

それはおよそ善き時代でもあれば、悪しき時代でもあった。知恵の時代であるとともに、愚痴の時代でもあった。信念の時代でもあれば、不信の時代でもあった。光明の時でもあれば、暗黒の時でもあった。希望の春でもあれば、絶望の冬でもあった。前途はすべて洋々たる希望にあふれているようでもあれば、また前途はいっさい暗黒、虚無とも見えた。人々は真一文字に天国を指しているかのようでもあれば、また一路その逆を歩んでいるかのようにも見えた——要するに、すべてはあまりにも現代に似ていたのだ。すなわち、最も口のやかましい権威者のある者によれば、善きにせよ、悪しきにせよ、とにかく最大級の形容詞においてのみ理解されるべき時代だというのだった[12]。

この文章の並列構造は比較を基盤としている。先に触れたように、比較は言語だけでなく思考そのものに宿る構造的与件である。五世紀の中国の文学者劉勰《りゆうきよう》（四六五?～五二二）は、「造物者が人に肉体を賦与したとき、四肢は必ず対をなすように作られた。宇宙の理法が発動するとき、事物は単独には存在しない」と言う。劉勰は言語と思考における平行性《パラレリズム》（比較・類似・対応）の起源を自然の摂理、ひいては宇宙の理法にまで遡って突き止める。「これと同じ道理で、心が文章を生み出すとき、あらゆる角度から思慮を巡らせば、上下が相互に依存しながら自然に対偶が成立するのである[13]」。劉勰の言葉は、先のディケンズの文章を読んで感じることとぴったり符合しているように思われる。隠喩の平行性は、比較を用いて思考する知的活動に基づくものであり、『二都物語』冒頭の矛盾に満ちた時代の描写を読むと、人間は比較の性向を生まれながら有するという事実を表面化させる強い周期的な衝動を目にした思いがする。

ロマン・ヤコブソンは、平行性を「言語の『統語』と『範列』の間の根本的弁別」、すなわち「根源的二分法」[14]というソシュールの遺産を体現するものと考えた。ヤコブソンはこの二分法を発展させて、換喩に代表される「位置的（すなわち統辞的）隣接性」と隠喩に代表される「意味的相似性」に分類し、両者の相互作用はあらゆる言語活動に見られるものの、とくに文学における平行性に顕著に現れると述べた。「この関係の研究のための豊富な資料が、隣り合う行の間に強制的な平行性を要求する韻文パターンのうちに見出される」と、ヤコブソンは「聖書の詩や、西フィンランドの、またある程度までのロシアの口頭伝承に」[15]例をとって述べる。もし彼が中国語を知っていれば、中国の詩を最も適した例として加えていたと思われる。というのも、近体詩としても知られる中国の律詩では、二つ目と三つ目のカプレットにほかの大抵の韻律論よりかなり厳密な対句の並行構造が要求されるためである。唐朝の偉大な詩人、杜甫（七一二〜七七〇）のある有名な詩は、すべてのカプレットに平行性をもつ点で珍しいものであるが、それゆえに中国古典の律詩創作における厳しい韻律規則について、思うところが出てくるかもしれない。

風急天高猿嘯哀
渚清沙白鳥飛廻
無邊落木蕭蕭下
不盡長江滾滾來
萬里悲秋常作客

百年多病獨登臺
艱難苦恨繁霜鬢
潦倒新停濁酒杯

（小高いところに登ってくれば、風ははげしく、空は高く、猿の鳴き声が哀しげにきこえる。

俯して見れば、長江の渚は清く、砂は白く、鳥が輪を描いて飛んでいる。

どこにもここにも、木の葉はさらさらと音立てて落ち、
尽きることなき長江の水は、湧き立つように絶えず流れて来る。

どこまでさすらいゆくわが身の上か、この悲しい秋に、私はいつも流浪の旅人であり、
生涯病いがちの身を、今日はただひとり高台に登っている。

様々な艱難を経るうちに、まことに恨めしくも、鬢の毛はまっ白に霜をおいてしまった。

しかも、老いさらばえた私にとって、僅か慰めの濁り酒の杯さえ、病いのために手にとることをやめてしまったのだ）(16)

一つのカプレットの隣り合う行にある各単語は、互いに対照的なものとなっている。「風急（風ははげしく）」と「渚清（渚は清く）」、「天高（空は高く）」と「沙白（砂は白く）」、「猿嘯哀（猿の鳴き声が哀しげにきこえる）」と「鳥飛廻（鳥が輪を描いて飛んでいる）」、「無邊（どこにもここにも）」と「不盡（尽きることなき）」、「萬里（どこまで）」と「百年（生涯）」。これらにはすべて厳格な平行性があり、意味、文法範疇、そしてとくに音において——中国語には四声という抑揚を変えて異なる意味を表す四つのパターンがあり、これが中国語の音楽的性質の基礎を形成する——対照的に構成されている。高友工（Yu-kung Kao）と梅祖麟（Tsu-lin Mei）が述

べるように、「ヤコブソンの理論は、西洋の詩──彼の理論はもともと西洋の詩の説明として構築されたのであるが──の真相より（中国の）近体詩の真相をはるかに容易に説明することが可能だ」[17]。ジェイムズ・J・Y・リュウ（劉若愚）は、中国語の句構造と律詩において要求される対句構造を考察した論文の中で、「中国の詩は自然と対句になりやすい傾向がある」と述べる。彼は、中国の詩の対句と、ほかの国の文学作品の平行性の違いを次のように論じる。「対として知られる中国の対句はヘブライ語の詩にあるような『平行性』とは異なる。対句は平行性と異なり、厳密な反意語で作られ、同じ単語の繰り返しを認めない」[18]。たしかに、中国の詩では、聖書の平行性よりはるかに厳密な対句構造が要求されるが、その構造原理は比較であり、その意味で対句は平行性とまったく異なるものではなく、平行性の下位分類とみなすことができる。心理学的な同一性であろうと言語学的な同一性であろうと、概念的な意味での岐路であろうと小説の冒頭に並列された対照であろうと、中国の律詩の対句であろうと聖書の詩の平行性であろうと、それらはすべて根本的に比較に関するものであり、比較が思考と言語の常態的作用であることを如実に示すものである。

ポストモダニズムの原理批評は、どのようなものも本質化したり、形而上学的ヒエラルキーに据えたりすべきではないと言う。あたかも、あらゆる種類の比較、あらゆる価値判断、ものごとのあらゆる秩序が、あるものに特権を与え、必然的にほかのあらゆる選択肢を排除する抑圧的管理体制が生まれる事態を招きかねないと言わんばかりだ。だからこそ、比較や比較の妥当性について心もとなく思う人々がいるのであろうが、しかし、様々な可能性を比較して優先順位をつけなければ、人間は身動きがとれず、そうなれば、行動することも語ることもできないであろうし、文学も歴史も存在しないであろう。楊朱の場合、岐路に立って泣くことは、単に道を選択することそれ自体を意味するのだろうが、人は最終的にいずれかの道を選んで進んで行かなければならない。そうでなければ、たくさんの涙を流すだけで、人生には何の可能性もなく、何の経験もできなくなる。繰り返すが、重要なことは、人間には比較をするのかしないのか選ぶことなどできず、したがって妥当な比較をし、好ましくない方より好ましい方を選ぶ必要があるということである。加えて、選択には、高い倫理感や鋭い政治感覚に基づいた曲直是非の判断が必要である。なぜなら、比較と選択には、自分自身の人生だけでなく他者の人生にも影響を及ぼす結果がつきまとうからである。いずれにせよ、人間は常に比較している。比較すべきか否かという議論はまったく無意味なものである。問題は、すべきか否かではなく、どのようにするのかである。それは比較の、そして比較の結果と意義の妥当性ないし合理性を巡る問題でもある。

中国に暮らす中国人を殺すこと

クワーミ・アンソニー・アッピアは、「各々の人間は互いに責任を負いあっている。これを無視することを正当化できる地域愛などない[19]」と、世界市民主義《コスモポリタニズム》を道徳判断として提唱する。ここでは、地域の人間同士の親密さと、運命も境遇も身近な関心事として感じられないような「他者」との距離が対比されている。時間的・空間的遠さは比較の問題である。人間は、自分の身内や親しい友人に比して、見知らぬ他人に対してどこまで道徳的責任を拡張して負うのだろうか。人間は、自分の仲間や共同体と比べて、会ったこともない人間や知らない人間をどう待遇するのか。こうした文脈の中で、アッピアはバルザックの小説『ゴリオ爺さん』のある場面を思い出す。ウージェーヌ・ラスティニャックは友人に話しかけ、ジャック・ルソーが問うたことと勘違いしながら次のような質問をする。「ルソーを読んだことがあるか」。「単に金持ちになりたいという思いから、パリを出ることなく中国に住む年老いた中国人を殺すことで自分が金持ちになれるというのなら、自分であればどうするかと読者に問う場面を覚えているか[20]」。単に金持ちになりたいという思いから、しかも離れたところから自分の手を汚すことなく、したがって、見つけられて罰せられる危険性もなく、フランスの彼方にある中国に暮らす中国人を殺すという発想は、おそらくフランス人のだれかが利益を得るために中国人の富を手に入れようと考えて空想したものであろう。楊朱は岐路に立って涙を流したが、同じように、中国に住む中国人を殺すか否か思い迷うことも、哲学的な意味をもつ概念的隠喩と考えられる。アッピア曰く、「ラスティニャックの問いは優れて哲学的なものである。片方の天秤皿に妖術的な殺人をおき、もう一方の天秤皿に莫大な金貨をおいて秤にかけることなど、哲学者以外のだれにできよう[21]」。「莫大な金貨」と見ず知らぬ人間の命を秤にかける場面は、道徳判断の瞬間を鮮やかに描き出し、比較の倫理的・政治的意味について、また、遠くの他人や見ず知らぬ人にまで道徳的責任を拡張して負うという世界主義の根幹をなす考えについて、我々に熟慮するよう促す。

もっとも、ラスティニャックの問いは、ルソーが口にしたのではなく、アダム・スミスが著した『道徳感情論』(一七五九)の中の一節に近いものである。スミスは道徳的想像の限界について論じる中で、「清という大帝国」が一瞬のうちに消えた地震があったとして、その知らせを受けた一人のヨーロッパ人がどう感じるのか思案する。慈悲深いヨーロッパ人ならば、「不幸に見舞われた人々に」深い哀悼の意を捧げ、「人の営みの虚しさ」について省察を加えるだろうが、最終的には「何事も起こらなかったかのように、いつも通り落ち着き払って仕事に戻るだろう」。多くの中国人の死は、自分の身に起きたごく些細な災難に比べて、たいしたことではないに違いない。「たとえば明日自分の小指を切られることになったら、今晩は眠れないだろう。だがたとえ一億人に破滅が訪れるとしても、会ったこともない人々であれば、安心して高いびきをかくだろう。これほど大勢の人の破滅といえども、自分自身のささやかな不幸に比べたら、あきらかに興味を引かない出来事なのである[22]」。

アッピアは、スミスもバルザックも、損得勘定しかない場合の物理的距離・心理的距離、責任、共感と道徳との関係を探究していると考える。「損得勘定に基づいて目的達成のための行動をとれば、人間は小指を守るために大勢の人の命を犠牲にするであろう(スミスの推論)。同様に(こちらはラスティニャックの推論)、莫大な富を得るために自分から遠く離れた人の命を犠牲にするであろう[23]」。倫理学とは、詰まるところ、正しい道徳判断について考えることであり、正しい道徳判断は善と悪、ときには悪とましなことの比較を基にする。たいした努力をすることも危険を冒すこともなく金持ちになるチャンスを手に入れようとしてはならないということも世界市民主義にとっては大事なことなのかもしれないが、なによりも大事なことは、中国に暮らす中国人を殺さないことに尽きる、とアッピアは考える。それは、単なる共感のためにではなく、「アダム・スミスが『理性、原理、良心、心中にいる人』と呼んだものに我々が応答する」[24]ために行う道徳判断である。したがって、世界主義は、無意識や直感に拠るのではなく、健全な思考と理性的な比較を大いに必要とする、すなわち、熟考を重ねた末の意識的な選択を必要とする。

カルロ・ギンズブルグは、中国に暮らす中国人の殺害というテーマについて論じた学識豊かな論文の中で、遠さに関する道徳的意味を巡る考えをアリストテレスにまで遡って考察し、主にディドロとシャトーブリアンの作品を取り上げて、『グレゴ爺さん』のラスティニャックの問いに連なるフランスの系譜を作り上げた。アリストテレスは、悲しみを突然襲った悲惨な出来事への情緒的反応として論じるとき、「肯定的にも否定的にも、他人の気持ちを自分に重ねて考えられないほど遠くかけ離れた過去、あるいは未来を連想させる」きわめて大きな数字として「一万年」[25]という表現を使った。遠さは人の情緒的反応の強さを弱めるということであるが、このことについてディドロは、自宅から遠く離れた場所にある金を違法に持ち去る男を例に議論を展開する。ディドロ曰く、「時間的にも場所的にもかけ離れていることがあらゆる情緒やあらゆる種類の罪の意識、ひいてはあらゆる種類の犯罪意識までをも弱めるという考えに私は同意する。船で中国に渡った暗殺者は、セーヌ川の土手に血を流したまま放ってきた死体を目にすることはない。良心の呵責は自分自身への嫌悪より他者を恐れることから生じる。自分がしてしまったことへの恥より、発覚したときに浴びせられる非難や科せられる罰から生じる」。ディドロはここでアリストテレスの考えに共鳴しているようだが、実際にはギンズブルグが述べるように、「アリストテレスの考えを究極まで押し進めている」[26]。アダム・スミスもディドロも隔たりの大きさを連想させるために中国を用いているのは興味深い。イエズス会の伝道師たちが書いた手紙や報告書から、一八世紀のヨーロッパの思想家たちは中国に高い関心を寄せていた。もっとも、一般の人々にとっては、中国は遠くの地、おそらく頭の中にある世界地図《マッパ・ムンディ》の片隅にある場所だっただろう。それゆえ、中国はかけ離れた場所の象徴として適切な国だった。

ギンズブルグは、ディドロの作品に出てくるパリを発って中国へ向かう暗殺者が、フランソワ＝ルネ・ド・シャトーブリアンの有名な作品『キリスト教精髄』に再び登場すると指摘する。シャトーブリアンは以下のように述べている。「私は次のようなことについて自問する。『もし汝が単なる願望によって、中国に住む人間を殺めてヨーロッパにてその財産を相続し、事実はだれにも知られないという稀にみる強い確信があるとしたら、そのような願望を実現させることをよしとするか』」[27]。この問いがディドロの仮定的状況への応答であり、バルザックの『グレゴ爺さん』に登場するラスティニャックの問いとほとんど同じものであることは明白である。ギンズブルグが指摘するように、シャトーブリアンは「新しい物語を創った。被害者は中国人。殺人者はヨーロッパ人。殺害の動機は金を得ることという物語を」[28]。もっとも、シャトーブリアンは、良心の偏在をとくにキリスト教的観点から証明するために、中国人の殺害を仮定の話として用いた。中国人の遠隔殺人を合理化しようとして「あらゆる無駄な口実を並べても、そのような想像を単に頭に浮かべただけで我が魂の奥底の声があまりにもはっきりと強く抗議するのを耳にするため、良心の実在をいささかも疑うことはできない」[29]とシャトーブリアンは言う。バルザックの小説でも、ラスティニャックの友人は最終的に誘惑を突っぱね、どれだけ遠くの存在であろうとも見知らぬ人にまで道徳的責任を拡張して負うことを選ぶ。実際、「中国に暮らす中国人の殺害」は哲学的問題を孕んだテーマとして一九世紀に人気を博し、作品がいくつも描かれた。たとえば、ポルトガルのエッサ・デ・ケイロスの『中国人』では、妖術で中国人を殺して手元に転がり込んだ富によって大きな問題が生じる。アーノルド・ベネットの『五つの町の微苦笑』では、流行を追う女性ヴェラが自分のドレスにつけるブローチを手に入れるために中国人の殺害を空想する。[30] これらの物語はすべて、道徳判断としての比較を巡る倫理的問題を扱っている。

エリック・ヘイオットは『仮想された中国人』の中で、「中国に暮らす中国人の殺害」を「思いやりのある現代人でいる、あるいはなるための最善の方法を巡る包括的な哲学上の公理[31]」と考える。一八世紀から一九世紀の間、ヨーロッパ人の生活と感覚が「文明化」されていく過程で、中国は遠く離れた《他なるもの》であるとともに「残酷な行為に満ちた帝国」の記号、文明化したヨーロッパと好対照の野蛮な獣の足跡、「認識の限界中の限界[32]」として周縁化された。イッド・ランダウは同じ主題を扱う論文の中で、中国人の殺害はある思考実験、すなわち、すべての人間に根深く存在する自己欺瞞を巡る哲学上の仮定的提案、人間は自分たちが考えている以上にしばしば悪い存在ではないのだろうか、たいていの人間は「逮捕されないことが確実であれば、人を喜んで殺す、あるいは殺すことをなかなか拒めない」のではないのだろうかという哲学上の仮定的提案であり、したがって、「社会による人間の管理の意義、あるいは重要性を強調する[33]」と論じる。中国に暮らす中国人は欧米人にとって遠く離れた場所で生きる見知らぬ人間を意味するが、この思考実験は欧米人以外にも哲学的意義がある。実際、悲惨な結果を伴わずに遠くの人間の命を奪うという空想は、中国人にも馴染みのないものではない。大きな影響力をもつ現代中国の作家魯迅は「中国の空想」を風刺した随筆の中で次のように論じる。「ほかにも取るに足らない空想がある。それは、フンという声とともに鼻腔から白い光線が放たれ、どれだけ遠く離れたところにいる憎き敵であろうと命を奪うというものである。白光が消えると、だれが殺人を行ったのかだれにもわからない。人を殺して何の罪も科されないとはなんと素敵で楽しいことだろう![34]」。中国の妖術殺人とヨーロッパの遠隔殺人の空想の類似性にはかなり驚かされる。魯迅は中国古典小説の研究の中で、そうした空想譚、すなわち「用大刀隊来[35]」の物語はかなり古くからあり、一二世紀から一三世紀半ばの宗の時代にすでに人気を博していたと言う。中国における遠隔殺人の空想は、中国に暮らす中国人の殺害という西洋人の空想に先立って生まれたようだが、重要な違いは、中国の空想がフランス人やイギリス人を殺す相手として想定していないという点である。この特定化の無い点こそに、中国の古典空想譚には確認できない近代的でヨーロッパ的な人間集団の特殊性が浮かび上がる。

ヘイオットは、ガートルード・スタインの『みんなの自伝』にある中国に暮らす中国人の殺害のモチーフにも言及する。『みんなの自伝』には次のような場面がある。「オペラ『三幕ものの四聖人』の中で聖テリーズがボタンを押すだけで中国人を三〇〇〇人殺すことができるけどどうしますかと聞かれて、コーラスが、聖テリーズ興味なしと言うところをみんな変だと思うところがある」[36]。ここで述べられていることは、聖テリーズには大量殺人の興味などなく、聖人としての気質と道徳的良心があるということである。だが、科学技術の発達、とくに高性能で強力な近代兵器が開発されたことによって、爆撃機のボタンを一つ押すだけで遠くにいる膨大な数の人間の命を奪うことは、もはや抽象的な哲学上の仮定的提案でも文学的空想でもなくなり、今日の政治家や軍の司令官にとって不可能ではない（そして、現にすでに可能な）現実的な選択となっている。科学の発達は遠隔地から人の命を奪うことを可能にしたが、一方で遠くの見知らぬ人間の命を奪うという空想が現実的に可能なこととなったため、そしてさらに重要なこととして、その可能性は欧米の国々だけのものではないため、中国に暮らす中国人の殺害は、想像上のこととして安心していられるようなことでもなくなった。ディドロやバルザックの時代と比べて、現代は中国と西洋の距離が、科学によって、また実際の感覚としても、ほとんど——身体的にも精神的にも——なくなった。中国に暮らす中国人を殺すという概念的隠喩は、明らかに時代遅れのものとして感じられるようになり、代わりに、アダム・スミスやディドロ、シャトーブリアン、バルザックほかの作家たちが作品の中で中国人の遠隔殺人を例にとって問題とし異議を申し立てた西洋の人種主義や帝国主義の非人道さを文字通り指すようになった。

アダム・スミスが「清という大帝国」を破壊したという地震を想像したとき、彼の頭にはおそらく一七五五年にリスボン市内を壊滅状態にした現実の大地震のことがあっただろう。ヴォルテールも、この地震に着想を得て『リスボンの災厄に寄せる詩』を執筆し、ライプニッツの「ありうる世界の中で現実のこの世界は最善のものである」という楽観的な考えを批判した。リスボン大地震は当時の啓蒙主義思想家に大きな影響を与え、ヨーロッパの思想や社会が多くの点で変化を見せた。もしもスミスが、当時の中国がヨーロッパから遠く離れた辺境の地であったために、リスボン大地震を基に中国の大地震を想像したというのであれば、彼の想像上の大地震と二〇〇八年五月に発生し甚大な被害をもたらせた四川大地震や二〇一一年三月に日本で起きた大地震、津波、福島第一原子力発電所からの放射能漏れを比べてみるのもいいだろう。アジアで発生したこれらの地震はすぐに衛星テレビ放送や地球上の隅々にまで行き渡った国際ニュース放送網で世界中に報道され、中国や日本から遠く離れたところでも目を背けることができない現実として、少なくとも人々の意識に訴えることになり、欧米人は概して、良識の程度に関わらず、なにごともなかったかのように振る舞うことなどできなかった。国際通話ソフトウェア、インターネット、Eメール、フェイスブック、ツイッター、テレビ、世界のニュース報道――こうしたデジタル時代を特徴づけるものが、世界を以前に比べてかなり狭いものにしてしまったようだ。一〇〇年前、遠く離れたところにあったものは現在、いわゆる地球村の身近なものになりつつあるようだ。

距離が情緒的応答力を弱めるというのであれば、いまほど科学技術が発達していなかったアダム・スミスやバルザックの時代と比べて、世界の様々な地域間の距離、たとえば中国とヨーロッパの間にあるような距離は縮まったのだろうか。中国に暮らす中国人を殺すという隠喩がもはや意味を失ったという点では、縮まったと言えそうだ。とはいえ、人間はいまも自分の身内や親しい隣人に準えて道徳的責任を遠くの見知らぬ人にも負おうとするか否か、現実の問題に直面するたびに比較している。我々はいまなお、熟慮の伴った比較と理性的判断を必要とする岐路に直面していることに気づかされる。

翻訳不可能性批判

翻訳とは、詰まるところ、比較である。翻訳は、ある言語の中からほかの言語と類似する《コンパラブル》、あるいは等価の表現を探求することに終始する。近年の理論的見解では、翻訳は比較文学研究の雛形であると理解されることがよくある。このことをエミリー・アプターは「世界翻訳は比較文学の別称である」[37]と言う。これまで私は比較の必然性について論じてきたが、翻訳もそもそも比較を実体とするゆえ、常に必然的なことであり可能なことであると私は主張する。だが近年の西洋の理論構築では翻訳不可能性、すなわち、翻訳は不可能であるという考えにその多くが拠って立つ。たとえば、アプターの「二〇の翻訳論」は、「翻訳可能なものはなにもない」という言葉で始まる。もっとも、逆説的と言うべきか弁証的と言うべきか、最後は「あらゆるものが翻訳可能である」[38]という正反対の立場で締め括られる。アプターは論考の中で翻訳不可能性という言葉を用いているが、その言葉は比較の不可能性を意味しているわけではない。それゆえ、翻訳が不可能であると言っているわけではない。翻訳不可能性は誤った言葉使いである。

もっとも、翻訳不可能性の幻想、ジョン・サリスが「無翻訳の白日夢」と呼ぶものは常に存在する。「翻訳しないこととはどのようなことを意味するのだろうか」とサリスは問う。「翻訳をまったく介さずに思考し始めることとはどのようなことを意味するのだろうか[39]」。プラトンやカントが論じたように、思考することが自らに語りかけることであるのならば、思考自体が言語によって行われる行為である。したがって、サリス曰く、「思考が、翻訳を介さないことなどないであろう。（……）言い換えれば、翻訳を介さずに思考し始めることは、何の意味も表せない沈黙へといたることを意味することになろう。表意の不可能性は――思考が自らに語りかけることである限り――思考を停止させることにさえなる。沈黙が語ることのできる人間のみに可能なことであるのならば、沈黙すらできないため、人間がなにかに夢中になることなどできなくなろう[40]」。だが、神秘家や神秘主義は昔からそのような沈黙を夢見てきたし、サリスがいくら異議を唱えようとも、「翻訳不可能性への証拠が数多くある[41]」ことは認めなければならない。とくにトランスレーション・スタディーズにおける近年の理論構築で、翻訳不可能性の数多の証拠が示されており、言語の基盤をなす比較可能性が翻訳不可能性の立場から否定されている。

サンドラ・ベルマンは翻訳に関する論文を集めた自著の序で、翻訳が依拠する異なる言語の意味論的「重なり」は限定的であり、表面的には同義の単語であっても「かのベンヤミンの『Brot（ブロート）』と『pain（パン）』の例や、同じくよく知られるソシュールの『mouton（ムートン）』と英語の『mutton（マトン）』ならびに『sheep（シープ）』の例で立証されているように、実際には翻訳不可能である」と念を押す。[42] 二つの言語ないし言語表現が完全に重なることなどないということは、比較や翻訳では論を俟たない基本的事実に合致することであるが、ベンヤミンが「ドイツ人にとっての『Brot（ブロート）』という単語とフランス人にとっての『pain（パン）』という単語はそれぞれに別の意義をおびていて、互いに交換がきかないどころか、結局は互いに排除し合おうとさえする」と述べるとき、彼は「意味されるものと、意味させる仕方、つまり言い方」との間に明確な区別をつけている。そしてベンヤミンは、すぐその後で、まるで誤解される可能性を案じたかのように、「しかし、意味されるものからすると、二つの語は絶対的に同一のものを意味している」[43] と加える。ベンヤミンは、意味させる仕方、つまり意味されるものが顕現する方法は、各言語で異なっており、その言語の中においてのみ意味をなすと考えるのである。「ブロート」はドイツ語において意味をなし、「パン」はフランス語において意味をなすということであるが、しかしベンヤミンはドイツ現象学の考え方を用いて、意味させるのに異なる仕方をもつ異なる言語は「絶対的に同一のもの」を意味する、すなわち同じ指示的志向性に関わっているとも論じる。言い換えれば、ベンヤミンは翻訳不可能性という考えを支持していない。反対に、彼は「言語構築物の翻訳可能性は、そのものが人間にとっては翻訳不可能である場合にも、依然として考慮に値するといえよう」[44] と強調する。ベンヤミンは、すべての言語は異なる語句や意味させる仕方を越えて、「純粋言語」[45] によって秘められた意味を顕現させようという欲望をもっていると言う。この純粋言語こそが翻訳で顕現させようとするものであり、この純粋言語の存在にこそ翻訳の究極の正当性がある。

翻訳者の課題を巡るベンヤミンの考えは、アントワーヌ・ベルマンが指摘するように、「あらゆる言語のうちにメシア的残響として痕跡をとどめているところの『純粋言語』を、経験的な諸言語の繚乱を超えて探求するということになるだろう。だが、こうした——倫理的なそれとは何の関係もない——狙いは、自然言語の『真』の彼岸をプラトニックに追い求めるかぎりで間違いなく形而上学的なものである」[46]。ベンヤミンの考えでは、翻訳可能性は言語のまさにその本質として捉えうる志向性に根ざしており、たとえ技巧レベルで翻訳不可能であると論証される言葉や表現があるとしても、概念レベルでは翻訳可能であるということの裏づけとなっている。ベルマン曰く、「翻訳の狙い——書かれたものの水準で《他なるもの》との関係を開き、《異なるもの》の媒介によって〈固有のもの〉を豊かにする——が真っ向から対立するのは、あらゆる文化のうちに構造化されている自民族中心、あるいはすべての社会が陥りうるような、純粋で、混在物のなき一つの《全体》たらんとするナルシシズムである」[47]。翻訳不可能性という考えは間違っている、というのも、翻訳不可能性という考えの基盤には、意識的であれ無意識的であれ、おのが文化ならびに言語が異質なものをなにも含まないというナルシシズム的欲望、おのが言語や文化がほかに類のないものであるとか、ほかのものに勝っているものであるとか、比類なきものであるといった自民族中心的幻想があるからだ。別の言い方をすれば、《他なるもの》を比較も理解もコミュニケーションも不可能な、自分とはまったく異なる完全な《他なるもの》としてしまうために、翻訳不可能性という考えは間違っている。したがって翻訳、すなわち自分がどのようなものであるのかということを《他なるもの》と比較して考えることは、意志疎通という行為や人間関係の構築と同じく、きわめて倫理的なことなのである。

だが、ロバート・イーグルストンは、翻訳の倫理に関する論文において、「エマニュエル・レヴィナスの倫理哲学はもっぱら翻訳に関する内容である」という広く認められている見解に対して慎重に反論しながら、同見解に異議を申し立てる議論を展開する。「レヴィナスの仕事は、翻訳の不可能性を示唆する倫理学をどう理解するのかということについて提言している」[48]。イーグルストンによれば、「レヴィナスの思想はもっぱら翻訳に関する内容である。しかし、彼の思想は共同体から、まさに翻訳が不可能な場へと向かって展開する。レヴィナスは、我々一人ひとりに義務として課される絶え間ない（そして果てしない）倫理的責任を支持している。その必然的な結論は、我々はみな、理解しない、できない、できなかった人々に責任があるというものである」[49]。しかし、どうすれば、互いに無関係で、理解し合えない状況で《他なるもの》と、レヴィナスが「他人との向かい合い（対面）」[50]と呼ぶような強い絆によって、倫理的関係を構築することができるというのだろうか。レヴィナスが「顔」と称するものは、《他なるもの》が《他なるもの》として現存することを示すものであるが、レヴィナスが述べているのは人間同士の関係性であり、ロボット同士の関係性ではない。「ある人間は、他の人間を現存するものとみなしてこの他の人間に接している」のだが、思考する者は「顔の無防備な裸、人間性のこの特権と悲惨さへと」、「顔の孤独へと、ひいては、この悲惨に責任を負えという定言命法へと」晒されているのではなかろうかとレヴィナスは述べる。レヴィナスは、そのような倫理的責任を人間に命じるものを「神の言葉」[51]、したがって「忌避不可能な責任」と言う。こうした倫理の絶対的履行命令のことを考えると、倫理は認識論上の問題と言え、それゆえ、理解することにおける《他なるもの》との対話的関係が、人間関係と責任を巡る現実的かつ実践的な問題、言い換えれば、比較と倫理的選択の問題として再び浮上する。理解の否定は、したがって、《他なるもの》の「顔」の認識の否定であり、苦しみや悲惨さ、基本的な人間性の認識の否定である。それはすなわち、《他なるもの》をまったく異なるものとして、異国情緒あふれる想像の端に、すなわち翻訳不可能性がまったくの無関心へと転換する果てしなく遠い彼方へ追いやることである。意思疎通としての翻訳の倫理的意味は、《他なるもの》を自己と対等のものとみなし、身内や共同体の人々と対等の存在として倫理的責任を《他なるもの》にまで拡張して負うことなのだ。

　エミリー・アプターが「トランスレーション・スタディーズを『翻訳できるものはなにもない』という立場から再考する」ためにアラン・バディウを参照するとき、アプターは自身の「トランスレーション・ゾーン」という概念が「文献学上の関係を基盤にして成立する」[52] ことを認める。しかし、各言語に共通する語の原形《エティモン》と、共通する社会的歴史的状況に焦点を当てて文献学上の関係を比較するだけでは、視野がきわめて狭く、事実関係の実証主義的研究に重きをおいたもはや時代遅れとも言うべきかつてのヨーロッパ中心の比較文学とほとんど変わらない。そもそもバディウが行っていることは、そのような快適条件帯におけるあらゆる言語と文化の関係を斥け、文化間・言語間にある大きな溝と隔たりを横断して古代アラブの詩人ラビド・ベン・ラビアとフランスの詩人マラルメを比較することにある。バディウは旧式の比較文学は信頼していないし、偉大な詩の翻訳の多くが適切なものとも考えていないが、比較への敵意はまったくもっていない。一方で、バディウは、「たとえ偉大なる詩が、翻訳によってほとんどいつも原形を損なう近似のものとなって表象されるとしても、偉大な詩の普遍性」を信じている。バディウは「この普遍性を巡る一種の経験主義的な実証として比較は資する」[53] と言う。翻訳は「原形を損なう近似のもの」でしかない悲しくなるほど不十分なものかもしれないが、翻訳が不可能でないことは確かだ。ここでベンヤミンの言った「言語構築物の翻訳可能性は、そのものが人間にとっては翻訳不可能である場合にも、依然として考慮に値するといえよう」という言葉が思い出されるかもしれない。バディウは、たとえ原形を損なった翻訳でも理解が可能であるのは、まさに比較のおかげであると考える。アプターが比較に関する研究の中でうまく説明しているように、「翻訳によって様々な障害が生じようとも、『偉大な詩』は互いに孤立しているという困難な状況を乗り越え、普遍的な意味をもつことが可能である。大きな困難を乗り越える詩のこの特異性は自分たちと同族の共同体内部（たとえばロマンス諸語や東アジア諸語といった中）で言語集団ごとに孤立する言語学的領域化の原理に異議を申し立てるか、もしくは一カ国語しか話せない人々が言葉を交わすことなく平和共存する状況を作り上げる」[54]。これぞまさしく今日の比較文学のあるべき姿ではないだろうか――文献学的に繋がりのある言語集団内だけでなく、そうした言語集団を越え横断する比較、ロマンス諸語と東アジア諸語を横断する比較が。アプターは言う。「文献学上の繋がりや共通する社会的歴史的な歴程より思考の類似性を基盤にしたバディウの文学普遍主義は、彼の闘志溢れる政治哲学の信条を補完する〈なにをおいても比較を〉という立場を明確にする」[55]。バディウは、比較というまさにその行為が、比較に組み入れられる起源の異なる文学作品のもつ普遍性を証言するとともに普遍性の「経験主義的実証」として有益であると考える。このことが、発達したコンピューター・テクノロジーの時代においてデジタル符号を用い、デジタル符号に変換し、デジタル符号をとおしてあらゆるものがあらゆるほかのものに変換されうる翻訳可能性への期待以上に、比較文学の心躍る明るい未来を約束してくれると、私は考える。

結語——比較の必然性

自己と他者は同一性と差異、あるいはもっと正確に言えば、比較と差異化を通した同一性として常に相互関連する。このことをスピノザの有名な言葉「規定性なるものは否定である[56]」を借りて公式化することもできる。自己が何であるのかを確認したり突き止めたりすることは必然的に、比較と差異化という行為の中で他者に関与することになる。したがって、スピノザは次のような〈倫理学《エチカ》〉の定理を記す。「あらゆる個物、すなわち有限で定まった存在を有する各々の物は、同様に有限で定まった存在を有するほかの原因から存在または作用に決定されるのでなくては存在することも作用に決定されることもできない[57]」。フロイトとソシュールはそれぞれ精神分析学と言語学で同様の議論を行った。彼らが論証したことは、比較や差異化が存在論的にも認識論的にも必然的なことであり、避けてとおれないことであり、常にすでに作用しているということである。このことが本章の議論の要諦である。

　平行性と対照の基盤が比較にあるのは言うまでもないことであるが、一方で岐路と遠隔殺人の概念的隠喩は比較の必要性とともに、比較は倫理的・政治的意味をもった危険の伴う行為であることを比較の課題として気づかせてくれる。倫理的選択としての世界主義は、自分の身内や地域の共同体との距離を基準にして《他なるもの》

との距離を測るという意味において比較と深い関係があると考えられ、自分の道徳的責任を遠くの他人や見ず知らぬ人にまで拡張して負うことを支持する。最後に、翻訳は、自己と他者、自分自身であるものと自分自身ではないもの、近いものと遠いもの、地域的なものと地球規模のものを包含するゆえに、比較を実体とする。翻訳は、異なる言語と各言語に内在する比較可能性に関係があるばかりか、広い意味で、あらゆる人間関係の構築に理解と意思疎通が必要であることからも、非常に重要である。その意味で、翻訳は対話と同じ意思疎通の基本形態であり、したがって、レヴィナスと同様、ミハイル・バフチンにとって最も重要な形態である。バフチン曰く、「存在するとは対話的に交流することだ。対話が終われば、すべてが終わる。それゆえ、対話は本質的に終わりえないものであり、終わるべくもない」[58]。同じように、比較は本質的に終わりえないものであり、終わるべくもないと言えよう。このことから、バフチンの対話の重視は、ベンヤミンが翻訳可能性を主張し、バディウが〈なにをおいても比較を〉という姿勢を重視するのと同じく、倫理の要請として考えられる。比較は、我々が存在し行動するために常にしなければならないことが明らかになった。それゆえ、批評にとって注目に値することは、なにをどのように比較するのか――そして、その結果としてどのようなことが起こるのか――である。

第二章　差異の複雑さ――個・文化・異文化を巡って

差異は人生と人間社会の理解における基本的事実である。個々の人間として我々は人相も遺伝子配列も各々異なっている。私が暮らしている香港のような街の雑踏に足を踏み入れると、現地の広東語や中国本土の標準中国語を話す人々、ヨーロッパやアメリカからの赴任者、フィリピン人、タイ人、インド人をはじめとする南アジアや東南アジアの人々、世界中から訪れた来訪者や観光客がおり、様々な声や様々な意見、様々な訛りの英語が四方八方から聞こえてくる。多種多様な人々に囲まれている現実に人間の多様性を強く意識する。こうした多様性や明確な差異があればこそ、我々は遺伝子配列や指紋のように、ほかとは異なる明確な個性をもった一人の人間として識別される。前章で論じたように、個々の同一性《アイデンティティ》―固有性は他者との比較と差異化によってのみ顕現する。その一方で、個々の固有性は、社会集団、共同体、国民として一括りにされ、同じ集団の成員に共通する、また共有される集団的特徴が個人に付与され、ほかの集団に属する人々の特徴と差別化される。言語や民族色は、そのような社会集団をまとめ上げる際に用いられる特徴の例であり、集団的同一性―固有性の徴《しるし》となる。これまで、個の固有性の研究より集団的固有性の研究の方がたいてい重視されてきたことから（というのも、伝記研究で見られるように、個の研究でさえ集団や社会的文脈の中で個が分析されるはずだからである）、集団的特徴、あるいは集団間の差異は、学術研究活動における中心的な役割を果たしてきたと言える。このことはとくに社会科学や人文学の研究に顕著である。言い換えれば、批評家が学術的考察で関心を寄せるのは、もっぱら文化――共同体の集団的生活様式、ある特定の社会における生活形態を表す用語としての文化――的差異である。その結果、文化的差異が著しく突出する一方で、個々の差異は、我々の実生活で同様に重要なものであるはずなのだが、概して不明瞭になる。

様々な文化の研究を目的とする――通常、研究者自身の文化より、ほかの集団の文化を研究の対象とする――民族学の基盤は文化的差異の理解と説明にある。ジョージ・マーカスによると、民族学者は伝統的に、文化的差異を「とことん消費されうるもの、すなわち、ほかのものとの溝がはっきりわかる社会構造の記号になるという判断や、説明がより好ましいものになるという考えのもとで、理論や説明に組み込んでいくもの」と強く思っている。しかし、今日のポストモダン時代の民族学では、「差異がまったくなくなったり、乗り越えられたり、経験によって理解されたりすることなどありえないという前提」のもとに、「根源的な差異ないし著しい差異」を重視する考え方が幅をきかせている。差異の過度な強調が、今日のポストモダン民族学の顕著な特徴である。「ほかの文化的主体をどのように解釈し説明しようと、著しい差異が常に保存される」(1)とマーカスは述べる。したがって、文化的差異の強調は、民族学や文化人類学のパラダイムの役割を担っており、しかも、同様のことはほかの多くの学問領域や分野にも確認できる。

このことから、クーンの両立しえないパラダイムという考えがなぜ科学史研究の領域をはるかに越えて多大な影響を及ぼすことになったのか、同一の規準でまったくはかれない（通約不可能性）という彼の考えがなぜ文化的差異の議論でよく引き合いに出されるのかが理解できよう。クーンは、科学革命を政治革命に似たものとして捉えている。「対立するパラダイムの選択は、対立する政治制度の選択に似た、両立しない集団生活の慣習の選択であることがわかる」(2)とクーンは述べる。続けてクーンは、異なるパラダイムは「両立しないだけでなく、通約不可能であることも実際に多い」と言う[3]。異なるパラダイムのもとで研究を行う——異なる規準と定義のもと、異なる問いを発し、異なる解釈を行っている——科学者たちは、「異なる世界で仕事をしている」のであり、このことをクーンは「対立するパラダイムの通約不可能性が示す根本的な状況[4]」と捉える。異なるパラダイムのもとで研究を行う科学者たちが互いに理解不可能な異なる世界に生きているということになれば、通約不可能性という考えが、異なる文化をまったく通約不可能な世界とみなす社会科学や人文学の理論モデルになることはそれほど難しいことではない。

文化研究においてクーンの考えが科学史研究の領域を越えて一般論として出回ると、通約不可能性は瞬く間に、差異を強調するだけでなく、あらぬことに、社会集団や共同体の分断を正当化することにも資する理論的概念になった。この概念はすでにある社会的現実を反映しているものなのかもしれない。また、現実認識に影響を与えて、分断社会の出現を助長するものなのかもしれない。いずれにせよ、通約不可能性は強い影響力をもった概念として様々な結果をもたらし、リンゼイ・ウォーターズが命名した「通約不可能性の時代」におけるパラダイム概念となる。だが、ウォーターズが不満をこぼすように、通約不可能性は「蘇る民族主義の正当化」として機能する。最悪の場合、「狭量な絶対主義者であり非多元論的な相対主義者[5]」を育みかねない。通約不可能性は急進的相対主義の、すなわち相互理解が不可能な文化と社会という疑わしい認識の支えになっている。とくに人文社会学では、そうした概念的相対主義が多くの学術的議論、とくに異なる文化や馴染みのない社会の理解において優勢になっている。

クーンの考えは強い影響力をもっているが、しかし、これまで様々な反論が加えられ、多くの批判が生まれてきた。たとえば、ヒラリー・パトナムは、クーンの通約不可能性という考えは、「解釈不可能性とはまったく異なる、単に異なる理論間での意味の変更のことを言っているだけのように思われる」と述べる。彼は、パラダイムを異にする科学者は共通言語や意味の変更を判断する共通尺度を本当に共有していないのだろうかと疑問を呈する。コペルニクスの地動説に組みする天文学者とプトレマイオスの天動説に組みする天文学者たちには、宇宙の性質を議論し合ったり、異なる見解を提示し合ったりするための共通言語があった。「二つの理論が対立するとき、同じ理論用語は概して異なる意味をもっているものの、そのことが、双方の理論用語が意味するものを言い表すための『共通言語』の非在を意味するわけではない」(6)とパトナムは述べる。また、ドナルド・デイヴィッドソンは相対主義のパラダイムに内在する問題点を指摘する。「概念的相対主義、すなわち異なる視点というものが概して暗に示していることが、内在的な逆説を示唆しているように思われる」とデイヴィッドソンは言う。「異なる視点というのは理解できる。ただし、異なる視点であると判断するために拠ってたつ共通の座標系がある場合に限る。だが、そのような共通の座標系があるのならば、比較不可能などという扇情的な主張に矛盾することとなる」(7)。言語、認識、知識はすべて一つの文化体系の中で生成されるものであり異なる文化間で共有できないと主張する文化的相対主義者が、その主張にもかかわらず、根本的に異なる通約不可能な文化について異文化の知識をもっていると言うのは矛盾しているということである。

一連の批判を受けて、クーンは後に、それまでの主張を修正し、通約不可能性を「語彙分類が異なる地域間に存在する翻訳不可能性のようなもの」と再定義した。クーンによれば、そのような言語的通約不可能性が「地域間の相互理解を妨げることはない。歴史家が古い文献を理解するために学ぶときと同じく、ある言語集団の成員はほかの言語集団の成員が用いる語彙分類について知識を獲得することができる」(8)。しかし、仮にそうだとしても、通約不可能性を翻訳不可能性に準えることに首を縦に振ることはなかなかできない。たしかに、歴史家が過去の文献を理解し解釈するために必要なものを手に入れることはできる。しかし、デイヴィッドソンがさりげなく指摘するように、「クーンが想定する科学者たちは、異なる世界に住んでいるのではなく、ウェブスター辞書が手に入らなくて困っている人々と同じように、単に言語的に理解し合えないだけなのだろう」(9)。言い換えれば、クーンが再定義した概念は通約不可能性という考えにいまなお固執したものではないだろうかという疑いが残る。

たしかに、クーンは急進的な考えを修正して概念を再定義したが、しかし、真の問題は、再定義した概念の発表が、通約不可能性という概念の流通や、人文学ならびに社会科学で展開される相対主義的解釈を抑止するのにはいささか時遅しといったところであった点にある。かくして、通約不可能性は、文化研究における偏狭な二項対立的相対主義のパラダイム誕生を促すことになった。

異なる社会集団や共同体には共通点がなく、それゆえ、比較して相互解明することなど不可能であるという考えは、こと非西洋文化の理解となると、とくに確固たるものになる。西洋と東洋、ヨーロッパとアジア、ギリシアと中国の対極化は、もちろん、クーンの仕事よりかなり前から行われてきた。西洋には、様々な動機から差異を強調し、様々な結果を生んできた、非西洋という《他なるもの》を巡る長い言説の歴史がある。そのような歴史の大部分が異文化理解の難しさを物語っており、私がかつて述べた「《他なるもの》の神話」[10]がいかに崩れにくいものなのかを証明している。中国びいきの二〇世紀初頭のフランスの詩人ヴィクトル・セガレンの場合のように、特異性と差異にあふれる文化的に異質な中国は詩の創作や魅惑的な美の鑑賞に欠かせないものとなることもときにはある。「異国趣味《エキゾシズム》は差異の心象以外のなにものでもない。相違点の認識、どこか自分自身ではないという認識である」[11]とセガレンは言う。しかし、現代の理論では、美的感覚より概念や認識を巡って文化的差異が強調される。

異国風《エキゾチック》という点では、おそらく、フーコーの唖然とするような《他なる場所《ヘテロトピア》》——理解不可能な「シナのある百科事典」とそこにある非論理的な動物の分類法によって生まれる思考の限界を超えた空間——の右に出るものはないだろう。『物と言葉』のまえがきで、フーコーはジョン・ウィルキンスに関するボルヘスのエッセイから、動物の分類に関する実に奇妙な、非論理的な文章を引用する。もっとも、その文章は実在する『シナの百科事典』のものではない。それは、ボルヘス自身が創作したものであり、またそれを奇妙で理解不可能な思考体系の象徴として用いる意図などボルヘスにはない。しかし、フーコーはそれを真に中国的なもの、また中国人の思考様式の表象として理解する。中国人の思考様式は、「《同一者》と《他者》についての千年来の慣行をつきくずす」ものであり、「まったく異なった思考のエキゾチックな魅力」として魅惑する一方で、「我々の思考の限界、《こうしたこと》を思考するにいたっての、まぎれもない不可能性」を指し示す。フーコーは、そのような奇妙な「シナの思考様式」を説明する中で、ヨーロッパの思考、自分が慣れ親しんでいる秩序づけの文化的コード、すなわちおのがエピステーメの正常性を際立たせる。シナの思考様式に見られる奇妙な分類法はあまりにも非論理的であり、想像することすらほとんど不可能であるため、そのようなものは、フーコーによれば、西洋のユートピア幻想と根源的に異質な概念的世界、思考の限界を超えた《他なる場所《ヘテロトピア》》のみに存在する。

中国を根源的差異のシンボルとして考える別の重要な例として「ロゴス中心主義」、すなわち思考・発話・文字という「形而上学的ヒエラルキー」を具現化する西洋の表音文字の相対物としてジャック・デリダが中国の漢字を用いたことが挙げられる。書き言葉を一段低いものとみなし、話し言葉の声を特権化し、アルファベットによる書き言葉が失われた起源を取り戻すという「ロゴス中心主義」は「また音声中心主義でもあって、すなわち、声と存在、声と存在の意味、声と意味の観念性、との絶対的な血縁関係でもある」とデリダは言う。このように、言語を巡る西洋の思考には、書き言葉を劣ったもの、適格性に欠ける言語とする見方が根強くある。デリダによれば、「ロゴス中心主義は、『相対主義的』意味ではなく根源的な意味において、民族中心的形而上学である。それは西欧の歴史と結びついている」。一方で、アーネスト・フェロノサとエズラ・パウンドに基づいて、デリダは漢字が話し言葉の声と無関係な、西洋とまったく異なる文字体系であると理解する。「実質的には非＝表音的である中国や日本の文字」は「あらゆるロゴス中心主義の埒外で展開される一つの文明の強力な運動の証」となっているとデリダは明言する。

ところで、フーコーもデリダも中国研究者ではないし、中国語や中国の思想について各々の論を展開してはいるものの、中国理解に関心はない。加えて、二人は中国や中国の文字を引き合いに出して西洋と比較し、それらを《他なる場所《ヘテロトピア》》なる非在の場、あるいは究極の《差延作用》のようなものとして文化的差異を際立たせようとする。社会科学と人文学に与えたフーコーとデリダの絶大な影響力を考えれば、彼らが示した東洋と西洋を巡る二分法は中国と西洋が根源的に異なると考える際の理論モデルになっていると言ってよかろう。事実、中国研究やアジア研究では一般に、先に触れた民族学と同じく、相対主義的な文化的差異の重視がパラダイムの役割を担っている。アメリカの『アジア研究ジャーナル』の編者デイヴィッド・バックは二〇年ほど前、普遍主義と相対主義に関する討論特集の序文で、「アジア研究者の間では、また本ジャーナルにおいても、相対主義者の説明の方が普遍主義者の説明に比べて、数の圧倒的多さとともに勝っている」[16]と述べた。バックは様々な論述形式を確認したあとで、相対主義は「人間の行動や意味を間主観的に、また妥当な方法で理解し説明する概念ツールがあるのかという疑問に対して、基本的に懐疑的な見方をする」[17]と言う。言い換えれば、ほとんどのアジア学の研究者は、「異なる言語、地理、文化、時代を越えて」[18]適用可能な概念ツールの存在を疑っている。

近年では、リチャード・ニスベットが相対主義のパラダイムに強い賛同を示して、「アジア人」なるものと「西洋人」なるもの、および双方の根源的な差異を強調する。認知科学ではすべての人間に普遍的な共通項があるという合意があるのだが、ニスベットによれば、西洋の人文社会学者は人間や文化の差異を重視し、かつ決定的なものとみなしている。「人間の認知がどこでも同じであることはない」とニスベットは言う。「第一に、異なる文化の成員はそれぞれの『形而上学』をもっている、つまり、世界の本質に関する基本的な考えが異なる。第二に、異なる文化の成員に特徴的な思考過程はかなり異なる。第三に、この思考過程は世界の本質に関する考え方と一致している。すなわち、人間は――自分たちが考える世界の意味を前提として――それに合致すると考える認知の方法を用いている」[19]。ニスベットによると、人間は、社会集団として異なる、なぜなら、人間は異なる信念体系をもち、「思考過程」も集団ごとに異なるからだ。ここでは信じられないほど大きな集団（アジア人、ギリシア人といった括り）が想定され、彼らが集団としてまったく異なる方法で行動すると考えられている。その結果、東洋と西洋は個人差が入る隙間もないほど根源的に異なった文化であると文化的差異が強調される。

まさにこうした知的風土——文化的差異を過度に強調する相対主義のパラダイムが優勢な状況——の中でこそ、現在の研究思潮に良識とバランスをもたらそうと試みるジェフリー・ロイドの仕事の意義がよく理解できよう。理論的言説でしばしば起こることであるが、正しい論点はどんどん発展し、ついには妥当性を欠いた、どうしようもないほど極端なものになって正しさを失う傾向がある。ヨーロッパの観念体系と基準が、非ヨーロッパの文化を判断して不足を見出す普遍的尺度として用いられた植民地主義や帝国主義の時代の誤った普遍主義に対し、今日のように文化的差異や各々の文化が有する価値体系の正当性を重視することは倫理的にも政治的にも哲学的にも大きな意味がある。だが、異文化理解の可能性を否定し、東洋と西洋の通約不可能性を主張して譲らなければ、文化的孤立化と文明の衝突の危機という対極的な状況を招くだけである。そうした由々しき事態をニスベットは、アジア人と西洋人の根源的差異を力説する際にはっきりと認識しているが、それは避けられないことと考える。ニスベットは憂鬱な調子で次のように述べる。「人間同士が根本的に異なる思考体系をもっているのならば、国際的な理解を深めることは期待するほどうまくいかないように思われる[20]」。しかし、世界のあちらこちらで今日起こっている紛争のことに思いを巡らすとき、重要な問いは次のことになる。我々はあらゆる困難を乗り越えて、国際理解や異文化理解を促進させようと努力する必要があるのではないのだろうか。困難を認識することと、努力をあきらめることはまったく別の話である。

意見が極端なものとなる傾向に歯止めをかけるためにはまず、文化研究や社会研究で単純な集団分類をしないように努めるべきだ。この点で、レヴィブリュルの集団心性という概念を批判したロイドの議論が妥当性のある方法論として高く評価されよう。ある共通する心理状況を社会集団に、あるいは国家全体にまで帰結させると、「人間を硬直的な心理集団に大まかに分類して、必ず『個人差』を無視したり軽視したりする。集団がものを考えるわけではない。ものを考えるのは個人であり、したがって、どのような集団も、どのような社会も、まったく同じ心理的特性をもった個人からできていることなどない」[21]。均一なものとして仮定された精神構造の中にある「個人差」に注目することは、文化的伝統の豊かさや多様性の理解に欠かせない。文化的相対主義の問題は文化的差異、あるいは異文化間の差異を過度に重視する一方で、個人差を無視することにある。文化間の差異を前面に押し出すために、文化内の差異を極小化することにある。

この問題は、一人の人間の個人的意見と共同体全体ないし「アジア人」の意見の違いに無感覚なニスベットにもあてはまる。ニスベットの『木を見る西洋人　森を見る東洋人』は「中国からやってきたある優秀な学生」が彼に話した次のような逸話から始まる。「ご存知でしょうか、先生と私の違うところは、私は世界を円として捉え、先生は線として捉えているところです」。この学生は続けてこう説明した。「中国人は万物が絶えず変化し、結局、元の状態に戻ると考えます。また中国人はものごとを全体で見ようとします。そして、個々のものごとの関係を探ります。全体を見ずして一部分がわかるわけがないと考えます。西洋人はもっと単純でわかりやすい世界に生きています。全体ではなく目立つ物や人に目を向けます。ものごとを支配する法則がわかれば、どのようなことも自分の思うとおりになると考えています」[22]。結局のところ、この中国からきた学生がそれほど「優秀」でないことは明らかである。というのも、この学生は、西洋でも円や反転や回帰がよく論じられることをまったく知らないからである。ラルフ・ウォルドー・エマソンはかのエッセイ「円」の中で次のように言う。「目は第一の円である。目のみとめる地平線は第二の円である」。エマソンにとって円ないし円運動は「世界の符号の中で最高の表象である」[23]。円は世界の象徴だけでなく、人生の象徴でもある。「人の一生は自己進化の円であって、それは目につかないほどの小さな輪から飛躍的に八方にひろがり新しいより大きな円となり、しかも際限なくひろがって行く」[24]。また、中国の学生は、中国人は「全体を見ずして一部分がわかるわけがないと考えます」と言うが、ドイツの思想に伝統的な「解釈的循環」もまったく同じ考え方であるため、中国人だけの特徴ではない。それにもかかわらず、ニスベットは、この一人の学生の誤った見解をすべての中国人のみならず、すべてのアジア人の見解とさえみなす。一個人の見解を集団の見解と捉えるのは明らかに見当違いである。個人差をないがしろにして集団や文化の差異に包摂してよいはずがない。

だが、ニスベットはいささか特異な主張を重ねる。古代ギリシア人は「ほかのあらゆる古代人にまして、そして実際、今日の地球上の大方の人々以上に、個人の主体性という明確な観念——自分の人生を管理し、自らの選択のままに行動するという考え——をもっていた。古代ギリシア人の幸福の定義には、様々な制約から解き放たれ、自由に自分の力を発揮して人生を謳歌できることというものがあった[25]」。たしかに、この主張の正しさをギリシアの著作物から引証することは間違いなく可能だと考えるが、主張の妥当性を否定する多くの例を——重要な古典からの例をそのまま——挙げることも同じくらい簡単にできる。古代ギリシア悲劇の多くが運命の悲劇であることは批評の世界では月並みな事実であり、その典型として、ソフォクレスの『オイディプス王』を挙げることができる。『オイディプス王』で印象的な古代ギリシア人の観念は、まさに個人の主体性の明確な欠落感である。個々の人間の知識や智慧には哀れなほどの限界があるという認識、人間は「自分の人生を管理し、自らの選択のままに行動」していないという認識である。『オイディプス王』の最後で、合唱隊はニスベットが論じることとはかなり異なる幸福の概念を歌い、運命の意味を総括する。

これよりは最期を見とどける日を待て。
死すべき者のだれも仕合せと呼んではならぬ。
いかなる苦しみにもあわずに
生の果てを越えるまでは。[26]

ここで我々が感じとることは、深い悲劇的刹那感、予期することも知ることもできない運命の罠にはまった人間の無力感である。ソフォクレスが右の一節で非常に効果的に表現していることを、ギリシアらしくないことと だれが言えよう。「オイディプスは、人間にとって納得のゆく一連の道理や正義と合致しないこの世の生の謎に直面している[27]」とチャールズ・シーガルは言う。「我々が目にする彼の苦悶は、あらかじめ計画されていたものなのか、それともまったくの偶然のものなのか、人生は偶然の成り行きなのか、それともすべてあらかじめ決定されていたものなのか、と問わざるをえない悲劇的世界にオイディプスは我々を放り込む。すべてのことがまったく偶然——古代の読者より現代の読者が考えがちなこと——であるのならば、人生は不条理である。すべてのことがあらかじめ計画されているのであれば、神々は無慈悲であり不公平であり、人生は地獄そのものである[28]」。ニスベットはすべての古代ギリシア人が先に見たような幸福感や個人の主体性の観念をもっていたと考えているが、そのような包括的な一般化が妥当でないとすれば、多くの人口をかかえ、言語、文化、人種、民族、歴史経験、社会構造の面で非常に複雑な違いをもつアジアの人々に例外なくあてはまるとニスベットが考える一般的真実なるものをどうやって信じることができようか。重要なことは、差異は文化間と同程度に文化内にもあるということであり、ギリシア人とアジア人をそれぞれ一括りにして根本的に異なるとする包括的な一般化を、真面目な意見として支持することはできかねる。そのような包括的な一般化が描き出す文化の姿は、実態からかけ離れ、歪曲化され、極度に単純化された戯画でしかない。真摯に差異を見つめるのであれば、集団や共同体の差異と同じように個人差にも注目すべきである。

古代中国と古代ギリシアの文化的伝統の比較においても、ロイドの研究は有意義である。文化的差異が強調されすぎる余り、中国とギリシアは現在、各々別個に研究されるか、合わせて研究されれば、両者の文化は根源的に異なっていると捉えられ、各々の文化的伝統が具現化していると見られる差異に光が当てられることが多い。たとえば、フランソワ・ジュリアンは中国を、ヨーロッパではないものを探し求めるための凹面鏡として繰り返し用い、中国とギリシアを常に互いに排他的な対立関係に据える。「実際に『古代ギリシアの枠組みを越えていく』ことを望み、西洋を見定めるに相応しい足場と観点を得ようと求めるのなら、かつて言われたように、『中国へ向かう』旅路を歩む以外にない。事実、中国ほど大量の文書によって記録されている文明社会はほかになく、中国の言語学的・歴史的系譜はヨーロッパのものとは根本的に異なる」とジュリアンは述べる。《他なる場所《ヘテロトピア》》という概念枠と極東を非ヨーロッパと捉えるフーコーの見解に依拠し、ジュリアンは「厳密に言えば、非ヨーロッパとは中国のことであり、それ以外のなにものでもない」(29)と断言する。ジュリアンはしばしば比較項目を二つに分けた対照表を作って、一方にギリシア、他方に中国をおく。だが、この対照表は、ギリシアと中国の思想・文化に基づいているというより、ジュリアン自身の解釈のあり方に大きく基づいている。というのも、中国がギリシアの反転物に見えるのは、ジュリアン自身がはじめから二項対立的に説明しようと考えているからであり、したがって、彼が中国に見出すものはすべてギリシアと根本的に異なるものとしてあらかじめ決定されているからである。だからこそ、いつも必ず根本的な文化的差異が確認できるのだ。

そのような杜撰な比較論に対し、ロイドの考察は微妙な差異にも目が配られ、バランスがとれている。ロイドはギリシアと中国の各々の思想と文化の発展の歴史に豊かな多様性を見ている。たしかに、ギリシアと中国の思想・文化の伝統には重要な違いがいくつかあるが、だからと言ってすべてを単純な対照表に入れてまとめることなどできない重要な類似点もある。ロイドは次のように述べる。「様々な時代の哲学や科学実績、ならびに理論や実践をとおして発展した政治システムがもつ豊かな多様性を無視して、ギリシアの思想、文化、政治を一般化する意見は信頼度が低いだけでなく誤解を招く」。ロイドは続けて、「中国の歴史全体をまとめあげる一般法則や、中国の文化に特徴的な多様性に満ちた思想の伝統全体をまとめあげる一般法則の提唱」は、誤解を招くものでしかなく、「明らかに不可能なことである」(30)と言う。ロイドは差異を決して軽視しない。ただし、差異を認めるのは適切な場合に限る。たとえば、ユークリッドに代表されるギリシアの数学は、「証明できないが自明である単一系列の公理群から」演繹的に演算されて導かれるが、こうした公理的―演繹的証明は「近代以前、すなわちイエズス会とその信徒がユークリッドの翻訳を行う以前の中国の数学とはまったく異なる」[31]と述べる。医学についても、ロイドは重要な違いを見逃さない。「ギリシア人は一般に形態学と有機体の研究に重きをおいたが、中国で主に重視されたのは、経過、相互反応、共鳴音であった」[32]。これは今日でも目立つ違いである。西洋医学と、治療の基礎となる西洋の生物医学ならびに病理学の理論は、中国の鍼灸、漢方ならびに経絡理論とはかなり異なる。中国とギリシアにはこのような重要な違いがあるため、単純な普遍化は疑わしいものである。

しかし、差異は程度の問題であり、種類の問題ではない。相互理解と意思疎通は、多かれ少なかれ、言語と文化の溝を越えて常に可能である。「経験上、意志疎通がまったくできない人間社会などどこにもない。ときに相互理解――たしかに、不完全であることが常だが――が非常に難しいことがあるとしても、である。論理的に言えば、言語的に通約不可能な概念スキーマに直面すれば、定義上、通約不可能であること自体がまったく理解できない」[33]。すなわち、もし本当に通約不可能であるのならば、通約不可能であると言うことさえできない。なぜなら、そのように言うことができるのは、双方のことがわかっており、それらが互いに通約不可能であると知っているときだけであるのだから。こうした異文化理解の知の真実を、通約不可能性を主張する者ははじめから排除し、認めることもない。

より最近のロイドの著書である『認知差』は、色の認識、空間認識、動物や植物の分類から、情緒、健康のイメージや幸福のイメージ、主体、自然と文化の対照、良識の問題といったあまり手がつけられていない認知領域まで、幅広い事項を扱っている点で興味深い。ロイドはこうした事項について一つひとつ、膨大な研究書――社会人類学、言語学、歴史学、哲学、発達心理学、進化心理学、神経生理学、認知科学関係の数分野――を渉猟して詳細に議論する。ここでも議論の焦点は、各々の認知方法が文化の違いを越えた普遍的なものなのか、それとも文化に依存したものなのかを探究することにあり、どの項目の議論でも、現代の自然科学の知見とその限界点を分析するとともに古代中国と古代ギリシアの歴史的見解を参照にして現代の論争の問題点を明らかにしている。右に挙げたような人間の様々な認知領域には、資料＝現象、立場、視点、方法論、問いの立て方などに「多元性」とロイドが称するものがあり、この多元性のために、どのような場合であろうと、普遍主義者も相対主義者も真理を独占できないことがわかる。両者の主張の問題点は、どちらも個人差を適切に考慮することなく集団の固有性だけを認めている点にあり、両者の違いは文化間の差異を無視するのか、文化間の差異だけに目を向けているのかということでしかない。差異の複雑さのために、すなわち、様々な水準における差異の存在のために、どのような単純な一般化も妥当性がないというのが真理である。差異は文化間や集団間に集合的に存在するのみならず、同一文化・同一集団の中の人々にも個々に存在する。

差異の複雑さ、すなわち多元性は、普遍主義の立場と相対主義の立場の限界を看破する一助となる。個体間の差のために普遍主義者の主張を立証することは明らかに難しい。一つの集団ないし文化的伝統に属する個々の人間は互いに異なっているためである。また、個人差と集団同士の差異のために相対主義者の主張を立証することも難しい。差異は文化間だけでなく文化内の集団間にもあるためである。たとえば、S・C・レヴィンソンは、人間の空間認知には基本的に、性質の異なる三つの参照枠――内在参照、相対参照、絶対参照――があると論じる。このことについては十分納得できるが、問題は、「参照枠の選択は一般に文化からの、とくに言語からの影響を強く受ける」[34]という主張である。サピア＝ウォーフの言語決定論の類を用いようと、「新ウォーフ的アプローチ」とレヴィンソンが称するものを用いようと、問題は生じる。なぜなら、空間における方向定位の違いは言語の別にきちんと沿うものではないからであり、それに、同じ言語と文化を共有する人々でも空間認知や方向定位に異なる参照枠を用いるからである。

ロイドによれば、「空間、位置、宇宙、またそれらの関係を巡って、古代ギリシア人の考えは一様でなかった。宇宙空間全体に上下左右という言葉をあてて意味をなすのかという疑問もあった。このことがすでに、空間認知を巡って、少なくとも論争に加わったすべてのギリシア人が使っていたギリシア語では、最終的な答えを確実に出せなかったということを明らかにしている[35]」。中国でも同様に、空間認知を巡っては一様でない。北方の人々は空間認知にもっぱら絶対参照を用いる一方で、南方の人々は大方、相対参照を用いるからである。とはいえ、北の人々も南の人々もだいたい同じ言語と文化を共有している。中国では北と南の違いが重要な役割を担うことがよくある。古代中国の『礼記』ではすでに次のように述べられている。「心が広くて和らぎ、これをもって人に教え、たとえ、無道の扱いを受けても報復しないのが南方の強である」一方、「甲冑を敷物として用い、死ぬことをも恐れないのが北方の強である[36]」。中国の禅仏教は、伝統的文人画の分類にも用いられたように、北宗派と南宗派という明確な区別がある。現代中国で最も博学であると言っていい銭鍾書が述べるように、『南』と『北』という地理的空間を二つの異なる思惟様式や研究方法に結びつけることは六朝時代（四二〇～五八九）にすでに見られ、唐朝（六一八～九〇七）において六朝時代の考え方に倣ったか、あるいは厳密に従ったか、いずれかの方法で、禅仏教が南宗派と北宗派に分けられた[37]」。この南と北の区別は、実際、空間認知の違いにも現れている。中国の北部で道を尋ねると、東西南北といった言葉で説明され、絶対参照が用いられるが、南部では、目印となる建物の名前などへの言及とともに、ここを真っ直ぐに行けとか左に曲がれ、右に曲がれと説明され、相対参照が用いられる。だが、参照枠の選択は北部と南部という居住地の影響を強く受けたものであり、中国文化や中国語の影響で参照枠を選んでいるわけではない。ロイドが言うように、「異なる見方が、同じ社会の異なる成員によって、同じ言葉で表されることがよくある[38]」のだから、サピア＝ウォーフの言語決定論は正しくない。繰り返して言うが、どのような場合にも個人差は存在し、集団を基にした一般化は誤解を招くことになる。「中国は極微の現実がバラバラに並存する集合体ではなく、膨大な数の地域と人間の関係網《ネットワーク》である」とベンジャミン・シュウォルツは念押しする。「内実を知らずして誤ったパラダイムを用いた普遍主義的主張は常に、また情け容赦なく、個人個人の具体的な経験の複雑さを前にして批判に晒される。このことから、パラダイム自体が疑われることになろう[39]」。個人の具体的経験は常に多様である。もっとも、個人差は特定の集団や社会といった環境にある程度まで準じたものであることを認識しておく必要もある。

民族学と異文化理解のことに戻って結論を述べたい。民族学のジョークに次のようなものがある。遠方の地で実地調査を終えて戻ってきた民族学者が、調査を行った異国の部族の言葉にはたった一つの単語しかないと報告する。その単語は「指」である。民族学者がなにかを指で指して、これはなにかと尋ねるたびに現地の人々は「指だ」と正しく答えたためらしい。聡明な民族学者ならご存知のとおり、ジョークはしばしば真実を語る。異国の人々は我々と根本的に異なっているという思い込みのことを考えると、このジョークの要点は「著しい差異」という民族学の前提をまさに脱神話化している点にある。我々人間の言語にたった一つの単語しかないと考えることなどありえないが、《他なるもの》の言語となると、わずか一単語しかないと報告することもありうるのだ。民族学者が《他なるもの》の言語と我々の言語はまったく異なるものであり、《他なるもの》は我々の基準では考えも及ばない言語を用いていると思い込んでいるからである。レナード・ロサルドが言うように、民族学の報告の妥当性を判断する現実的な基準は、「『思考実験』、すなわち、民族学の報告を我々自身のことに当てはめてみて、そこにどれくらいの妥当性を見出せるか[40]」ということを考えてみることになろう。ここで重要となる前提は、もちろん、文化的価値や信念体系がどれだけ異なっていようとも、我も彼も同じ人間であるということである。再びシュウォルツが論じるように、「翻訳の不確定性や『文化的制約』という現実的問題があってなお、ほかの文化の言説が言わんとすることを理解することは可能である[41]」。様々な差異によって人間は個、集団、共同体、国民などに分類されるが、どのような差異があろうと、あらゆる差異を越えて、我々は人間として、また隣人同士として、この地球を共有している。普遍主義者は個人や文化の差異を否定して世界について誤った見取り図を作り、相対主義者は類似性などどこにもなく、差異以外ないと主張して世界の実態を歪曲し、異文化理解と異文化間の連帯の可能性を否定する。現実は、あれかこれかという二分法が我々に信じ込ませようとしていることよりはるかに複雑であり、すべて同じ、あるいはすべて異なるといった誤った見取り図を信じるのではなく、現実の複雑さを理解していくことが賢明であろう。

第三章　差異か類似か？——比較研究の方法論的問題

比較研究では、比較する対象の差異に重きをおくべきか、それとも類似性に重きをおくべきか。この問いは、比較研究を学ぶ学生からよく出る質問であるのみならず、方法論と理論を巡る根本的な反定立でもある。ものごとはもちろん、異なっているか似ているかのいずれかでしかないが、明らかな特徴をもった差異であると同時にある面で類似していることも非常によくある。差異と類似性を巡る問いは普遍的なもので、中国でも西洋でも思想家や学者が昔から議論を繰り返している。たとえば、古代中国では孟子（紀元前三八五頃～三〇四頃）が、人間は共通の性質をもっていると考え、嗜好——とくに食の嗜好と、その比喩としての美学ないし道徳的性向——の類似性を説いた。孟子曰く、「うまいものはだれが食べてもうまい。同じように、良い音楽はだれが聞いても快く、美しいものはだれが見ても美しい。ならば、現実の生活は様々でも、そこにはやはり人間としての共通の心理がある。ならば、万人が心中でうけがうものとは何ぞや。それこそが根本の道理と正義である。（……）うまいものはだれの口をも喜ばすのと同じように、だれにでも道義を慕う本性がある」[1]。唐朝（六一八～九〇七）以来、孟子が重んじられるにつれて、中国では彼の共通性を重視する考え方が長年にわたって強い影響力をもってきた。

しかし、ほかの中国の古典には、嗜好の理解を巡って共通性より多様性に重きをおく見解もあり、異なる具材を合わせる方が美味しいものを作れると主張する。同一性と調和は微妙に異なるということである。たとえば『左氏』の名前で知られる『春秋左氏伝正義』(「昭公二十年」)の有名な一節として、斉の景公が晏氏に「和と同は違うのか」と尋ねると、晏氏が料理と音楽の喩えを用いて次のように答える件がある。「それは違います。心の和合するというのは、吸い物を作るようなものです。水・火・酢・塩から・梅びしおを使って魚や肉を煮つけ、薪をもやしてそれを焼き、料理人がほどよく調和して、その味加減を調え、味の足りないところを増し加え、味の強すぎるところを減らします」。したがって、美味しい吸い物はたった一種類のものからではなく、様々な要素が混ざることによってできる。同じことは音楽にも言える。異なる音の高さ、テンポ、リズムが調和して初めて、良い音曲ができる。晏氏は「しかし、水に水を加えて吸い物を作れば、だれがそんなものを食べましょうか」と述べ、次のように続ける。「また、琴と瑟がそれぞれ只一本調子の声を立てるようなもので、そんなものをだれが聞きましょうか。ただ心を同じくするということのよくないことは、以上のとおりです[2]」。同様のことが『国語選』にも書かれている。「和はたしかに多様なものを生むが、一からはなにも生まれない。(……)一つの音から音曲は生まれない。一つの装飾から綾は生まれない。一つの味から美味は生まれない。一つのことから選択は生まれない」。これらは孟子といささか異なる点に重きをおいているが、両者の意見は互いに矛盾しない。むしろ、両者は同じことの中の違う面――単一性の中にある多様性か多様性のある単一性か――に光を当てている。

ギリシアの哲学者では、ヘラクレイトスが、古代中国について右で見たことと非常によく似たことを述べている。ヘラクレイトスは断片四五で次のように言う。「結びつき――それは全体であって全体ではない。一体化していながら分裂している。調子が揃っていながら不揃いである。そして、万物から一が生じ、一から万物が生じる[3]」。断片四九では次のように述べる。「対峙するものが和合するものであり、様々に異なったものどもから、最も美しい調和《ハルモニエー》が生じる。そして、あらゆるものは争いによって生ずる」[4]。単一性と多様性の弁証法的関係という概念は西洋思想の重要な原理となっているが、それは中国の伝統思想にも顕著なものである。このことから、次のような結論を導き出すことができよう。つまり、差異と類似性――特殊なことと一般的なこと、多様性と単一性――は、いずれか一方に重きがおかれながら互いに補完し合う関係にある。したがって、一方を排除して他方を過度に強調することはできない。差異と類似性は各々、単独では意味をなさない。それゆえ、具体的な文脈もなく、比較研究で差異に重きをおくべきか類似性に重きをおくべきか、と問うのは的外れである。学問を解釈学的対話の観点から考えれば、どのような研究も論証もある特定の問いに対する答えの提示として概念化することができ、対話の文脈に従って問いに答えるときに差異が重視されたり類似性が重視されたりすることになるはずである。

芸術や文学では一般に、同一性や同質性より豊かな差異が好まれる。中国人が、秦朝以前の歴史の早い段階にあった様々な思想や活発な議論――「百花斉放百家争鳴」と通常形容される――を誇りに思っているのも由なしことではない。実際、諸子百家は中国の伝統に影響を及ぼしてきた豊かな思想の源泉となっており、それらを無理矢理一つの思想としてまとめあげるのは無益なことである。紀元前三世紀には、非情な秦の始皇帝が人心を掌握するために書を燃やし、儒者を生き埋めにする焚書坑儒を行ったが、始皇帝が唯一手に入れたものは、その後の全世代から軽蔑される暴君の典型という悪名であり、恥辱の晒し台に上っていまにいたる。したがって、我々が芸術や文学に多様性や差異を求めていることは間違いなく、あるものと別のものの特徴を明らかにし、区別することを目的とする文芸研究で、差異と特殊性が重視されるのは妥当なことである。スピノザの言葉を借りれば、「規定性なるものは否定である」[5]。だが、たとえ個々の作品の内容から、詩も小説も戯曲も一つとして同じものはなく、どの文学作品にも独自性があると言うことができるとしても、独自性は相対的なものであって絶対的なものではない。なぜなら、どのような文学作品も比較することが不可能なほど異なっているわけではないからだ。

何だかんだ言ってみても、文学作品を構成する言語自体、我々が普段使っている日常言語と異なるものではなく、作家の巧みな言葉の使い方が差異を生み出しているにすぎない。オスカー・ワイルドが述べるように、「芸術における倫理は不完全な形式を完全に使いこなすことにある」[6]。だれも用いないような、まったく独自的な作家の言葉など、だれも理解することができず、文学の形式を借りて自己を表現し伝えるというまさにその目的が果たせなくなる。詩も小説も戯曲も、文学というジャンルから捉え、文学という総体の一部をなすものとして扱い、文学史を形成する代表的な作品として研究するとき、いずれも共通する特徴をもっており、ある特定の形式と様式から構成されていることが理解できよう。比較文学という学問の基底にあるのは、まさにそうした異なる文学作品が共有する特徴という共通項である。

だが、比較の基底は、異なる文学の類型や作品より、むしろ異なる文学の伝統間にある共通項や比較可能性との関係が強く、それゆえ基底を巡る論争もしばしば起こってきた。基底の問題は、比較文学の対象がヨーロッパや欧米の地域を越えると、一層込み入ったものになる。中国と西洋の場合、両地域の文学や文化には根本的な違いがあると主張する意見をよく目にする。一七世紀末から一八世紀、いわゆる中国の典礼論争がバチカンで起こり、「適応戦略」が中国人や中国という異教文化の言語に――純粋主義者によれば――譲歩し過ぎたものと批判された。中国語の「天祖」や「上帝」をキリスト教の神に対応させて用いたことが、クレメンス一一世（一七〇四）にはじまりベネディクト一四世（一七四二）にいたるまでのローマ法王たちから公式に批判され、神の概念を伝えるのに唯一適切な言葉として、ラテン語の翻字である「宇斯《ゼウス》」だけが用いることを許された。ローマ教皇の考えでは、たとえ聖書がもともとヘブライ語やギリシア語で書かれたものであったとしても、神はラテン語を話した。ローマカトリック教会は典礼論争をとおして、唯一無二の宗教性ならびにキリスト教と中国の異教文化の根本的な違いを再確認したのであるが、このときから翻訳不可能性という考えが単に言語の問題だけでなく、概念を巡る問題ともなり、後世の東洋と西洋の異文化理解の考察に暗い影を落とすことになった。

ところで、中国と西洋には、言語、文化、歴史、社会的慣習、政治制度など、様々な面で明らかな相違点がある。こうした相違点を無視して、東洋と西洋には普遍性があると単純に言うことなどできない。しかし、根源的な差異があると主張する人々の関心は、非常にはっきりとした具体的な相違点にではなく、概念や思想の差異、思考様式の根源的な通約不可能性にあり、それゆえに彼らは東洋と西洋の比較文学研究や異文化研究の不可能性を支持する。たとえば、中国と西洋の比較文学は「本質的にユートピア的なプロジェクト」、つまり絵空事のようなものであり、「不可能な学問として余白」に「登録される」[7]想像上の試みだと論じる向きもある。最もよくある明確な対比は、次のような二項対立的見方である——全体的思考様式の中国と分析的思考様式の西洋、集団主義を重んじる中国と個人主義を好む西洋、自然との調和を考える中国と自然を超克し、その結果、公害や地球上の生態系を破壊してきた西洋。

こうした見方をもつ研究者は西洋だけでなく、中国やアジア諸国にもいる。彼らにしてみれば、単純な二項対立は、自分たちが西洋について抱く固定観念を揺るぎないものにしてくれ、環境破壊をはじめとする今日の人類が直面するあらゆる問題の責任を西洋になすりつけるのにうってつけのものなのだろう。ラーガヴァン・アイアーは、東洋と西洋の対比について考察した論文の中で、アジアとヨーロッパの間には「ガラス製の仕切り」があると指摘する。続けてアイアーは、「ガラス製の仕切り」の存在を無視することはできないが、全力を尽くしてこの障壁を乗り越える必要があると述べる。アイアー曰く、異文化研究において「本当に難しいことは、相互理解にとって深刻な障壁などないと独り善がりに主張すると、アジアとヨーロッパの間には『果てしない対照』、すなわち、『克服できない分離状況』があるという反論が繰り返されることだ」[8]。アイアーは、人種主義や帝国主義に見られるようなヨーロッパのアジアに対する様々な固定観念を列挙するとともに、アジアも固定観念をもってものごとを単純に定式化していると指摘する。固定観念とは根拠がまったくないにもかかわらず主張される意見であり、したがって、事実を歪曲して誇張するため、異文化理解にとって大きな問題を生じさせる。アイアー

曰く、

近代のアジアの物書きたちも、アジアとヨーロッパ、東洋と西洋の思想と文化を綺麗に二分して、批判（や擁護）を多かれ少なかれ行っている。たとえば、梁啓超は東洋を智、西洋を知と見た。西田幾多郎は、ヨーロッパの文化は知が支配し、東洋の文化は情緒を重んじると論じた。北山は「空間」と「時間」の文化的対照を論じた。長与は「魂の修練」と「精神文化」の違いを強調した。岡倉は、キリスト教圏のヨーロッパは人間を常に神の下におくが東洋はだれもが「昔から生生流転する状況に調和を求める」と考えた(9)。

アイアーがこれを書いたのは一九六〇年代半ば頃だが、状況が期待したほど変わっていないのは驚きである。西洋の例としては、たとえば、ジョナサン・スペンスがかつて「異国情緒あふれる中国のイメージとその美的鑑識力を同時に強化していこうという発想はきわめてフランス的な考え方であったと思われる」と指摘した(10)。たしかに、フランスの多くの親中派や中国研究者たちは中国的な異国情緒の類のものを偏愛しているようだが、スペンスが論考の中で用いた「フランス人の異国趣味」という言葉は、もちろんフランス人だけにあてはまるものではない。ヴィクトル・セガレンは、二〇世紀初頭にパンフレットで連載されたエッセイの中に出てくる異国情緒にみちた中国の魅力を理論化したおそらく最初の人物であるが、彼の関心は、先に述べたように、文化的差異に根ざした詩の可能性、つまり異国趣味がもつ審美的魅力、彼が「多様な美学(11)」と呼ぶものにあった。しかし、現代のフランス人研究者の中には、中国はヨーロッパと正反対であると決めつけたり概念化したりして、東洋と西洋に一層強固な対立関係を構築する者もいる。

たとえば、ジャック・ジェルネは中国の典礼論争研究の中で、キリスト教の伝道師が中国で布教に失敗した理由を「知の伝統が異なるばかりか、知の類型も思考様式も異なるため(12)」であったとする。ギリシア人は抽象的にものごとを考え、中国人は抽象的にものごとを考えないといった対照をもちだして、ヨーロッパ人と中国人の精神構造が根本的に異なっていると論じる研究者は少なくなく、彼らは、そのような対照研究をとおして、中国はギリシアと対極的であると往々にして結論づける。たとえば、ジェルネは、中国語にはヨーロッパ諸言語に存在する文法範疇がまったくないと主張する。「中国語には存在を意味する言葉がない。在るとか本質といった概念を表す語は中国語にはないが、ギリシア語にはウーシア（ousia）という名詞やト・オン（to on）という中性形がある。したがって、現象を超越した、不変で恒常的な実相という意味での存在という概念は、中国人にとってなお理解しがたいものであっただろう[13]」。これが、西洋の個々の単語や用語を中国語に翻訳できないばかりか、中国語の全体的特質を評価したり、中国的な「思考様式」の本質を説明したりすることができないという典型的な主張である。一七世紀末、キリスト教の伝道師が中国を訪れたとき、彼らが触れたものは、ジェルネによれば、その長い伝統のために、彼らに馴染みのあるものと所々どころか全体的に「原理を異にする」文明だった。伝道師たちが目にした世界は、彼らの世界とあまりにも異なっていたので、「自分たちが異なる種の人間を前にしていると思った[14]」とジェルネは言う。ここに挙げた意見以上に語気を強めて文化的・民族的差異と通約不可能性を強調するものはなかなか見当たらないが、このように中国の絶対的他者性を力説するのは、ジェルネに限ったことではない。

繰り返しになるが、先に論じたように、現代のフランス人研究者フランソワ・ジュリアンは、多くの研究書や論文の中で古代中国と古代ギリシアの対立関係を一層強固に作り上げている。ジュリアンは、著書や論文で、同じ主張を何度も執拗に繰り返す。すべての古代文明の中で中国だけがギリシアと接触のなかった文明であり、それゆえに西洋が自己ではないものをとおして自己を眺めるための凹面鏡を提供することになったというのがその主張である。ジュリアンは、ギリシアと中国の間に対立軸を設ける際、一連の対照類型を用いる。たとえば、一方にギリシア哲学と真理の探究をおき、他方に中国の智慧と真理への無頓着さをおき、体系的な対照を作り上げていく。ジュリアンは、ギリシア語の「在る」という概念について考察したジェルネの意見を参照しながら、次のように述べる。ギリシア人にとって真理というギリシア語の概念は在ることに関するものであるが、中国人は「在るという存在の意味について考えを巡らすことがなかったため（在るという動詞は、その意味で、昔の中国語には存在さえしなかった）、中国語には真理という概念がなかった」[15]。続けてジュリアンは、西洋の「道」という概念は真理や超絶的起源に繋がっているが、中国では『智慧』によって示される道はどこにも繋がっていない。道の到達点に等しい――明らかにされ、発見される――真理などないのだ」[16]と述べる。だが、古代ギリシアの真理の概念ないし真理へ至る道は一つではなかった。ジェフリー・ロイドによれば、古代ギリシアには真理を巡る立場に三つの主なグループがあった。「それは客観主義者、相対主義者、懐疑論者である」[17]。パルメニデス、プラトン、アリストテレスは、各々違いがあるものの、真理は単なる見かけや人間の認識とかかわりなく存在する実相であるという客観的な立場をとる。プロタゴラスは人間を万物の尺度とみなし、したがって、なにが正しく、なにが間違っているのかは人間の主観的な視点で判断されると考えた点で相対主義の立場を代表するとみられる。最も興味深いのは、おそらくゴルギアスであろう。彼は「なにも存在しない。たとえ存在するとしても、それを知ることはできない。知りえたとしても、そのことを他人に伝えることはできない」と言う。つまり、実際には真理は存在しないし、真理を明らかにすることも言葉で表現することもできないということである。ロイドは、「ここで私が彼らのことを想起したのは、古代ギリシアには真理を巡る考え方が複数あったということを強く主張するためである」と言う。「ギリシア人たちが意見を異にしたのは真理への問いに対する答えではなかった。意見を異にしたのは真理を巡る問いそのものであった」[18]。同様に、古代中国にも真理を巡って異なる立場がある。孔子は、かの「正名」[19]を講じ、名と実、言葉と事実の一致の大切さを説いた。老子は「真実の言葉は美しくない、美しい言葉は真実ではない」[20]と述べて真と美を明確に分けた。別の道教徒の荘子（荘周）は夢から覚めたとき、「荘周が蝶になった夢を見たのだろうか、蝶が荘周になった夢を見たのだろうか」[21]と不思議に思い、夢が現実なのか現実が夢なのかと問うことで真理や真実というものに強い疑念を抱いた。このように、古代中国人にも、古代ギリシア人と同じく、真理を巡って異なる立場がある。したがって、ギリシアには真理という概念があった一方で、中国にはそれがなかったというジュリアンの二項対立的な主張は、精査に耐えられるものではない。

西洋は中国を対立する存在と見ることによって自己を理解しているのかもしれない——これが、ジュリアンの考察で繰り返される指摘である。もちろん、西洋の研究者が中国を自己理解、すなわち外部から自己を考察するための一助として用いているという指摘は十分理解できる。だが、ジュリアンの議論の問題点は、彼の考察が常に、その始まりの時点から中国とギリシアの差異の発見に設定されていることにある。ジュリアンは初期の研究書『暗示の価値』の中で、中国の学者、銭鍾書が述べた、中国とヨーロッパは「多かれ少なかれ類似している」[22]という見解を批判した。だが、この批判はあまりにも単純化されすぎている。なぜなら、銭鍾書は中国的なものがヨーロッパ的なものと類似していると証拠もなく単に宣言しているわけではないからだ。銭は、ある特定の作品の原文、とくに中国古典文学の一節を引用して論を起こし、ほかの様々な文献から引用を重ねて論を進め、すべての引用をまとめて解釈し、考察し、説明し、論点をまとめていく。銭の書は、中国語、英語、フランス語、ドイツ語、イタリア語、スペイン語、ラテン語など、諸言語で書かれた書物から膨大な引用を付す点に特徴があり、それぞれの文化における際立った見解を終始巧みに関連づけながら、東洋と西洋の文化や伝統の類似性を、ときには決定的に異なる点を論証する。銭は常に、符合する様々な原文を並べ、それらを互いに理解の光明を投じ合う明証とし、精緻な比較論を一貫した論理とともに展開する。その説得力の源は、単に論理展開だけにあるのではなく、常に原文から膨大な引用を証拠として示す点にある。銭と同じような論理構造、なるほどと思わせる証拠、説得力のある議論がなければ、ジュリアンの差異に重きをおく主張を正面から受け止めることはかなり難しい。なぜなら、東洋的なものと西洋的なものは「多かれ少なかれ異なる」と単に主張するだけでは、それを真面目な研究成果とみなすことなどほとんど不可能だからだ。中国はアジアにありギリシアはヨーロッパにある、中国人はギリシア人とは異なる言語を話す、古代の中国の思想家は言語や社会、真理、美についてギリシアの哲学者とはかなり異なる方法で議論したといったようなことは、なにも目新しい情報ではない。中国とヨーロッパの違いについて、ほかになにもないのだろうか。たとえそのようなものしかないとしても、そのことによって、比較、翻訳、異文化理解の可能性が排除されるのだろうか。

アンリ・バウデは、ヨーロッパの非ヨーロッパに対するイメージを巡る興味深い分析の中で、両の地域を巡る二項対立的な見解を古代にまで遡り、長い歴史の中でどのように展開されてきたのかを追った。その中で彼は、二つのまったく異なる関係をヨーロッパと非ヨーロッパがしばしば築いてきたことを発見した。一つは「広義の政治生活領域のもの」——たとえば、現実の非ヨーロッパの国々や人々との実際の接触——であり、もう一つは「ヨーロッパの文化で昔から流通してきた非西洋の人々や社会に関するあらゆるイメージと結びついた想像の中での接触、すなわち観察や経験、認知可能な現実から導かれたものではなく、心理的衝動から生じたイメージとの接触である」とバウデは言う。「心理的衝動は最初の項目として挙げた政治的現実とはまったく異なる特異な現実を創り上げる。そうした現実は常に、一般に神話の特徴である、無条件に絶対的なものと信じ込まれる価値をもっているため、その説得力と確実性を否定できないのである」。つまり、ヨーロッパは、非ヨーロッパという《他なるもの》をヨーロッパという自己の対極にあるものとみなしたい衝動が非常に強いために、非ヨーロッパ人の現実や生活経験を直視することなく、《他なるもの》の神話を創り上げるのである。このことによって、非ヨーロッパなるものを概念化するときに多くのヨーロッパの研究者が好んで用いる二項対立的見方がなぜなかなかなくならないのか、その理由を説明できよう。しかし、グローバル社会となったいまもなお、二項対立に固執して世界を眺めるべきなのだろうか。いまは、そのような対立関係を越え、自ら創りだす神話に基づくのではなく、現実に基づき、つまり自分たちの仲間や共同体の外部にいる現実の人々に直接関心を寄せて、異文化を理解する時代なのではないだろうか。

文化的差異があることは間違いない。しかし、我々にはどのような差異をも越えた人間としての共通性がある。さらに、差異は文化間だけにあるものではなく、同じ文化の中にも存在する。ここで最初の問いに戻って、私の議論をまとめておこう。比較研究では、遂行する研究の文脈を抜きにして差異を重視するのか類似性を重視するのか、と問うのは的外れである。差異に意味や価値があるのか、類似性に意味や価値があるのか、このことは、ある問いに対し、文脈や状況に即して、具体的な議論と証拠資料とともに答えを示すときにのみ明らかになる。類似性とは多様性のまったくない固有性のことではない。また、差異とは比較のまさにその可能性を否定する通約不可能性のことではない。まさにこうしたことが、学問としての、また価値ある人文学領域としての比較文学研究と比較文化研究の基盤に据えられるべきであると私は主張する。

第四章　天と人——異文化的視点から

一九九七年から九八年にかけて金融危機がアジアを突如襲ったが、それ以前、日本や「東アジアの四つの小龍」と呼ばれる韓国、シンガポール、台湾、香港など、東アジアと東南アジアが類稀なる経済成長と繁栄の道を辿っていた頃、その状況を文化的に説明するため、「アジア的価値観」が盛んに主張された。「アジア的価値観」は、民主主義や人権を重視する支配的な西洋の社会規範と対比的な社会モデル・政治モデルを提唱する意見として登場した。「アジア的価値観」を提唱した人々の中で目立った存在は政治家、とくに強権政治を行った二人の強力な指導者、シンガポールのリー・クアンユー元首相とマレーシアのマハティール・モハマド元首相だった。とくにリー・クアンユー元首相は、マイケル・バーによれば、「だれもが認める『アジア的価値観』の立案者[1]」である。「アジア的価値観」は、様々な理由から、ウィリアム・セオドア・ド・バリーや杜維明といった傑出した研究者をはじめとする多くのアジアの（そして非アジアの）知識人の心もとらえた。「アジア的価値観」を主張する人々は、その多くが、ヨーロッパ的価値観あるいは西洋的価値観との区別のために、東洋と西洋の「思考様式」に体系的な対照を作り上げる傾向にあり、思考と行動の様式を「全体論的」／「分析的」、「個人的」／「集団的」などといった対立関係で理解する。たとえば、ある研究者たちは次のように主張する。西洋の「デカルト主義的思考様式」は常に「一部分を見る、すなわち全体から切り離された一つの局面を、それが全体であり現実であるという仮定のもとに見る傾向がある」が、東洋の「全体論的姿勢ないし知性」は「一つの局面だけを見ることなどない、つまり全体から部分を切り離して見ることは決してない。あらゆることが相互に繋がっており、重なり合っており、分離不可能であり、どのような部分もほかのすべての部分や局面と一つになっていると見る。すべては一つなのである」[2]。

こうした主張を読むと、ニスベットが言及した「中国からやってきた優秀な学生」のことを思い出す。その学生もまた、中国ないし東洋では、あらゆる部分と全体は相関関係にあるため、トータルで見るという全体論的見方をすると主張し、ドイツの伝統的な考え方の基底にある部分と全体の相関関係、すなわち解釈的循環という概念をまったく知らなかった。H・G・ガダマーが述べるように「シュライアーマッハーがフリードリヒ・アストや、解釈学と修辞学の伝統全体に従ったのは、個々の部分の意味は常に文脈から、究極的には全体からしか明らかにならないということを、理解の本質的基本特徴であると認めたためであった」[3]。このことから、東洋と西洋の徹底的な一般化を図るという大胆さの奥には、しばしば無知が潜んでおり、無知な人間ほど東洋と西洋の対立関係を何の躊躇もなく平気で主張するということがわかる。だが、そうした二項対立的見方は、多くの研究者たちからかなり支持されているようであり、先に触れた研究者たちは、アジアと西洋の「思考様式」の違いは認識論にとどまらず、倫理や政治にも及ぶと主張する。彼らは明確な二項対立関係を作り上げ、次のように述べる。

西洋の知性では善は善、悪は悪である。つまり「あれかこれか」という見方をする。どちらか一方が選ばれなければならない。善は悪に勝たねばならない。要するに、西洋の知性は絶対主義的立場である。中国の知性は善と悪の間に動的なバランスがある。善と悪は対立するものではあるが、どのようなことも比較的善いか比較的悪いかというものである。善が悪に一方的に勝利するようなことなどない。そうでなければ、相反するもの同士が互いに動的に作用し合うことなどない。政治の関係では、資本主義は絶対的な善ではないし、絶対的な悪でもない。同様に、共産主義も絶対的な善ではないし絶対的な悪でもない。共産主義を悪、資本主義を善とする冷戦プロパガンダは、陰陽説と相容れないデカルト的思考を反映したものである。(4)

私自身、中国人として、右の主張にはかなり興味をそそられる。西洋の厳格な「絶対主義的立場」と、曖昧でどっちつかずの「中国的思考」といった明確な対照こそが、彼ら研究者たち自身が述べる「デカルト的思考」から直接生まれた「あれかこれか」という二分法のように聞こえる。ただし、こうしたことを考える研究者たちが中国に住んでいないこと、また現代の中国社会の政治状況のもとで筆を執っていないことは明らかである。というのも、もしそうでなければ、彼らの身に、また資本主義と共産主義のいずれも「絶対的な善ではないし絶対的な悪でもない」という彼らの主張に対して、どのようなことが起こっていたことであろうかと案じるからである。毛沢東が統治した一九五〇年代から七〇年代にかけての中国で右のようなことを言えば、監獄に入れられるか、控えめに言っても、なにかしら困ったことが身に降りかかったが、今日でもそのようなことを中国国内で声を大にして発言したり文章を書いて発表したりするのは容易ではない。右のような中国の外にいる研究者たちの主張と、私がこれまで経験してきた中国の社会的・政治的現実との間にある齟齬からすれば、彼らの「中国的思考様式」を巡る発言は完全に間違ったものか、あるいは、彼ら自身が述べるように、現代の中国があまりにも西洋化されすぎてしまい、伝統的な「思考様式」を失ってしまったかのいずれかでしかない。後者のような、西洋化のために中国が伝統的思考様式を失ったという主張は、もちろん、とくに西洋でときどき耳にするものであるが、そのような主張には、西洋の人類学の言説に内在する類の致命的欠陥がある。西洋の人類学の言説に内在する欠陥とは、ヨハネス・ファビアンが「同時代性の否定」と呼ぶもの、すなわち「言及する対象を、言及する人間が生きている時代ではなく、〈大文字の時〉に据えるという、西洋の人類学が系統的かつ体系的に有してきた傾向[5]」である。そのような傾向のために、西洋の人類学者は想像を膨らませ、「文化的に混じり気のない」伝統を有する国として中国を時の中に凍結し、変化と変容の歴史から堅く閉ざす一方で、歴史、とくに進化と発展という重要な概念をもつ現代史は、西洋だけが経験し所有してきたとみなすのである。ヘーゲルのヨーロッパ中心的な歴史観は、そのような言説の典型例である。ホーン・ソーシーが述べるように、ヘーゲルにとっての中国は、彼の時代のものではなく、永遠の過去に属するものである。「本質的な中国は歴史に名だたる中国である。ちょうど、本質的なギリシアがペリクトスの時代のギリシアであり、本質的なイギリスが重商主義帝国として世界の覇権を握ったイギリスであるのと同じように。世界に示される本質的な中国は、歴史に名だたるプロイセン王国の過去、人類の遠い昔に存在する」[6]。このようなヘーゲル的観点は、中国が途切れることのない文化的伝統を古代から現代までよどみなく続く生きた伝統とし、今日の中国が現代の西洋と同じくらい活気にみちた近代的社会、継続的に変化する社会であると明言すると、途端に揺らぎ始める。デリダの差延やフーコーの《他なる場所《ヘテロトピア》》に代表されるように、中国を西洋の反転した鏡像とみなせば、西洋の理論的見地の盲点が露わになるだけである。

ここ二、三〇年、中国が驚くべき速さで世界の政治経済大国となって発展を続けているが、このことによって、凍結された永遠の過去、永遠に変わらぬ東洋という多くの古ぼけた固定観念と誤解は払拭されたに違いない。変化を受けつけず、どのような重大な出来事からも影響を受けない、永遠に変わることのない異国情緒あふれる中国という一九世紀のロマン主義的なイメージをもった西洋人は、北京や上海をはじめとする今日の中国の様々な街を訪れれば、考えを改めるはずだ。生きた文化としての中国は同時代のものであり、凍結した過去の考古学的見本などではない。ソーシーが述べるように、「現代中国の研究者たち」は「我々のすべてが同じ時代に生きているという事実を認めることに何の抵抗ももっていない」[7]。しかし、古い考えや固定観念はいまも存在する。驚くことに、我々はアジアの金融危機の波がしばらく引いている間にも「アジア的価値観」を巡る言説の再来を目撃しているが、経済的困難に陥っているときや二〇〇三年にＳＡＲＳ（サーズ）が蔓延したときでさえ、「アジア的価値観」を主張する声が完全になくなることはなかった。

ここで私はあるタイプの「アジア的価値観」について考察してみたい。それは、中国の伝統的な宇宙観と哲学思想に見られる「天と人」の完全調和である。「天と人」の完全調和は、「アジア的価値観」の言説の中で、自然に対して攻撃的であるとまことしやかに言われる西洋の世界観と対極的な世界観として捉えられている。このような二項対立的な見方が、愛国主義や帝国主義といった激しい感情となんなく結びつき、事実を丹念に調査した冷静で理性的な判断としてではなく、ただの感情的な主張として示される公式声明、言い換えれば、東洋文化の優越性の信仰告白のようになることがよくある。たとえば、中国最高の学者の一人として高く評価されている季羨林元北京大学教授も、同様の主張で二、三〇年前から脚光を浴びてきた。李教授は東洋文化の価値の擁護者として、東洋と西洋を常に確固たる二項対立で捉え、「東洋の思考様式は統合的である一方、西洋の思考様式は分析的である」ため、「東洋と西洋の根源的な違いは結局、その思考様式の差異にある」[8]と論じる。彼の考えでは、分析的であることは、どういうわけか、自然への侵略や暴力と同義である。李教授によれば、「西洋思想の基本理念は自然を征服することである一方、統合的な思考様式をもつ東洋思想は自然やあらゆるものとの一体化を主張するからである。西洋は自然を激しく攻撃し、あらゆる自然の資源を力づくで、暴力的に奪っていく」。一方で、「天と人の調和」の原理のもとで動いている東洋文化は愛と思いやりにあふれた優しさで自然と接する。[9]彼によれば、好戦的な西洋の分析的思考様式が現代社会のあらゆる病の原因となっている。李教授曰く、現代において西洋文化が広がるとともに、

世界の生態系バランスが崩れ、酸性雨が世界のあらゆるところを破壊し、美しい水源が劇的に減少し、大気が汚染され、オゾン層が破壊され、川や海や大洋が汚染され、絶滅種が現れたり、新しい病気が現れたりしてきた。こうしたことによって、人類の未来、そして人類のまさに存在そのものが危機に晒されている。そ

のような危険をもたらす恐れのあるものを除去しなければ、人類は一〇〇年ももたないであろう。[10]

右の文は一九九〇年代末に書かれたものであるが、李教授が指摘した事態は、とくに大気汚染、水質汚染、環境破壊の問題を中心に、いまの中国を物語っているかのように思える。いずれにせよ、李教授は、人類の終末が迫っているという黙示録的な警告を発する一方で、東洋文化を救済の道として提案する。「救済の方法はあるのか」と李教授は問う。答えはもちろん「ある」。世界を良くするにあたって、「東洋文化の統合的思考様式が西洋の分析的思考様式による失敗の救済になる。人類はまずもって、『天と人の調和』という考えを最重視する中国人ないし東洋人の哲学的思想に従うべきである。人類は自然の友になり、邪悪な考え方を善良な考え方に徹底的に改めなければならない。そのような変化だけが、人類の幸福な存続を約束する」[11]と李教授は預言者のように述べる。東洋と西洋の「思考様式」をこれほど徹底的な対立関係に据える意見は見当たらない。中国の愛国主義精神、そして中国ないし東洋の文化が西洋の文化より優れているという確信をここまで強く述べた発言もなかなか見当たらない。それにしても、この「天と人の調和」とは正確に言って、どのようなことなのか。「天と人の調和」という考えは中国に特有のもので、「西洋的思考様式」と対立的なものなのだろうか。そのような対立関係を越えて「天と人の調和」という考えを歴史的に調べ、原文に証拠を求めて代表的な例を引っ張り出し、「天と人の調和」という考えを異文化研究の視点から考察してみればどのようなことになるであろうか。

天と人の調和、すなわち《天人合一》という考えは、古い中国思想に実際にあるもので、複数の古代の書物やその注釈に天人合一の概念や見解が書かれている。《天》は、万物を秩序立て、王の地上の統治を正当化する権威として、『易経』や『詩経』、『論語』、『春秋』ほか、多くの書で言及されている。また、《天人合一》という考えは儒教だけでなく、ほかの様々な思想にも取り入れられている。たとえば『墨子』の中の一巻「天志」（天の意志）には、《天人合一》の概念が次のように明快に書かれている。「天子が善行をなせば天はこれを賞し、天子が暴行をなせば天はこれを罰する」[12]。《天子》は王や皇帝といった統治者を意味し、『墨子』には、天は、行い次第で統治者に報酬と罰を与える力や政治体制に正当性を与える力をもっていると書かれている。現代の注釈者が論じるように、『墨子』は天を、意志と力をもった擬人化された神意、すなわち「その意志に万人が従い行動しなければならない宗教的力」[13]として概念化している。この『墨子』の考えが儒教の政治思想に取り入れられたことは、その後の儒教の発展にとって非常に重要な契機となった。もっとも天を、人間世界を超越した最高権力として理解するのは『墨子』だけではない。ほかの古代中国思想も同様である。たとえば、道教の書『荘子』の「天運」には次のようにある。「自然界に六極・五常があって、帝王がそれに順っていけば世の中はよく治まるし、逆らえば悪くなる」[14]。ここでは天と統治者の間に明確な照応関係が築かれ、天の意志に従うことが正しく平らかな政治にとって欠かせないこととされる。天と人の調和という考えは、とくに『春秋』を公羊伝に基づいて解釈する公羊学によってその輪郭が描かれ、前漢の時代（紀元前二〇六～二五）に大きく発展した。

公羊学の著名な学者であり政治家の董仲舒《とうちゅうじょ》（紀元前一七九～一〇四）は、その後の儒教の歴史を方向づけた重要な人物である。董は博学な学者で、陰陽説、万物は木・火・土・金・水の五種類の元素からなるという五行説、人の身体は星をはじめとする天の全体と不可分の関係にあり、常に自然界の影響を受けるとする天人相関説、天の調和を政治的調和とする天人合徳説など、当時の様々な知を融合する重要な役割を果たし、儒学を国家教学に押し上げた。現代の注釈者が述べるように、「天と人の調和」に関する学説が「董仲舒の教義の最も基本的な特色であり、教義の主軸である」[15]。別の研究者は、董の宇宙論の要点は「天と人の一致であり、その目指すところは結局、政治である」[16]と述べる。たしかに、董仲舒は、代表的著作『春秋繁露』やほかの書の中で、政治論と宇宙論を合わせた思想、すなわち厳密で秩序だった階層として組み立てられた天と人の照応関係を土台とする社会的身分と政治権力の体系的な統治論を提唱している。この天人論は、中国の歴史と文化に強い影響を与えてきたことから、「天と人の調和」という考えについて論じる際に避けて通ることができないものである。

董仲舒は、天が最も権威あるもので、社会的・政治的権力の起源であり、地上の政治権力に一種の神がかり的な正当性を与える権威であると考える。権力が行使される順序は厳格な階層性に基づいており、この階層には儒学に典型的な家族関係の倫理基盤が含まれている。董仲舒は次のように述べる。

天子は命を天より受け、諸侯は命を天子より受け、子は命を天より受け、臣妾は命を君主より受け、妻は命を夫から受ける。諸々の命を戴く相手は、その尊きこと皆天であり、それぞれ命を天から受けていると言っても差し支えない。(17)

右の引用からすれば、董仲舒の《天人合一》説には、なによりもまず、倫理規範と階層的秩序で社会を政治的にまとめあげ、かつ階層的社会秩序を正当化する目的がある。こうした理論的枠組みの中で、王による国の統治が天から委任され、神によって正当化されたものであるとみなされ、統治者と臣民の階層関係が家族内ならびに社会全体における階層関係と重ねられる。また、董仲舒は天と人の詳細な相似性を示し、両者は照応し相感していると論じて、天人相関説を提唱する。「天は一年の日数によって人間の体をつくった。だから、人体に小さな関節が三六六あるのは日数に副ったものであり、大きな関節が一二あるのは月の数に副ったものであり、体内に五臓があるのは五行の数に副ったものであり、体外に四肢があるのは四季の数に副っているのである」。開き閉じるという目の働きは太陽と月に相当する、息を吸い吐くのは空気の流れや風に相当する、悲しみや喜びをはじめとする気分は四季の変化に相当する。このようなあらゆる相関関係をもって、天と人が互いに類似するものとみなされる。天が擬人化された神を形象《かたちづく》り、人間は宇宙の小型模型となる。董はこれを言い換えて「天地之符」(18)と述べた。天と人はすべてにおいて符合するために、人間は具体的なものや特殊なものを見ることで抽象的なことや一般的なことが理解できる。このことを董は次のように述べる。「形のあるものを言うことによって形のないものを明らかにし、数えられるものを把握することによって数えられないものを明らかにするのである。すなわち、理解の道は、相の類似を見ることである。これはちょうど、形あるものをみて、数が相当することを確かめるのと同じことである」[19]。

右のことは、天の送る吉兆の徴《しるし》として天体の動きを観察したり、自然災害や非日常的な出来事を記録したりすることの重要性を説いている。また、人間が観察するものごとへの解釈の必要性、注釈・釈義と政治・倫理の強い関係性、自然兆候の適切な解釈を通じた天意の理解といったことにも光が当てられていると考えられる。董曰く、「およそ災害の根は、すべて国家の欠陥のために生ずる」。自然災害は人間に対する天の警告であり、したがって、国を治める者は「災害をとおして天意を知るように努めなければならない」[20]。これが《天人合一》という思想の政治的意味であり、その政治思想は自然を愛することや調和といった考えとほとんど関係がない。

天で起こることはすべて人間の世界の出来事と相関しており、人間の世界に影響を及ぼす――これは中国の古代の考え方だが、しかし、そうした考え方、すなわち現在占星術と呼ばれるものは、中国だけにあるものではない。星や天体の観測を天の意志を理解する方法とみなす考え方は、ほとんどすべての文明に共通する。「神は我々のために視覚を考案してこれを贈り給うた。その目的は、我々が、天にある理性の循環運動を観察して、この乱れなき天の循環運動を、それとは同族であるが乱れた状態にある、我々の思考の回転運動のために役立てるようにということである」[21]。これを読むと、董仲舒の言葉のように思えるが、実際にはプラトンが述べたことである。大昔の天体観察や天体の動きの記録は、予言を目的とした。ジェフリー・ロイドは古代メソポタミア、中国、ギリシアの天体観測を考察し、この三つの文明は「天が人間の運命を左右するメッセージを送る、しかも運命を決定するのではなく、智慧が必要であるという警告としてメッセージを送る」[22]と信じていたことに注目した。これは、董仲舒の天災説がまさしく説いていることである。「国家に欠陥が現れ始めると天は災害を出して警告する。警告しても変わらなければ、奇怪な出来事を見せて人々を驚愕させる。それでもなお驚愕せず恐れなければ、罰として災害を生じさせる」(23)。ギリシアでも中国でも災いを天からの警告として理解していたという驚くべき類似性から、天体と人体、自然現象と人間世界の相関関係、すなわち《天人合一》は中国特有の考えではなく、西洋にも太古の時代や中世から一八世紀やそれ以降でも見られるものであるということが理解できる。

このように、自然界と人間界を、階層秩序をもった照応関係のある一つの世界とみなす「全体論《ホーリスティック》」的見方は、アーサー・ラヴジョイの『存在の大いなる連鎖』やE・M・W・ティリヤードの『エリザベス朝の世界像』といった古典的著作でも論じられているのはよく知られるところである。ティリヤード曰く、「中世の生活様式は数理的と呼びたくなるようなもの、つまりこの上なく複雑なルール体系のもとであらゆる行動が起こされる壮大なゲームに準えたくなる」(24)。おそらく、存在の大いなる連鎖という西洋の発想は、中国の《天人合一》思想に比べてかなり整然とした宗教的体系をもつものと言えるだろうが、中国文化も西洋文化も、天と人、大宇宙《マクロコスモス》と小宇宙《ミクロコスモス》の間に様々な照応関係を設けて、天のあらゆるものと地上のあらゆるものを結びつけて考えているのは明らかであり、異文化比較研究にとって貴重な考察材料を提供している。

先に董仲舒が人体を一年の四季、一二カ月、三六六日など数字的な相関関係をもって表していることを見た。これも、ある意味で、人間と宇宙が完全な相関関係のもとに繋がっているとみなす西洋の見方に合致するものである。ティリヤードは多くの文章を引用し、西洋の伝統では「人間に宇宙の自然法則的秩序と一致した類似性がある」とみなして、「大宇宙《マクロコスモス》と小宇宙《ミクロコスモス》との間に自然法則的相関関係」(25)があると考えていたことを論証している。人間は大宇宙《マクロコスモス》に準えた小宇宙《ミクロコスモス》であるという人間観、国家の隠喩、あらゆるほかの生物とどういうわけか異なっている特殊な存在という人間観。董仲舒の著作には、こうした西洋の考え方にすべて対応する記述がある。中国の《気》は、宇宙に満ち人間を覆う、命をみなぎらせる空気ないし蒸気のようなものと考えられているもので、西洋の言語に等価の表現を見つけるのが難しいため、翻訳不可能であるとよく言われる。董仲舒によれば、「天地の間には陰陽の気がある。人はちょうど魚が水の中に覆い包まれているように陰陽の気に覆い包まれている。

陰陽の気と水が唯一異なる点は、水は形のあるものであるが、陰陽の気は形がないことである」[26]。人間の行動と宇宙全体の動きを結びつける仲介物がここでいう《気》であり、この用語を西洋の言葉に正確に翻訳するのは確かに難しい。だがここで、かつてヨーロッパで広く支持されていた四体液説を巡るティリヤードの叙述を見てみよう。「肝臓で作られる四つの体液は生命の元である体液である。この四体液は命を活性化させる成分である熱源を発生させる。熱源は地球の中心の炎にあたるもので、四体液をゆっくりと混和させる仲介物である。(……)、自然霊気は肝臓で生成される蒸気で、四つの体液とともに血管を巡る」[27]。《気》という中国の思想と「命を活性化させる成分である熱源」や「蒸気」の類似性は注目に値する。たしかに、両者は同一のものではないが、類似した機能をもっていると考えられる。

同様に、プラトンに起源をもち、一二世紀のソールズベリーのヨアンネス(一一二〇頃〜一一八〇)が明解にした西洋の国家(ボディ・ポリティック)という概念も中国の政治思想に似たような表現がある。ソールズベリーのヨアンネスによれば、「王は共和国の頭であり」、行政府は心臓、「行政区画の裁判官と政治家は耳、目、口の役割を演じ」、役人と兵士は手、王を支える者たちは「脇腹にあたる」[28]。宋の時代の政治家でソールズベリーのヨアンネスより少し前の時代に活躍した李綱(一〇八三〜一一四〇)も国家、すなわち「天下のすべて」は「一つの人間の体であり、王宮の内部は心臓、四方に伸びる外の執務室は四肢、法律、準則、刑法は静脈と動脈である」[29]と表した。これを読むと、董仲舒が彼の最も重要な社会政治理論の中で、人体と天＝宇宙の構成を類似するものとして示したことを思い出す。古代中国の政治思想と西洋の政治哲学がきわめてよく似た構成をもっていることから、国家(ボディ・ポリティック)ならびに人体と自然界の照応関係は、人間の考えることが言語や文化の違いを越えていかに似ているのか、実に説得力のある証拠となるはずだ。

聖書が神の寵愛する創造物たる人間を万物の頂点に立つ特別な存在とみなしているのは疑うことのない事実である。なぜなら、人間は「海の魚と、空の鳥と、地に動くすべての生き物とを治め」(「創世記」一：二八)るとしているからだ。人間を万物の頂点に立つものとする聖書の規定は、「神は自分のかたちに人を創造された」（「創世記」一：二七）という考えとともに、ルネサンス期の人文主義の勃興にとってきわめて重要なものであるが、一方で「アジア的価値観」を主張する人々の中には、そうした人間観を、人間を自然に対抗させる人間中心的イデオロギー、自然を征服し人間と自然との調和の破壊に邁進する攻撃的な「西洋的思考様式」として西洋を批判する者もいる。そうした批判は、本章の冒頭で見たように、中国ないし東洋の文化に生きる人間は自然と完全に調和しており、人間は万物の頂点に立つ存在などではなく、「天と人の調和」という考えとともに宇宙の万物と平等の存在であるとみなしていると言わんばかりである。だが、董仲舒の著作に照らして検証すると、そうした主張が完全に間違っていることがわかる。董仲舒は「人は超然として万物より高く、それゆえに地上で最も尊いものである。人の下に万物があり、人は天と地の間にある」[30]と明快に述べる。「人の体を見ると、人は万物よりどれほどはるかに高く、どれほどはるかに天に近いのか」と董仲舒は思案する。董は続けて、人間以外の生物は人間と比べて天地の要素を欠いているため、彼らが動くときは半身を曲げたり地を這ったりするが、「人だけが直《なお》く立ち、それゆえ真に価値がある」[31]と述べる。直立状態を人間の価値や気高さに結びつける考え方は、神がエデンの園で創造した最初の二人の人間、アダムとイヴに、ジョン・ミルトンが熱烈な賛辞を送る場面を思い出させる。ミルトンの偉大な叙事詩『失楽園』の第四巻では、アダムとイヴが次のように描かれる。

威厳にみちた裸体のまま、
自然本来の光栄につつまれた気高い姿の二人の人間が、
直《なお》くかつ高く、そうだ、神の如く直く、万物の王者として、
そしてまたいかにもそれにふさわしい姿で立っているのが見えた。
二人の神々しい顔には、栄光の主なる創造主《つくりぬし》の像《すがた》が輝いていた。

（『失楽園』第四巻二八八～九二〔『失楽園（上）』平井正穂訳、岩波書店、一九八一年、一七六頁〕）

人間が地球上で最も高貴で優れた生き物であると考えるのは、実際には、西洋と中国の儒教の両者に共通する人文主義の伝統である。董仲舒は明確に、天下のすべての生き物の頂点に人間を据えた。事実、儒教の教えは人間中心である。『論語』にあるように、ある日孔子は朝廷から退出し、家の厩が焼けたのを知り、すぐに『負傷した者はいなかったか』と曰って馬のことは問わなかった」。孔子にとって仁とはなによりも「人を愛すること[32]」であった。もっとも、人間を地上の万物の頂点におくことで人間と自然の間にあるバランスが崩れるとは必ずしも言えず、自然を征服し破壊するのか、人間のあらゆる私利私欲や欲望を棄てて自然を守るのか、いずれかしかないと考えるのは人心を惑わすだけである。そのような「あれかこれか」といった二項対立的見方は、冒頭で論じたように誤ったものであり、無益なものであり、東洋と西洋に恣意的に定められた文化的差異や対立を強化するだけのものである。今日の世界で我々に必要なことは、様々な視点や考えに心を開き、地球上のあらゆる文化における最良のものを学ぶことである。実際、世界の優れた文化や伝統の間には、根源的に通約可能な相互に価値を高め合う考え、見識、未来像を見出すことができる。人類が共有する考えや見識、未来像の価値を認識し、アジアとヨーロッパ、東洋と西洋の対立を煽るのではなく、両者の相互理解を促進することが研究者や知識人に課せられた務めである。アジア的価値が人類の価値ではないということを、我々は認められるようになるべきである。そうした努力の中での異文化理解にこそ、真の理解への希望、人文学への希望がある。

第五章　廬山の真の姿——視野とパラダイムの重要性

正面から眺めると尾根つづきの嶺みね、側面へまわって眺めると切り断った峰となる。廬山は眺める位置の遠近高低によって、それぞれに違った姿に見える。廬山そのもののまことの姿はどうなのか、さっぱりわからないのは、自分が廬山の中に身をおいているがゆえである。

——蘇軾「題西林壁」〔『蘇東坡』近藤光男訳、集英社、一九七五年、二二四頁〕

我々は異なった理解をする、いやしくも理解するのであれば。

——H・G・ガダマー『真理と方法』

中国最高の詩人の一人、蘇軾《そしょく》（一〇三七〜一一〇一）が書いた廬山《ろざん》を巡る右の短い詩——禅仏教の偈頌《げじゅ》のようだが——は、認識と視野の相関関係について哲学的な洞察を述べた詩として知られ、内部にいる人間の視野の限界と無知を巡る洞察として理解されることが多い。有名な最後の二行で詩人が言うように、「自分が廬山の中に身をおいているがゆえ」、内部というまさにその身の置き所のために「廬山そのもののまことの姿はどうなのか」知ることができない。廬山の外に出なければ山全体の姿が目に入らないため、廬山の中にいる人間より外にいる人間の方が、山をはっきり見ることができるであろうと言いたいのかもしれない。この詩をそのように読めば、当然のことながら、外部にいる人間の視野が特権化され、中国を中国の内部からではなく、外部から理解しようとする西洋の中国学にとって非常に肯定的な意味をもつようになる。距離をおいて中国を眺め考察して理解するということになれば、中国学では、中国の外部の人間という恩恵に浴する西洋人の方が中国人より有利な立場にあるのかもしれない。実際、そうした考えは、西洋の多くの中国学の研究者がもっており、ある程度まで間違った考え方でもなく、認識と視野がもつ特質、研究対象の内部にいる人間の限界と無知を巡る蘇軾の哲学的洞察が支持しているようにも見える。

図らずも、視野、すなわち地平は、哲学的解釈学における重要な概念になっている。この概念はフリードリヒ・ニーチェとエドマンド・フッサールが用い、後にハンス＝ゲオルク・ガダマーが理解するということのまさにその本質を理解するための重要な用語に展開した。「地平はある地点から見えるすべてのものを包み込む視界である」とガダマーは言う。「これを思考に適用して、地平が狭いとか、地平が広がるかも知れない、新しい地平が開かれるなどと言う。この地平という語は、とくにニーチェおよびフッサール以来、哲学において、有限で規定された存在に思考が拘束されていること、視野が一定の歩調で拡張されること、を表現するために用いられている」(1)。人間はみな、各々の地平や立脚点からものごとを見て理解する。人間が目にするのは各々の視界の中にあるもの以外のなにものでもなく、「有限で規定された存在」に拘束されている。したがって、地平とは理解の先行条件、すなわちハイデガーが理解の先行構造と呼ぶもののことである。人間の理解はいつでも、理解しようとしている事柄に対してすでにもっている考え、つまり、期待や先入見が伴うものであり、理解の過程とはどうやら「解釈的循環」の中を移動することと言えるようだ。

それゆえ、西洋の中国学の研究者は、不可避的に、西洋人の地平＝視野から中国を理解しようとする。しかし、解釈的循環の要点は、循環的過程の必然性を承認したり、理解の循環性や地平の主観性を正当化したりすることではない。ハイデガーは理解には先行構造があることを強調するが、「彼の解釈学的な反省の要点は、ここに循環があるということではなく、むしろ、循環には存在論的に積極的な意味があることを示したことにある」とガダマーは言う。「すべて正しい解釈は、思いつきの恣意性や、気づくことのない思考習慣からくる偏狭さに対して自らを守り、《事柄そのものへ》とまなざしを向けなければならない」[2]。この哲学的洞察から中国学を考えると、外部の人間の視野に特権性があるとは必ずしも言えないことがわかる。なぜなら、内部の人間という他者の地平からもたらされるであろうものをなおざりにして、自身の地平＝視野の意義を強調し過ぎるきらいがあるためである。

これこそが、三〇年近く前にポール・コーエンが『中国の歴史を発見すること』で指摘した要点である。同書でコーエンは、西洋の学者たちが外部者の地平から内部に目を向けずに中国を見ていたそれまでの中国学とは異なる、新たな中国学のパラダイムを意図的に提唱した。コーエンはアメリカにおける中国学の展開を考察し、一九五〇年代のアメリカの中国学の研究者たちは、アヘン戦争から義和団の乱を経て中華民国設立にいたるまでの近代史を解釈する際、「西洋の衝撃・中国の受容」という理論的枠組みの内部にとどまり続けていたことを見出した。彼らは総じて、もし西洋が中国に何の衝撃も与えなかったなら、中国は停滞し、変化しなかったであろうという見解をもっていた。衝撃―受容という理論的枠組みが、一九世紀から二〇世紀初頭までの中国史の理解の基本的地平になっていたのである。

このことと密接に関係するのが「近代化」という理論的枠組み、すなわち中国の近代史を近代化の歴史とみなし、『近代的』を『西洋的』という言葉と、『西洋的』を『重要な』という言葉と等価におく[3]」枠組みである。その結果、西洋と西洋の知が中国の近代史研究において欠かせない要素とみなされ、他方、近代化と無関係な中国的要素は同枠組みにおいて軽視された。しかし、一九六〇年代後半には、公民権運動とヴェトナム反戦運動が全米で起こり、アメリカや西洋全体の学術界で自己批判の思潮が顕著になった。中国学にも新たなパラダイムが現れ、コーエンはそれを「帝国主義的」と呼んだ。実際には、それは反帝国主義的なものであり、西洋の帝国主義が中国の社会発展をいかに妨げ停滞させたのかという問題に焦点を当てるべきと主張する自己批判を徹底した理論的視座であった。とはいえ、西洋を鋭く批判するこのパラダイムも、たとえそれが中国に及ぼした西洋の衝撃の結果を肯定的にではなく批判的に捉えるものであったとしても、中国の近代史を基本的に西洋の影響史として理解することに変わりはなかった。

コーエンによれば、「衝撃―受容」、「近代化」、「帝国主義」という三つのパラダイムはすべて、中国史の内部現象にほとんど、ないしはまったく注意を払わず、中国を外部の視点から眺め、「どの道、歪曲した西洋中心的見方を一九世紀・二〇世紀の中国の理解に取り込んでいる」[4]。そのような西洋中心的な歪曲に対して、コーエンは「中国中心」の方法を中国史研究に提唱する。それは、中国の言語資料や中国の視点に重きをおく方法である。この方法について、コーエンは次のようにその特徴を述べる。

この新たな方法の一番の特徴は、中国の問題を中国の文脈の中に最初からおくことにある。それらの問題は西洋の衝撃によるもの、あるいは西洋が直接引き起こしたものかもしれないし、西洋とは無関係なものかもしれない。しかし、いずれにせよ、それらの問題は中国国内で中国人自身が経験したものであり、それらがもつ歴史的重要性は西洋の物差しではなく中国の物差しで測られるべきであるという二重の意味において、まさに中国の問題なのである[5]。

もちろん、西洋の中国学の研究者に中国人になれと求めることなど不可能である。コーエンも「西洋の歴史家が取り組むべきことは、あらゆる民族的歪曲化を根絶するという実行不可能なものではない」と言う。「民族的な歪曲化を極小化し、その過程において、西洋人は自身の地平の外に出て、西洋中心の要素が少ない新たな方法で中国の歴史を捉えるという実行可能なものである」[6]。コーエンが提唱する「中国中心の歴史」の要点は、中国の現代史を西洋の外圧的影響の受け皿としてではなく、中国自身の社会構造とともに自ら展開したものとして認識することにある。「中国国内で中国人が自ら経験した」歴史を強調することが、内部の人間の視点、歴史的出来事の当事者たちの地平を重視しようとすることであるのは明らかである。コーエン曰く、「中国中心」という言葉を用いるのは、「他の地域から持ち込まれた重要度の基準ができる限り排除された言葉で、歴史の中で起こったことを理解しようとする中国近代史への研究方法を説明する意図がある」[7]。中国の言語資料を重視し、中国の歴史展開において重要な契機となったことを内部から確認することによって、中国の内部で起こり続けていることがはっきり目にできない具体的な現実感に欠ける外部の人間の限界を乗り超えるパラダイム、すなわち、内部の人間の視点、地平、経験を重視した、西洋偏向の見方を乗り越えた「中国中心」のパラダイムをコーエンは構築しようとしたのだ。

コーエンはその後の著書の中で、歴史家としての自身の仕事の中で一貫して「変わらぬ関心」を次のように明言する。「西洋人が重要であるとか、当然であるとか、普通であると考えることからではなく、中国の中に入り、中国人の経験にできる限り即して中国史を再構築することである。(……)すなわち、ヨーロッパ中心的な先入観、西洋中心的な先入観という重荷を背負わされた中国の過去への接近方法を乗り越えていくことである」[8]。コーエンの提唱する「中国中心」のパラダイムの重要な特徴は、彼が後に繰り返し述べるように、「中国の過去を、中国の外部の基準で考えられた歴史的問題という見方からではなく、中国人自身が経験したように再構築すること」[9]である。アメリカの研究者にとって、外部の人間の地平の限界を超え、西洋中心のバイアスから決別し、中国の歴史を国の内部現象に従って、中国の内部から理解しようという意識的な試みは、ガダマーの言う「正しい解釈」にいたる試み、言い換えれば、「《事柄そのものへ》と常にまなざしを向けることで「思いつきの恣意性や、気づくことのない思考習慣からくる偏狭さに対して自らを守」り続ける試みのわかりやすい例となっている。この点においては、コーエンの方法は、たしかに、信頼に足る有効な歴史研究なのかもしれない。

だが、コーエンが中国の中に入り、「中国人自身が経験したように中国の過去を再構築」しようとしても、歴史的事実を完全に理解できる保障はない。歴史理論の観点からすれば、コーエンが提唱するパラダイムは、かつてジャンバッティスタ・ヴィーコが提唱したこと、あるいはとくにヴィルヘルム・ディルタイが一九世紀に「生の哲学」で論じたことと似ているように思われる。ディルタイは、「歴史科学を可能にする最初の条件は、私自身が歴史的存在であり、歴史を研究する者が同時に、歴史を作る者であるということにある」[10]と述べた。ここで思い起こされるのはヴィーコである。彼は、数学的自然認識だけが確実であるというデカルト的懐疑に反論して、真なるものと作られたものは等価(「真なるものは作り出されたものに等しい」)であり、それゆえ、歴史認識は信頼に値すると主張した。自然は神が創ったのであるから、自然のことは神のみが知っているが、「様々な国民からなるこの世界、市民社会は、人間が作ったものであるのだから、人間に理解できるようになっているはずだ」[11]。ヴィーコの主張によって、一八世紀から一九世紀には、歴史が自然科学の研究を凌駕して最も信頼のおける人知となった。

しかし、ガダマーはこの議論に満足しない。なぜなら、ヴィーコの議論は歴史認識の問題を解決していないためである。ガダマー曰く、「同質性という条件の中に、歴史の認識論本来の問題がまだ隠されたままになっているのである。すなわち、問題は、どのように個人の経験とその認識が歴史的経験へと高まるのかである」。人間は各々の地平、経験、知識に制限されているため、「有限の人間にとってそのような無限の理解がどのようにすれば可能になるのか、という決定的な問いは残る」[12]。こうした問いに、ヴィーコもディルタイも満足のゆく答えを示さなかった。過去の歴史の再構築に際して、歴史家は、当然のことながら、昔の人々が経験したであろうことを想像し、できる限り自己移入して、当時の社会状況や出来事を経験しようとするが、「自己移入」しても歴史家の地平が常につきまとうため、歴史理解に「客観性」を付与することなどほとんど期待できない。しかし、このような問題は蘇軾の詩ですでに明らかにされていたはずである。「廬山そのもののまことの姿はどうなのか、さっぱりわからないのは、自分が廬山の中に身をおいているがゆえである」。すなわち、コーエンは、自己移入による理解をとおして内部にいる人間の視点を模倣することによって、「有限で規定された存在」に拘束された内部の人間がもつ特別な視点を手に入れただけなのだ。

もっともコーエンは、歴史の過程に関わる内部の人間の視点から中国の歴史を自己移入して再構築しようと提唱する一方で、内側からは見えない歴史の全体像の理解に取り組もうともしている。その方法は、中国を様々な政区、省、県、郷、市という「水平方向」の構成要素と、異なる身分や社会階層という「垂直方向」の構成要素に分割するというもの、すなわち一方で地域特有の歴史研究、他方で地位や財産の別から人間を捉える歴史研究を促進するというものである。広大で多面的な中国を扱いやすい小さな断片に分断するということである。その際、コーエンは、彼自身認めているように、「中国中心などではまったくない、地域中心、省中心、ないし地方自治体中心的」[13]な方法論を提唱したのだった。コーエンは一九七〇年代以降のアメリカの中国学を調査したとき、人類学やシステム理論をはじめとする社会科学の理論を中国史研究の方法に応用することで生まれた多くの成果について好意的な意見を示した。つまり、コーエンの「中国中心」のパラダイムは、このときまでにすでに、ある別の目立った特徴、すなわち、「歴史以外の学問分野（例外もあるが、主に社会科学）において発展した理論、方法論、手法を熱心に取り入れ、それらをできる限り歴史分析に統合する」[14]という特徴をもつようになっていた。しかし、そうした社会科学の理論や方法論、手法はすべて西洋の学問の成果であるため、中国史研究の多くが、ほとんど必然的に「中国中心」のパラダイムに適合しなくなる。西洋の理論モデルを用いて中国内部のことを考察する研究者の間に「理論的洗練性」という卓越感や驕りが生まれれば、「中国中心」のパラダイムは知らぬ間に破壊されることにもなる。事実、一九七〇年代以降のアメリカにおける中国学には「中国中心」のパラダイムの成果はあまり見られず、西洋の研究を俯瞰してみても「中国中心」のパラダイムの影響はそれほど顕著ではない。

先に述べたように、フランスの研究者フランソワ・ジュリアンは多くの著書の中で、西洋の研究者という立場から中国を典型的な《他なるもの》として見る。彼は中国学の目的を「自己へ向かうこと」と明言する。すなわち、「中国は、西洋の思考を外側から見つめるための事例研究となる」[15]。たしかに、中国を西洋の引き立て役として扱う彼の近著には『外（中国）からの思考』という意味ありげな題名が付されている。ジュリアンはフーコーに従って、「厳密に言えば、非ヨーロッパとは中国のことであり、それ以外のなにものでもない」[16]と断言する。西洋の研究者が中国を、西洋自身を見つめなおすための鏡として用いるべきと主張する分にはまったく問題ないが、ジュリアンの場合、あまりにもわかりきった対照を対照的であると述べる点に方法論上の問題がある。ジュリアンの方法は、中国と西洋の概念や思考、価値観は互いに相容れないものであるということを見出すのが目的となっているため、彼が発見したと言う対照はすべて、発見する以前の始まりの時点ですでに決定済みのものなのである。したがって、彼の議論は同じことを何度も繰り返し、目新しい対照の指摘がない。それは、彼自身の期待と先入見の再確認に毛が生えたようなものにすぎず、歪みのない対比的視点で「《事柄そのもの》」がどのように見えるのか、観察し、発見したものではない。

　別のフランス人研究者ジャック・ジェルネもまた、一七世紀から一八世紀にかけて起こったいわゆる「典礼論争」で生じた文化間の衝突の考察で、キリスト教と中国の文化の間にあるあらゆる差異を言語や思考といった根源的な次元に求めて、両者の間には「知の伝統が異なるばかりか、知の類型も思考様式も異なる」[17]と論じた。ジェルネは続けて、中国人には抽象的な思考ができない、つまり、中国語には文法的範疇がないと述べ、これを哲学の領域に適用して、「現象を超越した、不変で恒常的な実相という意味での存在という概念は、中国人にとってなお理解しがたいものであっただろう」[18]と結論づけた。中国文学の研究では、ステファン・オーウェンが類似した議論を展開している。オーウェンは、恣意的で人工的な記号体系をもつ西洋のアルファベット言語と異なり、中国語は「自然そのもの」であり、中国の詩は、自然の模倣という点において想像上の虚構物である西洋の文学と異なり、言わば自然の顕在化であると論じた[19]。西洋の詩人が創り主なる神に倣って無から虚構の世界を創り出すのに対して、中国の詩人は「あるがままの自然に参入する」。西洋の詩が文字による創造であるのに対して、中国の詩は「自存的世界」の描出であり、中国の詩人は、孔子の例に倣って、ただ「伝えるだけであり、創造することはない」[20]。結局、中国の詩は「ノンフィクション」であり、語られた言葉は事実と「正確に一致」し、隠喩や寓意、虚構性をもたず、文字通り理解されうるものである[21]。

ここに挙げたものは、東洋と西洋を相反する関係に据える中国学のわずかな例にすぎないが、そうした二項対立的議論にはどれも先行決定の問題がある。すなわち、中国文化の諸相が自身の対比として、あるいは反転した鏡像として立ち現れる西洋人なるものをあらかじめ設定しているという問題である。それは外部の人間の自意識的視点であり、そうした視点をもった研究者が中国の言語や文学、思考、文化を議論する際には、内部の人間、すなわち中国人研究者の意見や彼らが中国語で書いた書物にはほとんどまったく目を向けない。これが「中国の中に入り、中国史を中国人の経験にできる限り即して再構築」しようと考える「中国中心」のパラダイムの精神に真っ向から反するものであることは疑いない。外部の人間が二〇世紀の長い期間にわたって中国人による研究成果を無視してきたことには、それなりの理由ともっともな申し開きがあると考えられる。中国人の研究の多くは国家公認のマルクス主義であるマオイズムの影響を強く受けており、厳しいイデオロギー統制のもとにあったものさえ少なくない。中国の研究者たちが、とくに歴史をはじめとする人文社会学の領域で、マオイストの正説の教条的理念を逸脱してものを言うことはまず不可能だった。これが二〇世紀の中国人の研究の、全様とまでは言えないものの、概況である。しかし、今日の中国は違う。社会生活の諸々の面が変わるに従って、中国の研究状況は一九七〇年代から八〇年代にかけて劇的に変化し、中国の知識人自身が過去の教条的イデオロギーをほとんど捨て去った。事実、いろいろなことが様変わりしたいま、西洋の中国学の研究者たちが中国人の研究成果を無視するのはもはや賢明なことでも現実的なことでもない。

たとえば、昨今では「中国」というまさにその概念や歴史上の意味が議論の的となっており、中国人研究者たち自身が論じることに耳を傾ける必要が大いにある。西洋の国民国家の議論は、当然のことながら、ヨーロッパの歴史が前提となっており、したがって、国民国家の形成は中世の終焉と近代初期へと展開する過程に付随するものという合意がある。たとえば、イマニュエル・ウォーラーステインは国民国家を世界システム論の観点から論じ、「近代国家は主権国家である。主権国家は近代世界システムにおいて発明された概念である」[22]と断言する。ウォーラーステインはルネサンスおよび一六世紀以降のヨーロッパの歴史を基にして国民国家を分析したが、中国という国の歴史、すなわち、「華」(文明人)を「夷」(蛮夷)と明確に区分してできた文化的政治的総体としての中国の歴史は、ヨーロッパのルネサンス期よりはるか古くまで遡る。最も早い時期に用いられた「中国」という言葉は甲骨や銅器に書かれたものだが、書では秦王朝以前の三〇近くのものに登場している。古い書物に書かれた中国という言葉は概念的に異なる意味をもっている。「地理的には、中国という言葉は古代世界の中心を意味する。一方、中国の外部は東西南北いずれも辺境と考えられていた」と黄俊傑は古代の「中国」の概念について考察した論文の中で述べる。「政治的には、中国は王が統治する地域であり、外部の世界は残忍な野蛮人が住む場所とされた。文化的には、中国は文明世界の中心であり、外部は未開の地で、夷狄戎蛮《いてきじゅうばん》という蔑称で呼ばれた」[23]。近隣の遊牧民族の北方侵攻もあって、少なくとも宋(九六〇~一二七九)の時代には、はっきりと定まった国境と明確な主権意識をもった国民国家としての中国という概念が中国人、主に漢民族の頭に刻まれた。ほかとは異なる一つの国民、一つの国家であるという感覚、ほかとは異なる「中国人」であるという意識は、葛兆光が論じるように、古代の「中国」とその「文明」(主に漢民族の文明)の正統な後昆という自覚を与えたばかりか、「近年の中国人の愛国主義イデオロギーの遠縁にもなった」[24]。もちろん、過去の中国がいまとまったく変わらないと考えるのは甚だしい時代錯誤である。国境も、中国と呼ばれる国の多民族構成も、何世紀にもわたって繰り返し変化してきた。今日の中国は、実際、過去の中国と異なるが、ポストモダン理論やポストコロニアル理論という物差しに見合うように中国の歴史や現実を作り上げ、中国を単なるイデオロギー概念、純粋な「想像の共同体」と考えることも大きな誤りである。

プラセンジト・デュアラが著書『国家から歴史を救い出す』の中で中国の現代史を論じる方法は、ヨーロッパの歴史研究の文脈で作られた概念や理論的分析を中国史の研究に適用する際に直面する典型的な困難を例証していると言えるだろう。デュアラが国民国家という虚構の構築物から「歴史を救い出」し、「啓蒙史」の主体と「単線的歴史」を支える神学モデルに疑問を呈したことは評価できる。そうしたモデルに代わり、デュアラは歴史の「分岐的」概念形成と呼ぶものを提唱した――もっとも、この考えを疑問視する中国人研究者もいるが。[25] デュアラは一方で、ナショナリズムの観点から構成される国民共同体のグランド・ナラティヴを批判する。「国民史《ナショナル・ヒストリー》は、身元不確定な迷える国民のために、歴史的変化をとおしてまったく変わらぬ国民的主体という偽りの共同体を保証する」[26]。しかし他方で、デュアラは、「歴史の所在地としての国民を根底から排除することは――いまのところ――不可能である」[27] ことを認めざるを得ない。どの道、国民とは完全な虚構の構築物などではないのだ。インドに生まれた研究者として、デュアラはヨーロッパの例をモデルにした国民国家の言説をほとんど直感的に疑い、したがって、彼は国民国家が近代の産物であるという考えに完全に同意することができないでいる。デュアラは、西洋の研究者たちが個々のアイデンティティの観点から考える国民国家という概念について論じる中で、きわめて洞察力のある指摘をする。

> (エルネスト)ゲルナーと(ベネディクト)アンダーソンは、政治的な自意識を芽生えさせることができる唯一の社会形態として近代社会を特権化することによって、ナショナル・アイデンティティをきわめて現代的な意識の様式として捉える。すなわち、国民を、歴史的に一貫した主体であると自ら想像した共同体として捉える。だが、検証可能な記録には、近代と前近代の対照について、そのような確固とした主張の根拠となるものが見つからない。近代社会であろうと農耕社会であろうと個人も集団も様々な共同体に同時に属する存在として自己をみなしている。しかも、その共同体はすべて想像の共同体である。歴史的にみると、そ

うした帰属意識は変化が激しく予想のつかないものであり、内面的に相容れないときも頻繁にある。インドであろうと中国であろうと、人々は歴史を通じて様々な共同体の表象と自己を結びつけている。こうした帰属意識は、政治と関係をもつようになったとき、いわゆる近代的「ナショナル・アイデンティティ」に類似するものとなった[28]。

ここでは、デュアラがヨーロッパの歴史を基にした理論モデルにきわめて彼らしい警戒心を抱いていること、すなわちポストコロニアル的感覚を抱いているのがわかる。彼は中国人が昔からアイデンティティの感覚を強くもっており、「エスニック・ネーションの表象は宋の時代に一番はっきり見られる」[29]ことを正しく認識している。それにもかかわらず、デュアラのインドと中国を巡る論証形式は、コーエンが提唱した「中国中心」モデルからは程遠いものである。実際、デュアラはコーエンの「中国中心」モデルに多くの疑問を呈している。「中国の史料は、西洋と中国の歴史家たちがしっかりと耳を傾けて、できる限り正確に再生しなければならないような、中国人自身が確実に語ったものなのだろうか。それとも、中国の史料は異音性《ヘテロフォニー》、すなわち、その意味が歴史家たちによって『記号化される』際に用いられる叙述によって明かされる、ただの『ざわめき』にすぎないものなのだろうか[30]」。デュアラは、現代の西洋の人文社会学が用いる理論や概念や用語を大いに借りて中国の近代史を論じており、その主張は西洋の学術的言説の典型的な特徴をもったものとなっている。コーエンも、デュアラとジェイムズ・ヘヴィアの論文に、「抽象的な思想表現や新しい造語を乱用して、自分たちと自分たちの考えていることの周囲に知の壁を築きあげる残念な傾向[31]」を見出して、その「ポストモダン」的な性格に懸念を抱いている。コーエンの指摘通り、デュアラとヘヴィアの議論は、西洋の理論から借用した新しい造語と新奇な考えに多くを負っており、コーエンが提唱した「中国中心」の歴史構築から程遠い、多分に西洋中心的なものであり、中国の歴史に関わった中国人が経験したであろうことからはかけ離れている。

これまでの議論で明らかなように、私はコーエンの「中国中心」の方法にも西洋の中国学の視座にも、特別な知の優位性は認めない。言い換えれば、中国を理解するのに必要な知識や、中国の歴史、社会、文化、伝統に接近するにあたって、内部の人間にも外部の人間にも特権性はない。良く言えば、内部の人間も外部の人間も単に各々の地平と有限で規定された存在に拘束されている、悪く言えば、内部の人間の盲点と外部の人間の無関心さや感受性の欠落は五十歩百歩である。著名な社会学者ロバート・マートンは、一九七二年に発表した見識豊かな論文の中ですでに、内部の人間であろうと外部の人間であろうと、ある種の知識に対して独占的あるいは特権的な接近方法を提唱する人々の限界を指摘している。マートンは次のように述べる。「社会構造の観点からすれば、我々はみな、当たり前のことだが、内部の人間であると同時に外部の人間でもある。我々はある集団の成員であり、ときにその結果としてということでもあるが、別の集団の成員ではない。我々はある身分を有しており、それゆえに別種の身分集団に属することはできない」。このことは、すべての個人・社会集団に自明のことである。しかし、それ以上に重要なことは、「個々の人間はたった一つの身分を有しているというより身分集合を有している、すなわち互いに影響を与え合い、行動とものの見方の両方に作用する多様で相関的な集合的身分を有しているという社会階層上の揺るぎない事実[32]」である。近年、マルティア・センも同様の重要な事実を強調し、単一で唯一無二のアイデンティティという幻想こそが現代の世界で争いや戦争を引き起こすと論じる。セン曰く、「暴力は、何事もすぐに真に受ける人々に好戦的という唯一無二のアイデンティティを付与することによって誘発され、熟練したテロ職人によって擁護される[33]」。センは続けて、アイデンティティの意味の説明において、人間の所属は常に複数にまたがっているものであり、人間はみな多様なアイデンティティを有していることに気づくべきだと述べる。「我々はみな、個々の生活の中で、すなわち各々が背負っている背景や他者との交流、社会活動などから生まれる具体的な文脈の中で、様々な種類のアイデンティティが付与される[34]」。先に見たとおり、とくに第二章で論じたように、固有性ないし差異には、個人から集団にいたるまで、また文化から異文化にいたるまで、様々な水準がある。それゆえ、すべての水準に目を向けるべきであり、ある特定のアイデンティティに執着してほかのアイデンティティをないものとするようなことはしてはならない。

このように人間は相関関係をもった複数の「身分」、多様な「アイデンティティ」を有していることを考えると、中国人にだけ中国のことが理解できるとか、それと同じくらい愚かな考えとして、西洋の中国学の研究者だけが中国について正確で客観的な知識を示してくれると信じるのは馬鹿げているという結論にいたることができる。重要なことは、どのような特定の地平＝視野も、ほかの地平＝視野より優れた知を保障されることなどありえないということであり、西洋の中国学の知や研究成果の価値は、中国人による研究と中国の中国学の研究者、あるいは内部の人間の経験と外部の人間の学術的推論を分かつ単純な対立軸を乗り越えていくような一まとまりの知の尺度によって、検討評価されるべきであるということだ。中国と中国の歴史を理解するには、異なる地平から発せられた異なる意見を統合する必要があるのだ。しかし、それは内部の人間と外部の人間の意見を単に並べることではない。中国に生きる中国人による研究と西洋の中国学を単に張り合わせるのではなく、両者を突き合わせて互いの価値と問題点を明らかにすることである。再びマートンからきわめて適切な指摘を引いておこう。「ある社会の理解に独占的にあるいは特権的に迫るのは内部の人間なのか、外部の人間なのか、もはや問うことなどできない。代わりに、真実を求める過程で、内部の人間と外部の人間がいることで初めて可能な相互作用の役割を考え始めるのだ[35]」。真理の探求において、内部の人間であるのか外部の人間であるのかは、実質的には重要なことでない。より好い理解に到達するためには、他者が有する複数の所属と多様なアイデンティティとの対話とともに、我々自身が有する複数の所属と多様なアイデンティティの間での対話が必要である。

ここで本論の冒頭で引用した蘇軾の詩に戻り、地平＝視野、内部の人間と外部の人間に関する一連の問題について考えることにしよう。この詩で一番有名な部分は最後の二行であり、この部分で、内部の人間の限界と無知についてはっきりと語られている。ある意味で、詩全体は最後の二行の出来栄えの犠牲になっている。というのも、この詩を注意深く読めば、蘇軾はどのような特定の視点にも特権を与えてないことがわかるからだ。「廬山そのもののまことの姿」は唯一無二のものではなく、山を眺める者が「遠近高低」と場所を変え、見る角度を変えれば、多様な姿をしている。廬山は「尾根つづきの嶺みね」とも、「切り断った峰」とも見えるが、いずれも唯一無二の「まことの姿」ではない。この短い詩から学び得ることは、有限の地平＝視野ゆえの人間の知の限界そのものである。そうした限界、すなわち理解するということが常に「有限で規定された存在」に拘束されたものであるという事実は、この世に存在する我々人間のありようの一面である。したがって、内部の人間も外部の人間も正しい知へ接近する特権的な方法などもっていない。蘇軾の詩を、外部の人間の見方を特権化する詩として読むのは誤読である。内部にいようと外部にいようと、廬山そのもののまことの姿はわからない。内部からであろうと外部からであろうと、遠方からであろうと間近からであろうと、廬山は常にある特定の角度から、ある特定の視点とともに眺められる。

山は歴史理解の隠喩として非常にふさわしいものであり、山の隠喩は蘇軾が廬山を巡る詩で用いただけでなく、イギリスの歴史家E・H・カーも用いた。カーは、実証主義的な「客観性」の概念は放棄するべきであるが、人間の地平の有限性が《事柄そのもの》の存在を否定することにはならないと論じる。カーは、あたかも蘇軾と会話でもしているかのように、次のように述べる。

見る角度が違うと山の形が違って見えるからといって、もともと、山は客観的に形のないものであるとか、無限の形があるものであるとかいうことにはならない。歴史上の事実を決定する際に必然的に解釈が働くからといって、また、現存のどの解釈も完全に客観的でないからといって、どの解釈も甲乙がないとか、歴史上の事実はそもそも客観的解釈の手に負えるものではないとかいうことにはならない。[36]

カーの山の隠喩は、歴史的出来事がある特定の地域や地理的領土において、具体的な状況の中で、その状況ならではの事象として起こる限りにおいて、機能する。国家、主権、民族、人々の文化には、そのすべてに空間的共示がある。しかし、歴史の類は単なる具体的なもの、物質的なもの、領土的なもの以上の意味があり、それゆえ、歴史の豊かさや複雑さは右のような山の隠喩で捉えきれるものではない。単なる記録ではなく解釈でもある史書にはこの山の隠喩が示唆すること以上のものがある。なぜなら、史書は歴史家の関心・関与が伴い、したがって地平＝視野の限界を内包しているはずだからである。その意味で、蘇軾の廬山の詩には、単なる山の描写以上の教訓的意味がある。というのも、山の存在がぼんやりとした事実として認識されながらも、《事柄そのもの》の存在より、理解することの難しさに力点がおかれているためである。この難しさ、すなわち人間の地平には限界があり思考が有限で規定された存在に拘束されており、遠くのものであろうと近くのものであろうと、なにかについて知るのは難しいということは、あらゆる人文学の学問領域と同じく、中国学にとって厄介な問題である。しかし、その難しさゆえに、異なる視点や見方に目を閉ざすことなく、様々な角度からものごとを眺めて、集団忠誠する学説や、国や地域の独自性を越えた、融合的な知の基準によって、すべての学説や研究成果を評価することで、廬山、すなわち研究のために目の前におかれたあらゆるものごとのまことの姿であろうものへ近づくようになれると考える。

第六章　歴史と虚構性——文学的視点の眼識と限界

文字を用いた歴史の記録、すなわち史書が過去の歴史の叙述的説明であるという事実に、人文学研究が大きな学問的関心を向けるようになっている。具体的には、文学理論がほかの研究分野や学問領域でも用いられるようになった結果として現れた現象である。この現象を二〇世紀における人文学研究の進展という広い視野から捉えてみると、研究者たちが一九世紀の科学主義的・実証主義的判断、つまり客観的真実とは人間の主観や想像を排した非人格的な自然法則および社会法則の発見であるという厳格な考え方から離れていく必然的な歩みとして捉えることができるかもしれない。過去の出来事としての歴史と過去の出来事についての物語としての歴史——ここで、歴史《ヒストリー》と物語《ストーリー》の両方の定義をもつフランス語の単語イストワール（histoire）が思い起こされる——には、まさにその始まりから事実と想像、客観的説明と主観的投影、現実と虚構の間に緊張関係ないし二重拘束《ダブルバインド》が内在しているように思われる。実際、西洋の歴史の初期段階において、すでにヘロドトスとトゥキュディデスの史書に二つの異なる歴史叙述の様式を認めることができる。トゥキュディデスが、自分がまとめた簡素ではあるが現実主義的な過去の歴史と、デイヴィッド・グリーンが論じるように、「検証可能な真実としての現実と想像力に富んだ現実との間に(1)」明確な区別をつけないヘロドトスの面白みのある生き生きとした歴史叙述を対照的なものとみなし、ヘロドトスから距離をおいているのは疑う余地もない。トゥキュディデスの目には、ヘロドトスの史書は信頼できる歴史の記録ではなく、修辞学的実践のようなものとして映っていた。トゥキュディデスは「本書は物語めいていないので、恐らく聴いてもあまり面白くないと感じられるであろう」と言う。しかし、彼は面白い虚構作品を書こうとしていたのではない。トゥキュディデスは次のように続ける。「これは一時の聴衆の喝采を争うためではなく、永遠の財産として書きまとめられたものである」(2)。トゥキュディデスは自分の書いた歴史を文字で綴った歴史とし、ヘロドトスのものを口承の歴史として根本的に異なるもの、つまり、過去を永遠の記号に閉じ込める記述《エクリチュール》と、耳に入った途端に消えさり、忘れられる束の間の音である語り《パロール》という対照的なものとみなしているようだ。

しかし、ギリシア思想で永遠の財産とされたものは、トゥキュディデスが主張した歴史の類とは相容れないものであったようだ。実際、重視されたのは歴史的事実の記録ではなく、永遠で普遍的なものを垣間見させてくれる世事やはかなさの背後だった。このように知の永遠の客体を重んじるギリシア思想には、R・G・コリングウッドが「徹底した反歴史的形而上学」(3)と呼ぶ性質がある。それは歴史に背を向けた哲学であり、事実、古代ギリシアでは哲学が一義だった。この考えは、歴史と詩の明確な違いについて述べたアリストテレスの言葉にもはっきりと現れている。アリストテレスによれば、「歴史家はすでに起こったことを語り、詩人は起こる可能性のあることを語るという点に違いがある。したがって、詩作は歴史に比べてより哲学的であり、より深い意義をもつものである。というのは、詩作はむしろ普遍的なことを語り、歴史は個別的なことを語るからである」(4)。このアリストテレスの詩の擁護は、詩が真実の模倣ではなく、真実の見かけの模倣であるとし、「真実から遠ざかること第三番目のものと関係する」(5)と述べたプラトンの詩に対する批判への応答であった。以来、文学批評では長きにわたってアリストテレスの詩の擁護が詩の優れた価値への強力な弁明として多々引用されてきた。もっとも、『詩学』は古代・中世の時代にはヨーロッパであまり知られておらず、一六世紀後半になって初めて西洋の文学批評における重要な古典の地位に上り詰めた。スティーヴン・ハリウェルが述べるように、「アリストテレスが詩に関する考えを述べたものとして古代の批評家の間で広く読まれていたのは、実際には、三つの〈詩について〉の著述ないし少なくとも六つ以上の〈ホメロス問題〉の著述（おそらく対話形式ではなかった）の二種類のもので、いわゆる『詩学』はもともと哲学学校で用いるために作られたため、入手困難で、あまり知られてもいなかった」(6)。

いずれにせよ、アリストテレスの詩と歴史の区別は厳密なものとして理解することはできない。なぜなら、歴史もまた、ある特定の過去の出来事から教訓や見識として一般に用いられうるものを取り出すこと、すなわちあらゆる一過性のドクサ、その時代に蔓延していたあらゆる感性に基づく臆見から歴史的事実を《真実在についての知識《エピステーメー》》として救い出すことを目的とするからである。トゥキュディデスが永遠の価値をもつ書を編纂しようとしていたのであれば、ヘロドトスが『歴史』の執筆において目指したのは、「人間界の出来事が時の移ろうとともに忘れ去られ、ギリシア人や異邦人の果たした偉大な驚嘆すべき事蹟の数々もやがて世の中に知られなくなるかもしれぬことを色褪せぬようにする」(7)ために、過ぎ去る時から価値あるものを救い出して永遠のものにしようとすることであった。

書くことを時に抗うこととするこうした考え方は、中国の偉大な歴史家である司馬遷が歴史を書く目的として考えていたことと非常に似ている。歴史家というものについて司馬遷は次のように言う。「かつてその官職を掌ったことのある身分でありながら、天子の英明聖知の盛徳を放置して記録せず、功臣・世家・賢大夫の功業を抹殺して論述しなかったならば、先人の言葉が世間から忘れ去られることになり、これ以上の罪はありません」(8)〔「先人の言葉が世間から忘れ去られる」と訳した部分の中国語原文は「堕先人所言」で、「亡き父の遺言に背く」という解釈が日本では一般的であるが、英語原文は "the words of our ancestors fall into oblivion" となっているため、その意味を残した〕。この意味で、書くことは死への抵抗であり人間の生の有限性を忘れる最高の手段となる。このことについて、W・B・イェイツは「ビザンティウムへの船出」の中で詩人ならではの美しい言葉で次のように言い表す。すべての人間とその過去をまとめて「永遠の工芸品に変え」、「過ぎ去り、過ぎゆき、来《きた》ることを」永遠に歌い聞かせる〔高松雄一編『イェイツ詩集』岩波書店、二〇〇九年、一六五頁〕。

実際の史書の執筆では、ヘロドトスもトゥキュディデスも、起こったこと、ならびに記録に書かれたことをいま起こっている出来事として読めるように、物語の技巧を用いて遥かかなたの深淵にある過去の出来事を再現した。ここで、ガダマーが『真理と方法』の中で、キルケゴールの観念形態《イデー》を巡る神学的理解を引き合いに出しつつ議論した「同時性」(Gleichzeitigkeit)の概念について触れておこう。神学的概念として、同時性は「同時には存在しないことがら、つまり、自己の現在とキリストの救済の事蹟とを相互に仲介して、キリストの救済の事蹟を、それが過去のものであっても現在のこととして(遠い過去のことに起こったなにかとしてではなく)経験し信じる、という信仰者に対して課せられている課題である」[9]と規定される。ここからガダマーは歴史理解、つまり過去の出来事を「その場にのぞむこと」として理解することを解釈学上の重要な概念に発展させる。同時性はとくに「芸術作品の存在に具わっている」とガダマーは考える。同時性とは「我々に対して自己を表現しているのは唯一無二のものであり、たとえその起源は遥かかなたにあろうとも、その表現において完全な現在性をうるということ」[10]である。この意味で、歴史を読むことは、芸術作品の鑑賞と同じ、同時性の体験となりうる。なぜなら、秀逸な歴史叙述は実際、過去の出来事をあたかも現在の出来事であるかのように感じさせるからであり、臨場感から生まれる「同時性」の体験に読者は史書の美学的魅力を感得する。西洋でも中国でも、ヘロドトスであれトゥキュディデスであれ、司馬遷であれ司馬光であれ、ギボンであれトレヴェリアンであれ、偉大な歴史家は常に、彼らの史書にある色褪せない過去の記録の永続性と同じくらいの価値をもつ文学的性質のために読者の心に感動を与え、世代を越えてその文学的価値が読者に認められてきた。歴史と文学の分類区別はポストモダン理論の台頭によって疑問視され取り払われたが、歴史は昔から文学と見られてきたのである。

ヘイドン・ホワイトが述べるように、フランス革命以前、「史書は文字による芸術作品であると慣習的にみなされていた。厳密に言えば、修辞学の一部であるとみなされ、『創作的な』性質をもつものと一般に考えられていた」。しかし、一九世紀になると、歴史家たちは「真実を事実と同じもの、虚構を真実と対をなすものとみなし、それゆえ、虚構は現実を理解する手段ではなく、現実の理解を妨げるものと考えるようになった」。一九世紀の歴史家たちはアリストテレスの歴史と詩の区別を彼とは逆の順位づけで受け入れたようだ。「歴史は虚構、とくに小説に対立するものであるとみなされた。すなわち、『あったかもしれない』あるいは単に『そう思われる』ものの表象と対をなす『そうであった』ものの表象として設定されるようになった」[11]。だが、歴史家が歴史を書くときにはもちろん、小説家が小説を書くときと同様の技法を用いる。そして、ただこの単純な事実から、歴史と虚構の明確な違いが軽んじられるようになる。ヘイドン・ホワイトが強調したように、現代の批評理論がもつ急進的性格によってロマン主義以降の見方、すなわち、「虚構は事実の反定立である（迷信や奇跡が科学と反対の性質をもつものとみなされるように）、あるいは様々な事実を相互に関連づけるのに、全体を見渡し関係を把握するための虚構的基盤など必要ない」[12]という見解が斥けられるようになった。しかし、一七四二年にはすでに、ドイツの哲学者ヨハン・マルティン・クラデニウスが、ものごとの認識や概念はすべてある特定の「視点」によって決定されるものであるため、「自分たちとは異なる視点に立ってものごとを認識する人から」過去の事実が「語られるとき、そのようなことが実際に起こったと信じることができず、それゆえ、事実が虚構のように思えてしまうのだ」と論じている[13]。すなわち、歴史叙述が信用のおけない空想物として捉えられれば、過去の出来事は異なる視点からどのようにでも解釈可能なものになるということである。しかし、過去の出来事が実際に起こった出来事であることは疑いようがない。クラデニウスは次のように述べる。「過去の出来事は唯一無二のものであるが、その出来事の概念は異なり多種多様である。一つの過去の出来事には何の矛盾もない。矛盾はある一つの出来事を巡る異なる考え方から生じる」[14]。

　ヴィルヘルム・フォン・フンボルトは、ベルリン科学アカデミーでの講演で、一段と踏み込んだ発言をした。フンボルトは過去の出来事、つまり「起こったこと」は、「五感の世界では部分的にしか認識できない」ため、歴史家は認識できない部分を埋め合わせる必要がある、なぜなら、「残余部分は、人間の感覚や推理、推測によって埋められるものである」[15]からだ、と述べた。フンボルトによれば、起こったことというありのままの事実は「出来事の輪郭」を示すだけで、「歴史にとって必要な基底、歴史の素材にすぎず、歴史そのものではない」。歴史家の使命は「因果関係の中に溶け込んでいるきわめて重要な隠れた真実」を発見することにあり、そのとき歴史家は詩人と同じように「蒐集したばらばらの素材を自分の頭の中で一つにまとめ、全体を作り出さなければならない」[16]。フンボルトは、歴史記述における想像の役割を最大限に重視し、歴史と詩を類似するものとみなした。フンボルト曰く、「歴史の記述は、詩作と同じく、自然の模倣である。その基本原理はいずれも、まことの姿を認識し、必然性を発見し、偶然性と区別することである」[17]。以上のように、一九世紀でも史書にある文学的性質がはっきりと認識されていた。

二〇世紀に入り、現実の認識や現実に接近する方法として実証主義が拠って立つ基盤でなくなると、歴史と虚構の明確な区別が崩れ、物語における表象の力が以前に増して強く意識されるようになる。ダニエル・アーロンは、「出来事の輪郭」を基にして目に見えない偶然の繋がりを突き止めて、それを再び結びつけるという、フンボルトの歴史観にある意味で似た議論を展開する。「後知恵でものを書く歴史家には、すでに失われた歴史的関係を再び繋ぎ合わせることなどできない」ため、小説家と同じように、想像力を駆使して歴史的関係を繋ぎ合わせることが必要であり重要である、とアーロンは述べる。したがって、ゴア・ヴィダルの描くリンカーン像が、歴史家が厳格に定義する〈信頼できる記述〉というものに適わなくても、彼の歴史小説『リンカーン（*Lincoln*）』（一九八四）に歴史上の人物として登場するリンカーンの方が、古文書に記録された生気のないリンカーンより真実に近く感じられる。「したがって、真実というのは最も優れた想像の産物であり、目に見えない歴史の繋がりを突き止め、それを再び結びつけることとは、歴史家より小説家の方が明らかに向いている」[18]とアーロンは述べる。歴史の「後見人なる実証主義者」は、長たらしくて飽き飽きするほど「分析的で詳細な著述をもって、自分たちこそが歴史の事実を語れる者だと言わんばかりだが、想像によって過去の出来事を再編成した小説家の虚構物の方が過去の歴史をより明確に理解させてくれると思う[19]」。

一九二〇年代から三〇年代にかけて、左翼文学者が文学を歴史的に説明するための情報の収集に苦労したことを思い起こしながら、アーロンは「記憶の裏切り」について次のように述べる。「記憶と忘却の取捨選択を意識的に、あるいは無意識的に行おうとする人々、つまり自身が記述される出来事に関与し、無関心、敵意、感傷などから記憶が不鮮明になっている人々の回想では、現実に起こったことが故意に、もしくは無意識に歪曲される[20]」。近代史の把握がきわめて難しいことであるのならば、過去の歴史の記述を信用するか否かはすべて個人的判断に委ねられるものになろう。したがって、アーロンは次のように問う。「同時代の人間が書いたものであろうと、何百年も後の歴史家が書いたものであろうと、どれくらいの歴史が、不完全な史料を基に誤った情報を掴まされた人々によって書かれてきたのだろうか[21]」。それでも、アーロンは歴史と虚構の区別を撤廃せず、「ほどよく正確な複写」を提示する歴史家の仕事の価値を再確認して結論を導く。アーロンは、歴史と文学は互いに排他的な関係にある別個のものではなく、歴史家は「ヘンリー・ジェイムズが『頭の中ではっきりと浮かべられる見学可能な過去』と呼んだ喜び[22]」にあずかっていると結ぶ。現在の西洋の学問では、歴史を現実の記述、文学を虚構と単純に区別する歴史家は多くない。代わりに、歴史叙述を言語による現実の表象とみなして、文学的な物語分析のような方法で考察するようになっている。

ここで視点を変え、異なる伝統として中国の史書に目を向けてみると、中国では過去に起こったことを伝えるために編年記や一代記がかなり昔から編纂されてきた。それらは、現実の出来事の記述と虚構の物語が絡み合ってできている。古代の史書の一つに『春秋左氏伝』（紀元前四世紀半ば頃）がある。『左氏伝』は孔子が編纂したと伝えられる史書『春秋』の三つの注釈書の一つであり、最も文学的な史書である。『左氏伝』に記録された話は、文学的技巧がとくに目立つ。この書の中には、たとえば、亡命した晋の文王に従って長い間放浪していた介之推という男の話がある。文王が再び晋を統治するようになり、自分を補佐した従者たちに褒美を取らせようとすると、介之推はだれも褒美をもらうに値するような者などいないと考え、山にこもって隠遁生活を送ろうと決める。彼はこの決心について母親と話し合う。母親は当初、ほかの従者のように褒美をもらうように勧めるが、介之推は次のように言う。「人の非を責めておきながら、自分も彼らと同じように賞を求めようとしたら、私の罪の方がもっとひどい。それに、私はうらみごとを言いました。もう我が君から戴く禄を食べるのはいやです」。これに対して母親は「それならお前の考えていることを知らせたらどうです」と言う。しかし、介之推はこう答えた。「言葉というものは、我が身を飾るものです。自分は世を隠れようとしておりますから、とやかく言う必要はありません。もし言いたてたりすれば、それは隠れるどころか、身をあらわして出世することを求めることとなります」。すると、母親は「それならお前と一緒に隠れよう」[23]と言った。かくして、二人は世を隠れて、山の中でこの世を去った。別の話として、霊公が趙盾《ちょうとん》の暗殺を命じた力士、鉏麑《しょげい》の話がある。趙盾は高貴な政治家で、おごりたかぶっていた霊公を諌めたり、何度も進言したりしたため、霊公は堪えられなくなった。『左氏伝』はこのとき起こったことを次のように伝える。

> 鉏麑は早朝に出かけて趙盾の邸内に忍び込むと、寝所の門があいていた。よく見ると、趙盾は礼服を着用して出仕の支度を終えていたが、まだ少し早いので、盛服のまま坐って仮寝をしていた。これを見た鉏麑はすごすごと引きさがり深く感嘆して、「君に仕える恭敬の心を忘れない人は、民の主というべきである。民の主たる人を殺すのは不忠、さりとて君命を守らないのは不信というべきである。この一つでも行うくらいなら、死んだ方がましである」といって、邸の槐《えんじゅ》の木に頭を叩きつけて死んでしまった。[24]

感動的な記述があるために、普段読む史書に比べて、かなり面白く感じるかもしれない。もっとも、ここにある被伝達部の発話は、その信憑性がよく疑われてきた。しかし、銭鍾書は、介之推と母との会話をだれが盗み聴きしたのかとか、鉏麑は自害する前に本当にそのような独り言を言ったのかといった古来多くの読者が疑問に思ったことの中からいくつかのものを引用しながら、被伝達部の発話を、歴史叙述を支える真の構造と考え、『春秋』の文学的性質を評価する。「実在の人物と実際に起こったことを書く場合、歴史家には歴史上の人物が心に思ったことを本人の身になって感じ、過去の出来事がどのように起こったのか想像しなければならないことがよくある。歴史家は、自分の書くものを筋の通ったものとし、信憑性が十分あるものとするために、自分を過去の出来事の現場において、その場にいた人々の頭の中に、共感理解とともに入っていかなければならない」。銭曰く、『春秋』の中の発話は、実際には想像から生まれたもの、あるいは歴史上の人物を代弁するものであり、後の小説や戯曲における対話や傍白の前例になるものと言ってもあながち間違いではないだろう」。そのような想像による発話は史書のうちに入らないという意味ではない。銭はクウィンティリアヌスとヘーゲルを引いて、文学と歴史の要素は互いに背反的な関係にあるものとして理解されるべきではないと述べる。「クウィンティリアヌスは『弁論術教程』の中で人物や状況にいつもぴたりとあてはまる話し方を用いている点でリウィウスを、ヘーゲルは『歴史哲学講義』の中で、たとえ歴史家が考え出した発話であるにしても、あたかも歴史上の人物が話しているかのように語っている点でトゥキュディデスを評価している」[25]。

トゥキュディデスでさえ想像の中で発話を創り出したのは確かであり、その構成のあり方について万事心得てもいた。彼は自身の書く発話について、次のようなことを認めている。「私自身が聴いた場合でも、各地から私に報告してくれた人々にとっても、語られたとおりに正確に思い出すことは困難であった。それゆえに私は実際に語られたことの全体的な主旨に可能な限り迫りながら、各人がその時々に直面した問題について最も必要なことを述べたと私に思われたとおりに記述することにした」[26]。中国の詩は現在の状況ないし過去の状況を基に書かれると述べる中国学の研究者もいるが、銭鍾書の指摘によれば、「詩がすべて検証可能な事実の記述であり、かたや史書に虚構的装飾が施されているのは認められないとか、詩人は歴史家と同じ技巧を用いるが史書には詩的性格を認めないという意見は判断力に欠けており、擁護できない」[27]。文学作品が歴史を素材にしていることを認めるだけでなく、それ自体が読み物にもなりうる良質な史書の文学的価値を、ある程度まで、またある意味で、文学と同じように、認めるべきであろう。わかりやすい叙述のためにも、史書は想像上の会話を用いなければならないことがあるのだ。

史書では、想像によって創られる被伝達部に加えて、歴史の叙述構成も重要なものである。歴史家は、うわべ上は脈絡のない史料の山に意味をもたせ、「内なる真実」のようなものを伝えたり、道徳的教訓を示したりするにあたって、わかりやすい様式を用いるという観点から史料を選択し、まとめていくものである。たとえば、ヘロドトスが次のように述べるとき、彼はトロイの陥落から教訓を示している。「大いなる罪過に対しては、神の降し給う罰もまた大きい理を、全滅の悲運を蒙ったトロイアを例として人間に明示しようという、神霊のはからいであったのである」[28]。『春秋』の叙述には、読者に歴史的教訓を示すための道徳的鋳型がはっきりと確認できる。ロナルド・イーガンがずいぶん前に述べたように、道徳的および教訓的目的が『春秋』の叙述構成を決めている。たとえば、晋と楚の実際の戦いはわずかな描写しかなく、兵士の数や訓練の様子、装備や配置は触れられることもない。それより、道徳的観点から、勝敗の行方を方向づける戦いの前段階が詳しく描かれる。「叙述をとおして強調されることとは、ものごとの良し悪しや、自己中心的な指導者と正義の人々を区別する点にある」とイーガンは述べる。「こうなると、戦いの結果は予想がつき、戦いそのものを描く意味が明らかになくなる」[29]。このことを伝統的な中国の慣用語で「微言大意」――「短い言葉で多くを意味する」――と言うのだが、これが儒家経典の『春秋左氏伝』に特徴的なものとみなされている。イーガンの後、アンソニー・イーも、中国の伝統的な歴史叙述は出来事の変遷や状況変化の説明に「大義名分」を常に付加しようとし、出来事を「絶対的な道徳的秩序の囲いの中におこうとする」[30]と論じた。イーによると、とくに『春秋』には、「善悪をはっきり分けるだけでなく、状況に応じて『賞されるか、謗られるか』といった道徳的鋳型を設けようという意図が確認できる」[31]。中国の史書には、多くの中国の小説と同じように、叙述に道徳的鋳型と教訓的要素があり、出来事の展開は人間の言葉と行動と結果との間に思いがけない繋がりがあることを徐々に明かしていくように進んでいく。この文脈においてこそ、なぜ司馬光（一〇一九～一〇八六）の記念碑的史書が『資治通鑑』、すなわち『政治の包括的反射鏡』と名づけられたのか、がよく理解できる。ばらばらの情報の山からわかりやすい様式を作り、教訓を示すのが史書の目的である限り、詩的正義のようなものとともに序・本論・教訓的な結末へと展開する史書は詩や小説と同様の叙述構成をもっている。

現代ではヘイドン・ホワイトが史書の構成と様々な文学形式、とくに小説の構成との類似性を強調する議論で最も強い影響力をもっていると考えられる。ホワイトは次のように述べる。「筋の展開の始まり・中間・結末という構成で言及する様々な出来事の状態がすべて『実際にあったこと』であるとか『本当のこと』であるとか、また、『起こったこと』を始まりから終わりの段階へと移行していく中で単に記録しただけのものであるというのは、歴史家の作り事である」。なぜなら、始点から終点までの移行は、「不可避的に、詩的構造をしており、それゆえ、そのようなものとして、その構造に一貫性を与えるために用いられる比喩的表現の様態に依拠しているからである」[32]。ここで興味深く思われるのは、ホワイトが歴史を事実と、また詩を虚構と区別していないことより、彼が「歴史家の作り事」と指摘していることである。たとえ小説家が想像上の出来事を扱い、歴史家が現実の出来事を扱うということを是認しようとも、重要なことは、「想像上のことであれ現実のことであれ、様々な出来事を表象するものとして提供可能な包括的総体にまとめあげる過程は詩を作る過程に等しいということだ。この点において、歴史家は詩人や小説家とまったく同じ比喩的《トロポロジカル》な方法、すなわち言葉同士の互換的表象関係を利用しているはずである」[33]。つまり、ホワイトは歴史を読むことは文学を読むことであると考えている。

歴史叙述も一種の物語りであり、また我々がいやしくも歴史に意味を求めるのであれば、意味の一貫性は詩的構造ないし文学的構造をもつことによって生まれることが明らかになったいま、ホワイトの見解は十分に妥当なものと考えられる。だが、先に見たとおり、史書に文学的性質を認めることは目新しいことではない。つまり、ポストモダン理論が歴史学の研究に強い影響を与えるようになったことで、歴史は文学と変わらないもの、特定のイデオロギーから生まれたテクストという言語的構造体であるとみなされて、歴史の概念が急進的に刷新されたことが発端だったわけではない。その再概念化を巡って、ヘイドン・ホワイトは「ここで問題とされているのは、事実とはなにかということより、むしろ、ある様式の説明を認めて別の様式を認めようとしないとき、事実はどのように記述されるのかということである」[34]と言う。このとき、振り子が反対の極に大きく振れる思いがする。歴史家が歴史を書くときに想像力や文学的技巧を用いることを認める一方で、歴史と文学の区別を完全に消去するという相容れない考え方をすれば、文学理論の研究者たちが研究調査したくないような、あるいは解決できない多くの問題が生まれる。

F・R・アンカーシュミットは、『歴史表象』の中で文学理論と歴史哲学に重要な線引きをする。歴史理解への貢献度の大きさはいまも衰えないアンカーシュミットだが、彼は社会的・歴史的現実から乖離した言語哲学の類を奨励する文学理論によってひっそりと進行していくであろうことに、ある重大な問題を明察する。「残念なことに、文学理論の言語哲学では、記号と意味が哀れなほど不適当な余話の扱いしか受けていない」と彼は述べる。「このことは、文学とはなにかということを明らかにする文学理論の目的にとっては大した問題ではない。なぜなら文学では真実と記号ならびにそれが指示する対象との関係が然程重要な事柄ではないからである。しかし、このことが歴史叙述の場合にあてはまらないことは明らかである。言語哲学としての文学理論の短所が重大な妨げになって、歴史の理論家たちは歴史叙述と〈なにについて〉を結びつけるすべての関係を断ち切るようになる可能性がある」[35]。アンカーシュミットは、「についてである」が歴史表象に欠かせない要素であり、「関係」としての現実の記述にすぎないものとは性質がまったく異なるものと考える。[36] 表象がある事柄に関して、その範囲をそれと「限定すること《アバウトネス》」こそが表象されるもの、言い換えれば、表象が担うものとしての現実との確固とした結びつきや繋がりを担保するということである。そのような考え方の中で、歴史表象の性質や複雑さを洗い出す「語ることについての語り」の問題を扱うとき、文学的見地に立った洞察の価値が評価される。文学の理論家は「語ること」に関する問題、すなわち「歴史家が過去の歴史や過去の出来事の状況、思いがけない歴史の繋がりなどについて個人的見解という観点から過去を描出する」[37]問題にしっかりと目を向けている。このことから、歴史表象を巡って、それが真実なのか真実だと述べているのかという問題を考えることが重要になる。言い換えれば、両立しない歴史叙述を正しく区別し、歴史の真実に忠実な表象として、あるものが他のものより確実で信頼できると判断する一まとまりの基準が有効なのか否かということを考えることが重要となる。もし、なにが事実なのかを知る術がないのなら、あるいは、なにが事実なのかということにまったく無関心になってしまえば、また両立しない歴史が互いに「一方の説明を是認して他方を是認しない」ための論証説明にすぎないものとなれば、そうした相対的価値や信憑性をどのように判断することができるのだろうか。真実や真実の主張がどれくらい正しいのか評価する方法がなければ、すなわち、正しい歴史表象に対する真摯な関心がなければ、どのような正しい根拠に立って真実を支持し、偽りを批判し、現代のみならず過去の歴史の不正や嘘に対して社会正義を求めて奮闘することができるのであろうか。

　だが、真実とはなにか。懐疑的な相対主義者は冷笑気味に問うだろう。そして、さらにこう続けるかもしれない――権力支配以外になにがあるのか。皮肉なことに、相対主義者は全か無かという絶対主義の立場をしばしばとる。マーサ・ヌスバウムは説得力をもって次のように述べる。「最初に不可能な要求を出す。たとえば、実相をあるがままに直接提示してみせよとか価値のある事柄について実際に人類のすべてが同意するのかといったことだ。続いて、要求が充たされないと主張する。そして、否定されるものなどなにもないのであり、評価の手引きとなる規範などまったくないと、さっさと[38]」結論づける。だが、人間の知識や我々が真実とみなすものは右のような意味での絶対的なものではない。我々が知識を刷新でき、実際に刷新し、一層精緻なものにしているという事実、学習と自己修養、ドイツ語でいうところの教養《ビルドゥング》によって絶え間なく真実の傍近に一歩ずつ近づいていこうとしているという事実は、我々が常に絶対的な真実と真実の可能性の絶対的否定との狭間に身をおいて知の探究を行っているということを物語っている。我々の知が、まさに我々の存在と同じく、常に前置きなしに狭間に放り込まれることは、人間の基本的条件を巡る真理である。相対主義者の絶対的真実の要求は思慮分別のあるものではない。そして、真実の可能性の否定はそれ以上に醜悪なものである。

歴史に関して言えば、真実と虚構の区別が否定されれば、この世には疑う余地のない確実なことなど一つもなくなる。確実性は、言語の指示性と真実の了知可能性という基本概念に支えられ、妥当な真実と明らかな虚偽の区別を可能にする。そうした可能性を否定するのが、あらゆるものを所記《シニフィエ》やテクストとみなそうとするポストモダン理論の傾向、すなわち言語を閉じた記号体系とみなし、意味は言語の外部の現実ではなく言語という記号体系によって、体系の内部で決定されるという、いわゆる「言語論的転回」の傾向であることは言うまでもない。アンカーシュミットはこの言語論的転回と文学理論の区別を試み、「言語論的転回が問題にするのは真実それ自体ではなく、経験に基づく真実と分析に基づく真実を、経験主義的に区別する一般的根拠である」[39]と論じる。だが、多くの研究者は理解を異にしており、言語論的転回によって現実が完全に散霧したと考えている。ロジェ・シャルチエが述べるように、「現実は言語によって、また言語体系の内部で構築されるという理由から、言語の外部にある現実を、認識する側の意識と関わりなく存在する指示対象として考えられなくなっている」[40]。続けてシャルチエは、そうした考え方に反論し、すべての歴史家は「経験を言説に移せないことなど当たり前のことと考えるべきであり、『テクスト』という包括的概念――戦術としても手段としても論証のために戦略的に用いられるというより、慣行（慣例あるいはしきたり）のために不適切に乱用される術語――を自発的に使わないように自重する必要がある」と述べる。どのみち、言説は無から生まれない。言説はそれ自体、社会的に決定される。

「したがって、論証による説明は、実社会を構成する様々な集団や共同体や階層の特徴を反映する言説の外部にある客観的な社会の情勢や性質と照らし合わせる必要がある」[41]。

シャルチエはヘイドン・ホワイトにいくつか特定の質問をしながら、「徹頭徹尾（そしてかなり危険な）相対主義者」を擁護する見解、言い換えれば、「歴史の真実と偽りを見極め、実際に起こったことを語り、歴史を偽造し捏造する者を糾弾する能力」[42]をすっかり奪う見解を擁護する姿勢を非難する。シャルチエの質問に対し、結局、ホワイトはナチス政権とユダヤ人やジプシーの虐殺によって示される「両立しない叙述」という現実の問題に対峙し、歴史的事実のようなものがあるということを認めざるをえない。ホワイトは「立証され、確定され、一般に認められた歴史的出来事——たとえば、ガス処刑室の存在——というかなり昔から根づいた考え方」を再び取り入れるが、結局は自己矛盾に陥ってしまう。なぜなら、シャルチエによれば、歴史的事実という伝統的な概念は、ホワイトの相対的視点ならびに理論的立場とまったく矛盾するからだ。「現実の出来事の証拠と、ホワイトが『形式の内容』のエピグラフに引用したロラン・バルトの言葉『事実には、つまるところ言語的な存在しかないのだろうか？』はどのように両立されるのか。また、どのような基準のもとで、どのような計画をもって、どのような方法を用いれば、歴史家は出来事を真実として立証できるのか、歴史的言説が『事実の記録』に忠実であると立証できるのか」。歴史が学問と理解されながら、歴史に必要な手続きを意図的に無視する「ホワイトは、そうした疑問に答える力を私たちから奪う」[43]とシャルチエは述べる。

おそらく、ホワイト自身は、彼の考えを取り上げて極論に仕立て上げる人々ほど現実と歴史叙述を徹底的に区別するつもりはなかっただろうが、いずれにせよ現実と歴史叙述の対立は、歴史と表象を再考するにあたって軽視できないことであるのは明らかである。歴史叙述を含むあらゆる種類の言説の言語構造や言語の性質について、どれほど洗練された思弁的議論が行われようと、過去の出来事としての歴史は、本質的に言語に関する事柄ではないという証拠がある。加えて、歴史的事実が否定されるのは、ホロコーストの惨劇が否定されたときがそうであったように、言語にしか興味がないからである。ほかにも、日本の右翼政治家と右翼イデオロギーが引き起こした南京大虐殺や、日本の歴史教科書の改ざんの例がある。このことが、過去と繋がった現在に現実的な問題を引き起こしており、日本とその近隣諸国、とくに韓国と中国に様々な問題を突発的に生じさせる火種となっている。

　これらのことから、我々は歴史と虚構の区別の否定に伴う別の問題に導かれる。それは、もの言えぬ人々の代わりに真実を語る歴史家の道徳的責任、すなわち言葉にしなければ永遠に語られぬままになってしまうであろうことを語る歴史家の道徳的責任である。このことをイーデス・ウィスコグロッドは「回想の責任」という言葉で表した。ウィスコグロッドは、現代の批評理論からの反論を十分意識しながら、彼女が「論理矛盾《ヘテロロジック》を抱える歴史家」と呼ぶものを次のように定義する。それは、「死者の代わりに真実を語るという約束と再現不可能性という哲学的アポリアに囚われた人々、出来事を巡る記述と出来事それ自体を正しく符合させるための確実な方法がない一方で歴史家が歴史家たりえるのは真実を語ることができると言えることにあるという矛盾に直面している人々である[44]」。ウィスコグロッドはこの矛盾の解決に果敢に取り組み、「論理矛盾を抱える歴史家」の難しい立場について数々の哲学者たち――カント、ヘーゲル、ニーチェ、ハイデガー、デリダ――との対話をとおして、様々な見解、専門分野、理論的立場から問題を批判的に考察して乗り越えようとした。しかし、説得力の点では、事実と虚構、語り、表象、歴史的事実といった問題を巡る思弁的な抽象論より、ローレンス・ランガーの仕事の方が上であると私には思われる。ランガーは多くのホロコーストの生存者にインタヴューを行い、彼らの記憶の語りを証言として集めると、真実と信憑性を巡る疑問が現実の課題として表面化した。「何十年も前に起こった出来事を蘇らせようとする再覚醒した記憶は、どれほど信じられるものだろうか」とランガーは問う。ダニエル・アーロンが「回想の裏切り」と呼んだものを思い出すかもしれないが、ランガーが論じるように、ここで問題とされていることは、再構築された語りとしての証言それ自体に関することではなく、右で述べられた疑問が生じる過程に関することである。

ここでは回想という術語自体が破綻していると考える。死んでもいないものを蘇らせる必要性などどこにもない。さらに、眠っている記憶は覚醒しようとするのかもしれないが、彼らの語りで明らかなのは、ホロコーストの記憶は決して眠らないものであり、心の目が閉じることなど一度もなかったということに尽きる。加えて、証言は単なる歴史の記録というより、むしろ人間の記録であるため、過去と現在がやっかいにも入り交ざっているということの方が、証言が正確であるか否かといったことより、はるかに重要である。事実誤認は、単純な過失と同じく、実際によく起こる。だが、この本の中で我々が学んでいくことになるであろう自己を様々に脚色する記憶の複雑な層に比べれば、事実誤認などたいしたことではない(45)。

私なら、これこそが歴史叙述の見方であると言おう。歴史は過去の記録の単なる寄せ集めではなく、一定の疑問を生み、ある程度まで答えが示される人的因子を含んだ叙述である。歴史には、再構築された叙述として、イデオロギー的な偏見や盲点があることは言うまでもなく、誤解や過失も含まれているはずだ。だが、様々な語り、描写、推測に基づく対話ないし衝動といった層の下には、叙述全体の基となっている検証可能な核心的事実がある。この核心的事実に、言語とは無縁の遺物や遺跡、考古学的発見が伴えば、歴史叙述を疑いようのないものと判断する揺るぎない根拠となろう。概念的真実は人間の知覚をとおした確信、すなわち哲学者のドナルド・デイヴィッドソンが述べるように、「目や耳やそのほかの器官で認識したものによって直接引き起こされる確信」に根拠をおく。デイヴィッドソン曰く、「こうした確信を私は大方正しいものと考えている。なぜなら、正しいと思う内容は結局、正しいという思いを一般に生じさせるものによって確定されるものであるからだ」。これは単純で素朴な信念などではない。なぜなら、デイヴィッドソンが続けて言うように、「私たちがそのように思うのは私たちがそう思っているからであるが、だからと言って、私たちがそう思っていることが有効的に、また本当に、客観的な事実を捉えていない、ということにはならない(46)」。

真実を巡る問題に加えて、史書には倫理という重要事項もある。古代中国では美徳ないし倫理的責任が歴史家にとって重要なものとされた。このことについて、ある歴史的記述が見事な例を提供してくれる。紀元前五四六年に斉の崔杼《さいちょ》が政治権力を奪ったときのことが『左氏伝』に次のように書かれている。

史官の大史が「崔杼その君を殺す」と直書すると、崔子は大使を殺した。するとその弟が兄のあとをついで同様に書いた。こうして殺される弟が二人あったが、さらにその弟がまた書いたので、崔子も殺しきれなくなって許した。南史氏は大史の兄弟が残らず殺されたと聞いて、記録する竹のふだをもって朝廷に出かけたが、記録されたということを聞いて引き返した(47)。

歴史家としての道徳的責任を果たすために、また自分たちが書いた歴史の記録の信憑性を担保するために命を犠牲にした三人の兄弟を巡るこの記述は、道を踏み外した政治権力でも屈服させることなどできない歴史家の美徳ないし道徳心の強さを示す好例として中国で昔から高く評価されてきた。この感動的な歴史叙述自体に道徳的意図があるのは明らかである。しかし、道徳的逸話という性格ゆえに、この歴史叙述の信憑性を疑うことは野暮である。史書に記された過去から蘇る真実はいかなるものも最終形や絶対的なものではなく、およその真実を述べる、あるいは歴史の一部が学ばれるために書き記されたということを理解すれば、そこに書かれたことを真実として受け入れることも、疑義をはさむことも可能であるということに気づくだろう。同時に、我々は説話や偉大な小説、偉大な詩をとおして真理を学ぶが、史書にも同様に、文学的性質、すなわち人の心を動かす語りの審美的魅力があることに気づくだろう。おそらく、こうした観点から、キーツの「ギリシア古壺のオード」の有名な詩行が初めて理解できることであろう。

「美は真理であり、真理は美である」と。それが
おまえたちがこの世で知り、知らねばならぬすべてだ〔『キーツ詩集』中村健二訳、岩波書店、二〇一六年、三一六頁〕。

第七章　幸福の土地を求めて――ユートピアとその不足感

幸福の追求は、時代や場所の違いに関わらず普遍的な人間の願望であると言って間違いないだろう。なぜなら、人生をいま・ここにある現実より良くしたいと思わない人間は、いかなる社会にも存在しないだろうからである。より良い場所でより良い人生を送りたいという思い、すなわち幸福の地を求める思いは、おそらく人間にとって最も基本的な欲求の一つであろう。そうした欲求は、これまで様々な形で表現されてきた。楽園や黄金時代、シャングリラ、理想社会、すなわち一般に言うユートピアである。ユートピア願望はおそらく時代を越えたもの――古代から現代まで――であり、多くの文学の伝統に確認できる。このことから、ユートピア文学は世界文学の重要な一領域であると言っていいであろう。ルース・レヴィタスは様々なユートピアの定義や形式を考察した自身の研究の中で「ユートピアの本質的要素は希望ではなく欲望、いまより良くありたいという欲望である」[1]と結論づける。実際、いまから二〇〇〇年以上前の中国の素朴な民間歌謡――儒家経典の一書『詩経』にある詩――にさえ、すでにそうした欲望、すなわち「楽土」を求める欲望が表現されている。この詩の第一連は次のように始まる。

大きなネズミよ大きなネズミ
私の黍《きび》を食い荒らさないでくれ
長い間お前に勝手気ままにさせたのに
私を気にかけてくれようともしない。
お前たちのもとを去り
（よく治まった）楽土へ行こう
楽土よ楽土
そここそ私の落ち着き場所。(2)

しかし、楽土の場所は突き止めるのがかなり難しく、突き止めたと思った途端に別の場所を探し始めることになるものだ。トマス・モアが、自分の思い描いた理想社会を指して、文字通り「どこにもない場所」という意味をもつ『ユートピア』という言葉を創ったのももっともなことだった。ユートピアは、ルイス・ボルヘスが描いた理想物に満ちた夢の国ウクバールのように、書物の世界にのみ存在するものであり、書物の世界の外に出ると変質し、ひどく劣化する傾向がある。(3)一九世紀の社会主義および社会主義者には、ユートピアに辿り着けるという希望的観測がかなりあった。オスカー・ワイルドは、独特の才知と表現で知られるフェビアン社会主義者として、ユートピアを「人類が常に上陸を目指している国」と言い表す。人類は、ある国にいったん上陸しても、楽観的な期待とともにさらに良い国を目指して船出する。「進歩とはユートピアを現実のものとすることなのだ」(4)。だが、同時に、ユートピアには永遠に辿り着けないかもしれないという悲観的観測もかなりあり、そのため楽土探索には虚無感がつきまとい、その理想的な外観の奥に暗く憂鬱な姿が見え隠れする。シュミット・フォン・リューベックの詩をもとにしてフランツ・シューベルトが作った有名な曲に出てくるさすらい人は、「どこにあるのか」と常に問いながら楽土を求めて転々とする。最後にこの世のものならぬ声がさすらい人に言った答えは、ひどく憂鬱なものだった――「お前のいないところにその国はある」。ロベルト・シャウフラーは注釈で、「最後に囁かれるこの苦渋の言葉とともに流れる重苦しい調べは、完璧な愛を手に入れることなど永遠にかなわないのだろうということを知ったさすらい人の心から流れてきたものである(5)」と述べる。しかし、シューベルトならびにこの独特の歌曲《リート》で彼が表現したふさぎ込むさすらいの理想主義者には、楽土を捜し当てることなど「永遠にかなわないのだろう」と言う方がふさわしいのかもしれない。こうした悲観的展望は、人間がどこかの土地で幸せを見つけられるという可能性を実質的に否定し、幸福の本質だけでなく人間の本質自体にかなり悲観的な見方を生む。そのような悲観的な見方の中で人間は、悪の偏在というきわめて宗教的な主題、つまり、人間の本性には天使ではなく悪魔と繋がっている暗部があるために、人間が悪から解放されることなどないという主題を見出すようだ。ジョン・ミルトンがサタンについて書くように、

彼は自分の内部に
自分の周辺に、常に地獄を持っており、たとえ
場所が変わっても自分自身から抜け出せないのと同じく、
地獄からは一歩も抜け出せない。

(『失楽園』第四巻二〇〔『失楽園(上)』平井正穂訳、岩波書店、一九八一年、一六二頁〕)

ここまでの短い議論の中で、ユートピアとそれに関連する問題について基本的な理解が得られたと思われる。モアの作品を概念基準とすれば、ユートピアは言葉によって作られる空想物、つまり書物の中にのみ存在する理想社会である。もっとも、ユートピアは空想物であるものの、社会的現実を投影する傾向があるため、ドミニク・ベイカー＝スミスが論じるように、ユートピアは「政治的空想物」である(6)。ユートピアは、現実の彼方へと

向かう人間の基本的欲求が言葉によって表現されたものであるが、同時に、人間のあるがままの状態が非難される——たとえば、不完全で堕落した本性と非難される——神の住まう地上から遠く離れた楽園のような宗教的構築物とは対照的なものである。人間界に悪がはびこっているからこそ、人々はより良い人生のためにユートピア願望を抱くのであるが、（とくにキリスト教的観点からすれば）人間の本性が悪であればこそユートピアの完成は見込めない。これがまさにユートピアの矛盾点でありユートピアの実現に対する否定的観点である。クリシャン・クマーは、「宗教とユートピアには根本的な矛盾点がある」、というのも「宗教の関心は、もっぱらあの世のことにある一方で、ユートピアの関心は地上のことにある」[7]ためだと説得力のある見解を述べる。このことから、ユートピアと世俗的思考の関係をさらに深く探究することが重要となる。

創世記の始めには、西洋のユートピア空想における主要な神話の一つである聖書の楽園、すなわち、エデンの園のことが短く描かれている。アダムとイヴが初めて神に背き、楽園を追放されたとき、楽園は人類に永遠に閉ざされることとなった。少なくとも聖アウグスティヌスの再解釈以来、人類が楽園を永遠に喪失したことがエデンの園の物語の要諦と見られてきた。だが、初期キリスト教徒と彼ら以前のユダヤ教徒たちがアダムとイヴの物語に読み込んだ最も重要な意味は、人間の自由と責任に関するものであった。エレイン・ペイゲルスが述べるように、「この物語の要諦は、アダムのように、人間は——善悪の——自由選択に責任を負っているということを示すことにある」[8]。禁断の木の実を食べるアダムとイヴの物語は、古き良き寓話のように、選択の自由を乱用して誤った選択をすることへの警告の役目を担っていたのだ。しかし、そうした役目は、アウグスティヌスが『神の国』の中でアダムを個人としてではなく人類全体として象徴的に理解して再解釈したことによって、まったく別のものになってしまった。アウグスティヌス曰く、「結び合わされた二人が彼らを罰する神の判決を受け取ったとき、やがて女によって子孫となる人類全体がその最初の人間の中にあった。彼は創造されたときではなく、罪を犯して罰せられたときに、人間として造られたものを生んだのである。少なくとも、罪と死の始原に関する限りそうである」[9]。したがって、アウグスティヌスによれば、堕罪とは、一個人の過ちの結果としてのアダムの堕落だけでなく、アダムが罪を犯したまさにそのときに彼と運命をともにした人類すべての堕落をも意味する。

これが強い影響力をもった原罪という考え、すなわち、人間は生まれながらにして悪であり、そのような「根の腐った木のようなものから[10]」は善いものも自由なものも生まれないという人間の本性に暗い影を落とす原罪の考え方である。アウグスティヌスの再解釈によって、すべての人間が原罪のために罪人となった。「人間の選択、つまりアダムの罪こそが人類に死と性欲をもたらせ、その過程において、アダムの子孫から罪を犯さないという選択の自由をも奪い取った[11]」とペイゲルスはアウグスティヌスの見解を要約する。人間の本性は未来永劫、原罪で穢れており、したがって、神の国は人間の国と対照的な場所であり、人間が罪にまみれた地上の国を去り、魂が天上の神の国に受け入れられるためには、ただキリスト教の聖職者の導きによって悔い改める以外にない。アウグスティヌス神学における教会の求心性は、ペイガルの言葉を借りて言えば、「政治的に都合のよい」ものであっただけでなく、「人間の本性の分析を提示し、良い意味でも悪い意味でも、後世の西洋のキリスト教徒に脈々と受け継がれ、主観的思考や政治的思考に重要な影響を与えるようになった[12]」。すなわち、アウグスティヌス神学の影響のもとでは、キリスト教の聖職者の手を借りる以外に救済の道はなく、人間の手で地上に良き社会を作ることなどできるはずがなく、人間に希望することができるのはただ、死後に魂が救われて天国に迎え入れられることだけだった。「たしかに、当時の神学の正統派ではアウグスティヌスの影響が絶大だった」とクマーは言う。「『俗世を厭う』という考え方によってユートピア的思索は徹底的に阻止された。そのため、中世はユートピア思想史において、著しく不毛な時代となっている[13]」。

こうした状況に変化が起こり始めたのは、人文主義が人間の本性をそれまで以上に積極的に理解しようとし、聖職者の権力と権威が衰えを見せない中にあっても、学者が目を向ける対象として人間を中心に据えたルネサンス期だった。人文主義者は、人間は神の姿に似た存在（イマゴ・デイ：imago Dei）として創造されており、それゆえ、自由に発達する能力を有すると主張した。「我々は、お前を天上的なものとしても、死すべきものとしても、不死なるものとしても造らなかったが、それは、お前自身のいわば自由意志を備えた名誉ある造形者・形成者として、おまえが選び取る形をおまえ自身が造り出すためである」。ジョヴァンニ・ピコ・デッラ・ミランドラの有名な著書『人間の尊厳について』（一四八六）に出てくるエデンの園での想像上の会話で、神がアダムにそう告げる。「おまえは、下位のものどもである獣へと退化することもできるだろうし、また上位のものとしてある神的なものへと、おまえの決心によっては生まれ変わることもできるだろう」[14]。これは多くの人文主義者たちが共有していたルネサンス期の価値ある章句であったようだ。シェイクスピアのハムレットもまたそうした二重の可能性ないし観点から人間を理解する。「この人間とはなんたる自然の傑作か。理性は気高く、能力はかぎりなく、姿も動きも多様をきわめ、動作は適切にして優雅、直観力はまさに天使、神さながら、この世界の美の精髄、生あるものの鏡」。これは、ルネサンス期の人文主義精神の中で、人間の尊厳を称える最も有名な文章の一つとなっていた。だが、ハムレットはすぐに続けて別の見方を示す。「ところがこのおれには、塵芥としか思えぬ」（『ハムレット』第二幕二場三〇三～〇九〔『シェイクスピア全集I』小田島雄志訳、白水社、一九八一年、二四九頁〕）。ここでは人間の潜在力の二面性が余すところなく認められているが、ルネサンス期の人文主義は、変化し進歩する人間の能力、世俗の中に神聖なものを認識する人間の能力に希望を与える方が一般的であった。

　人間には、上位のものとしての神的なものへ向かうことも、下位のものどもである獣へと退化することもできる自由と潜在力がある。ピコ・デッラ・ミランドラはもちろん、上位へ向かうことがよいと論じたのであるが、上位へ向かうには哲学と神学の学びが必要であり、官能的な肉欲を捨て、哲学者のように沈思黙考の日々を過ごさねばならないとした。ピコの定式では、人間が上位へ向かう努力の中心に教育がある。当時の比類なき博学の学者として、ピコはキリスト教の権威者だけでなく、ヘブライ人の指導者、カルデア教会の信徒、アラビアの思想家、ギリシアの哲学者、魔術的な神秘主義者からも共感を得た。ピコの『人間の尊厳について』は、リチャード・ノーマンが論じるように、「古代の文学と思想をキリスト教の教義そのものと一致させる計画をはっきりと打ち出した」[15]。ルネサンス期の人文主義は、人格教育に重点をおく一般教育（リベラル・エデュケーション）の概念、すなわち、神だけを対象とする研究（神学）、自然だけを対象とする研究（自然哲学）、また法学や薬学などの職業教育とも異なる人間の研究である《フマニタス学》と密接な関係がある。この「一般教育」の古典的概念が、人間の理性をあらゆる抑圧的な教義《ドグマ》から解放しようとする努力として復活した。一般教育（リベラル・エデュケーション）は、マーサ・ヌスバウムが論じるように、「ギリシア・ローマ時代のストア学派の教育、すなわち、人間を個人的・社会的習慣の束縛から解放し、自らの感性と機敏さをもって世界の市民として活動する人間を生み出すという点で《自由《リベラル》》な教育に端を発するものである。それが、セネカが人間性の涵養で意味したことである」[16]。批判的精神は、中世ヨーロッパを覆っていたキリスト教の正当教義から人間を徐々に解放し、人間の本性を巡る基本概念を本質的に善いもの、あるいは少なくとも改良しうるものとした。キリスト教世界をカトリックとプロテスタントに二分した宗教改革と宗教戦争は教会の権力を弱め、その結果、ヨーロッパの社会的・政治的生活が世俗化された。このような大きな変化と人間ならびに人間の本性の肯定的理解によって、人間は神の援助や介在なしに、生まれもった自らの力によって素晴らしい社会を作り上げることができると想像することが可能になった。

　当時は、いわゆる新大陸発見の時代でもあり、探検家たちの航海が、ヨーロッパ人に遠く離れた土地への興味と興奮を駆り立て、架空のものであれ現実のものであれ、〈未知の土地〉についての紀行文や報告書が人気を博すようになった。まさにこうした歴史的背景のもとで、マルコ・ポーロが一三世紀に書いた東洋の旅行記が、一五世紀から一六世紀に広く知られるようになった。ジョン・ラーナーが論じるように、「マルコ・ポーロの本が最初に名声を得たのは、意外かもしれないが、人文主義者たちの間であった」。一五世紀初頭の百科事典『世界情報泉』を著したイタリアの人文主義者アレッツォのドメニコ・バンディニは、「マルコを『最も勤勉な、東方の国々の研究者』とみなし、マルコの本から非常に多くのことを引用して自身の百科事典を書き上げた」。[17]クマーは、ユートピアとその文学形式を巡る論文の中で、「新大陸発見の航海がユートピアの出現と偶然、直接結びついた」と述べる。なぜなら「これらの旅行者の物語は、その多くが、ユートピア——大方の初期のユートピア——の素材となったためである」。[18]モアが『ユートピア』の表現形式の範を紀行文からとったのも偶然ではない。『ユートピア』では、アメリゴ・ヴェスプッチが四度にわたって新大陸発見の航海をし、語り手のラファエル・ヒスロディがさらに遠くへ出かけたとき、外部から遮断された理想社会《ユートピア》に辿り着く。新たな土地の発見の難しさは、ユートピア文学の典型的特徴である。ユートピアは、高い山々や濃い霧、深い川や海に囲まれて、常に世界から隔絶している。このように、ユートピアの文学形式は発見譚、すなわち、だれも知らない遠くの場所で新たに発見された魅惑的な土地について語るルネサンス期の紀行文と明らかな類似点がある。

したがって、ヨーロッパの伝統にユートピアが誕生したのは、ルネサンスと宗教改革という歴史的状況があったためであり、その文学形式は新大陸の発見とともに当時人気を博した紀行文に関係があると理解するのが一番妥当である。そのようないくつかの出来事が密接に関係しあい、ユートピアの内容から当時の歴史的出来事が明瞭に理解できることから、多くの研究者はユートピア文学をヨーロッパに特有なものとみなしている。たとえば、クマーは、モアの作品を右のような歴史的状況から論じ、「ユートピアは普遍的なものではない。ユートピアは古代ギリシア・ローマやキリスト教の伝統をもつ社会、すなわち西洋にしか存在しない」[19]と述べる。ロラン・シェアーも、「最も厳密な意味において、ユートピアという言葉は一六世紀の始めに登場した」と述べ、「ユートピアの歴史は、もちろんトマス・モアに始まる」[20]と主張する。クマーにとって、ユートピアは近代の産物であり、プラトンの共和国もキリスト教の千年王国という考えもユートピアの原型にすぎず、真の意味でのユートピアではない。クマーはユートピア出現の必要条件を世俗化にあると考える。ただし、ここで言う世俗化は、ヨーロッパ史の文脈で理解される社会現象のことである。「なぜ非西洋圏の社会でユートピアを見つけるのが難しいのか。

その理由の一つは、非西洋圏の社会は宗教的思想体系に支配されているためである」とクマーは言う。「この点でキリスト教的なユートピアという考えも疑わしいものとなる。ユートピアは世俗的な社会思想の一つである。ユートピアはルネサンス期の人文主義の発明品なのだ」[21]。ここでは歴史的文脈化が説明のための強力な手段となっているが、ユートピアを西洋の政治思想における理想社会とする特殊化と、どのような時代や社会に生を受けようとも幸福の地を求めるというユートピア的欲望の普遍性との間には、明らかな矛盾がある。たとえ文脈化が文学作品や出来事を理解するために重要なことであるとしても、文脈というものは、マーティン・ジェイが論じるように、「それ自体、作品や史料の残留物にすぎない。たとえ、史料の概念を拡張して古の非言語的な図形まで含めても同じである」[22]。文脈は、疑う余地のない歴史の既定事実の集合体ではない。文脈は、それ自体が解釈をとおして立ち上がる、あるいは構築される前提条件である。もっとも、私の考えでは、必ずしも、解釈という複雑な行為が文脈化に宿る説明能力を弱めることにはならないと思う。なぜなら、すべては特定の解釈の妥当性や説得力次第なのだから。意味は常に文脈で決まる。理解することもそうである。

クマーによるユートピアのヨーロッパ社会史・精神史への文脈化はきわめて説得力があるし、彼の世俗主義の強調はあらゆるユートピアの必須要素を捉えている。しかしながら、ユートピアを西洋近代のものに限定することには問題がある。というのも、世俗主義が近代に特有のものであるとは限らないし、西洋にしかないとも言えないからである。中国の文化は、儒教の影響で、まさにその始まりからかなり世俗的であり、自発的に正しい行いをする人間の本性を信じる性善説にたっている。実際、ライプニッツやヴォルテールをはじめとする思想家が、中国をヨーロッパが見習うべき模範、宗教の教義より理性と完成された倫理体系を基に作られた国とみなすようになったのは、イエズス会宣教師たちから伝えられた中国のきわめて世俗的な伝統と権威的な教会が一つもない社会の様子にあった。クマーがユートピアの必要条件を世俗主義と考えた点は鋭い。したがって、ここで必要なことは、クマーの洞察の範囲を近代ヨーロッパから拡げることである。古の中国で、孔子は、世人の模範となって人々を導く学徳の備わった君主を育てるために、常に道徳と政治の問題を重視し、神や超自然的なことに関する質問は斥けた。孔子の弟子が『論語』に書き記したことを読めば、孔子は理性的な思想家で、霊的価値とか宗教的信仰とかと呼ばれるようなものにはまったく関心がなかったことがわかる。『論語』には次のようにある。「孔子は、怪談や、武勇伝や、乱倫背徳のことや、鬼神霊験などについては、あまり語るところがなかった[23]」。孔子の宗教儀式への懐疑的姿勢は、彼が儀式に参加したり神や先祖に供物を捧げたりするときにきわめてはっきりする。孔子曰く、宗教儀式に参加するときには「あたかもその先祖がそこにいるかのように恭敬の誠を尽くし、神を祭る場合は、神様が目の前に出現されているように敬虔であるべき[24]」である。「あたかも〜のように」という言葉にはっきり示されるように、孔子には神や霊の存在を基本的に疑っている姿勢が認められる。このことは、孔子の弟子である季路《きろ》が、神や死者の魂にどのように仕えたらよいのか尋ねたときの言葉からも明らかである。季路が問うと、孔子はすぐに彼の問いそのものを斥け、単刀直入に「まだ人に事つかえることができないのに、どうして神霊に事つかえることなどできるものか」と問うた。そこで季路は死について尋ねると、孔子は、「まだ生きるということもほんとうに知らないで、どうして死ということがわかるものか[25]」と再び単刀直入に問うた。神、魂、死、死後の世界を巡る問いは、ほとんどすべての宗教の中心的な関心事であるが、孔子は奇妙なことに関心がなかった。いや、本当は神や神性についてまったく考えていなかったわけではない、というのも、孔子は天国や人間界を超えたある種の超自然的な力について現に言及しているからである。要するに、孔子は天国や黄泉の国のことより、現世の倫理的生活や政治の方に、関心を高く寄せていた、ということだ。

　人間の本性については、孔子が口にすることはあまりなく、ただ「人間の生まれついた天性は、大体似たり寄ったりで、そんなに差がない[26]」と言うだけだった。慣習や個人的習慣、社会的現実の違いによって、みな異なる人間になることまでは認めるものの、人間が生まれつき善であるとも悪であるともはっきり言わなかった。儒教の伝統において、人間の本性が善であるとはっきり説いたのは——しばしば孔子に次ぐ重要な思想家とみなされる——孟子だった。告子《こくし》は、孟子との論争で、水がどの方向に流れていくのか予想できないのと同じように、人間の本性は善とも悪とも言えないと主張した。そのことを、彼は水の流れが地理的な条件によって東にも西にも流れていくことに例えた。しかし、孟子は告子の水の比喩を使って、水平方向の流れで考えれば水は確かに地理的条件で東にも西にも流れるだろうが、垂直方向の流れで考えれば、水の本性は下に流れるものだと指摘した。孟子曰く、「人の本性は生まれながらに善である、水が必ず低い方へ低い方へと流れるのと同じことだ。本来善でない人間はない、低い方へ流れない水などないように[27]」。この世にはもちろん悪もあるが、人が悪に走るのは過酷な環境や状況のためであり、人間の本性が悪であるからではない、機械を用いれば水がその本性に反して上に向かって流れることがあるように、人間も犯罪や悪事に走ることがある、と孟子は主張する。孟子によれば、人間にはだれでも「四端《したん》」の心、すなわち、「惻隠」（哀れみ深い心）、「羞悪」（恥を知る心）、「辞譲」（辞退して人に譲る心）、「是非」（正を是とし、不正を非とする心）という四つの心の萌芽がある[28]。つまり、人間の本性には善性が根を張っており、儒教の教えの目的は、この善性を教化し、善性が申し分なく発揮されるようにすることにある。孟子は「人はだれでも皆、堯・舜のような聖人になることができる[29]」と言い、人間の本性が円満完全であることを確信していた。これを、人間の本性は「根の腐った木のよう」であると考えるアウグスティヌスの認識と比べるとき、両者には根本的な違いがあることがわかる。クマー曰く、「原罪という根本原理を攻撃していないユートピア古典文学はない。ユートピアは常に、人間が生得の力だけで、『ただ自然の光（理性）によって』到達しうる道徳の高みを測っている[30]」。このユートピアの概念は、概して、人間と社会に対する儒教の理想にとてもよくあてはまる。なぜなら、道徳の高みには、人間の生得の力、すなわち、人間の道徳力と円満完全な本性だけで到達することができ、聖なる神の介入や制度化された教会による魂の導きなど無用だからである。

　以上のように中国では、人間の本性に対する肯定的見方や幸福の地への強い願望が大昔の書物に——儒教の世俗的姿勢の影響のもと——記述されており、理想社会の文学表現が登場したのもトマス・モアの『ユートピア』より何百年も前の時代だった。中国の偉大な詩人の一人である陶淵明（三六五〜四二七）は、『桃花源』という古典作品で、後世の作品の模範となるユートピアを描いた。『桃花源』では、ある漁師が、自分の生きる戦争や苦難に満ちた世界とは対照的な平和と調和に溢れた秘境の社会を発見する。ユートピア文学によくあるように、漁師は洞穴を見つけ、細い道を通って洞穴を進むと、突然目の前がからりと開ける。見れば「土地は平らかにうち広がり、家々のたたずまいもきちんと整い、よく肥えた田、美しい池があり、桑や竹などがうわっている。道は四方に行き交い、鶏や犬の声が聞こえて来る。そこここに行き来し畑に働く男女の着物は、まったく外部の人のそれと変わりなく、白髪の老人もおさげの幼児も、みな喜ばしげにそれぞれ楽しんでいる」[31]。『桃花源』は、人々が質素ではあるが幸せに暮らしている穏やかな農耕社会を描いている。

彼らは互いに励ましあって農事にはげみ
日がしずめば気がねなく休む。
桑と竹はたっぷりとした木蔭をつくり
豆や粟を季節ごとにうえた
春には蚕からゆたか糸がとれ
秋の実りにお金の税はなし。[32]

四世紀の中国で、詩人が王の金庫に税を納める必要のない平和な社会を思い描くことなど例のないことであったが、桃花源の住人たちが漁師に話す内容によると、秦の始皇帝（紀元前三世紀）の圧政から逃れるために、彼らの先祖が他の世界から隔絶されたこの地を見つけ、自給自足の自治行政社会を作り、以来、桃花源は変わることなくいまにいたるとのことである。そして、善良な住人たちは「いまは一体何という時代なのかと訊く。なんと、漢という時代のあったことを知らず、魏や晋は言うまでもない[33]」。つまり、歴史も王朝交代もこの秘境には何の影響も与えてこなかったということであるが、この過ぎ行く時間感覚のなさは、滅びることもなく、これ以上改良する必要もないユートピアの完璧な社会状況を示す重要な要素である。漁師は、外界から迷い込んだ闖入者として、変化と有限の現実世界と完璧で時というものがない対照的なユートピア社会とを繋ぐ存在である。だからこそ、数日後、漁師が別れを告げると、彼をもてなす家族の長たちが秘密の楽園の外に住む人々にこの場所のことを言わないでほしいと言うのだろう。しかし、漁師は楽園を出て自分の船を見つけると、来た道を辿ってあちらこちらに目印をつけ、村の役人に桃花源のことを伝える。漁師が約束を反故にしたことは、永遠に変わることのないユートピアの完璧な状況に時間と変化という脅威が訪れることをも意味する。その後、謎めいた桃花源は跡形もなく消え、二度と発見されることはなかった。以上のことから、桃花源はどこにもない空想の地、すなわち中国文学における紛れもないユートピアである。

モアの『ユートピア』をはじめ、西洋のユートピア文学と比べると、『桃花源』は概してかなり短く単純な作品であり、社会の様子も詳細に描かれない。ダウィ・フォッケマは、中国と西洋のユートピア文学の比較研究の中で次のように指摘する。「儒教は政治や経済の具体的事象に関心がなかったため、中国のユートピアが、そうしたことに関心を寄せずに、牧歌的、倫理的、あるいは神秘的な楽園としてのみ描かれたことは驚くことでもない。『桃花源』と大きく異なる楽園が描かれなかったのも、儒教が中国社会を支配し続けてきたためである。モアの『ユートピア』がヨーロッパのユートピア作品の原型であるとすれば、『桃花源記』は、まさしく中国のユートピア譚の原型である[34]」。実際、中国古典文学には、桃花源をモチーフとする作品群と単発的に現れた数点の小品以外にユートピア譚の伝統はない。近代的様式をそなえたユートピアの登場は、一九世紀末から二〇世紀初頭まで待たなければならなかった。その中の一つに、西洋の書物から多くのユートピア的要素を融合して書かれた康有為の『大同集』がある。

「政治的空想物」であるユートピアは、社会的な現実と密接な関係をもっているため、その空想図は文学だけでなく道徳思想や政治哲学にも見出すことができる。ロラン・シェアーが論じるように、ユートピアは文学と政治をきわめて密接な関係に結びつけた。「ユートピアは、一方で物語という表現形式によって創られた虚構空間に投影された心象であり、他方でそこに示された事業計画は実現が仮定されたものであり、ユートピアはそのようなものとして、虚構空間から栄養を吸収しながら歴史の一ページに添えられていく」(35)。結局のところ、トマス・モアやフランシス・ベーコン、トマーゾ・カンパネッラをはじめとする多くの人々が著したユートピア作品は、文学的価値や芸術的創意の発現としてより、社会的・政治的意見の表明としての意味が強いのである。クマーによれば、一九世紀にユートピア主義の本流となったのは文学ではなく政治運動だった。というのも、「社会主義が一九世紀的ユートピアであり、現代の真のユートピアであり、卓越したユートピアだった」(36)からだ。中国でも、ユートピア願望は、『桃花源』をはじめとする文学作品だけでなく、非の打ち所のない社会を作ろうと考える様々な政治思想や空想観念にも確認できる。非西洋圏の伝統では、ユートピアは文学的語りより、むしろ理想郷――現実の彼方にある幸福の地――を希求する欲望の表出として表現されるようだ。

このことは、アジス・アッラ－アズミがイスラム文化のユートピアとして説明するものにもあてはまるようだ。というのも、それは文学というより、広義の意味でユートピアに類する要素が認められる宗教法だからである。アジス・アッラ－アズミは、イスラムの文学の伝統にユートピア的要素を見出すことは難しいと切り出す。なぜなら、整合的で首尾一貫したユートピア文学の伝統がなく、「明晰で、入念で、整理の行き届いた」政治理論と呼べるような「調査・研究の集大成」すらもないからだと言う。あるのはただ、「話題も場所もばらばらの政治的発言の集合体」(37)だけである。イスラム文化におけるユートピアの概念はもっぱら法典の中、とくに法的規範と儀礼的規範からなるイスラム法《シャリーア》という宗教法の中に確認できる。というのも、「ユートピアの文脈からすれば、イスラム法は、はるか彼方に望まれる理想的な、しかし実現不可能な、したがって、ごくありふれた意味において、ユートピア的なもの」[38]だからである。孔子が理想化した、はるか昔の聖人君主たちの治世と同じように、イスラム法の理想社会は、現在の社会を評価してなにが不足しているのかがわかる尺度となっており、したがって、社会批判の政治的な役割を担っている。古の中国の文王や周公のように、理想化されたメディナの社会体制が規範となって、公共空間でどのようなことがなされるべきか、様々な事例が参照される。「メディナの社会は、当時とかけ離れたいまの社会において実現可能なものである限りにおいて、目指されるべき真の黄金時代である」とアッラ－アズミは言う。それは「倫理的で教訓的なユートピア」、「いま・ここの観点から見たユートピアであり、いま・ここの社会の法律条項に定められるべき、別世界的な模範である」[39]。ジャクリーヌ・ダットンも説明するように、イスラム教徒の間では、黄金時代たる七世紀のメディナは「イスラム教徒が軍事的にも経済的にも文化的にも他を圧倒し、この世の春を謳歌した『真のイスラム』の時代として思い起こされる」が、社会に陰りが見え、イスラム教徒たちの勢力が徐々に衰えると、「コーランの説く道から外れることなく、教えを熱心に実践することで、元の調和と神の恩寵を受けた状況を取り戻せるという理想とメディナの社会が直接結びつくようになった」[40]。したがって、この黄金時代という観念、すなわちコーランの教えに基づいて教化された社会という理念、アッラ－アズミが「人間の現実に対する神の援助」[41]と気品よく書き表す世の中の状況が、イスラム文化におけるユートピアとしてみなされうる。宗教が人間の願望に従って解釈され、「コーランと来るべき世界像が絡み合って一つの体系的なユートピアが生まれる。このユートピアは、望まれる未来への願望が、文民の主体的参加の原理によって、形となる種類のものである」[42]。

イスラム教の楽園言説は他に例を見ないものである。九世紀までには、様々な快楽を、天国に召された後で享受できる祝福として説明する楽園伝承（ハディース）があった。この伝承は、宗教上の教えと宗教的願望をきわめて世俗的な意味に結びつける傾向がある。アウグスティヌスにとって死と性欲は人間の堕落によってもたらされた災いであり、キリスト教の修徳が肉の喜びを否定するものであるとすれば、イスラム文化は性欲をはじめ、道理にかなった欲望と快楽に対して、まったく異なる姿勢をとっている。「一般にキリスト教の伝統に特徴的な快楽への非難はほとんど皆無である」とアッラ－アズミは言う。「様々な方法で自分の肉体を犠牲にする禁欲生活は、ハディースの伝承者たちがよく愚弄の対象としている。神が自然の理法としてもともと意図されたことに反するものとよくみなされるのである」[43]。ここにおいて肉体的なものと霊的なものが結びつく。「現世の性的快楽は、それがどれほど強いものであろうと、法を犯さないと規定される限り（結婚や内縁関係）において、天に迎え入れられるおぼろげな予兆にすぎないものであり、したがって、地上の性的快楽は二重の喜びとなる。現実の満足感とこの先も言語に絶する深い性的満足感を得られるであろうという期待から生まれる喜びである。性的満足感の伴う世俗での性行為は、単に希望の予兆を感得する行為にすぎないのである」[44]。

これは、イスラム教世界における宗教的至福の比例想像と呼ばれうるものの典型例、すなわち、祝福され、天国で約束された快楽を享受できることになれば、現世での快楽の満足感は何倍にも増幅するであろうという予測の典型例である。「したがって、天国は、比例の観点から非の打ち所のなさが言葉によって示される壮大なユートピアの光景をしている」とアッラ－アズミは言う。「天国に住む男たちがみな、これ以上にないほど望ましい人間として描かれるのは、そのような天国の風景がもつ基本的性質に関係している。男たちの身長はアダムと同じ（六〇キュービット）〔三〇メートル前後〕で、年齢はジーザスと同年齢（三三歳）、美しさはヨセフのごとし、ムハンマドの言葉使いで話す。というのも、これらの描写の一つひとつが最高のものを意味するからだ」。同様の比例の方法で、「楽園に住むすべての男の性的能力は地上の男一〇〇人に匹敵し、毎日一〇〇人の処女の花を散らして性交する。先に見た預言者の言葉にある天国の住人の完璧さと同じく、完璧で究極の性的能力である」[45]。アウグスティヌスが理解するキリスト教の天国が失われた可能性を意味するとすれば、イスラム教の天国は、楽しいことが待っている、待ち望まれる、まさに将来の魅力である。もっとも、イスラム教の天国で最高の悦びと言えば、アッラーの顔を拝むことである。アッラ－アズミによれば、「それもまた壮観であり、正説が示してきたことによると、神の御顔を目にする悦びは、性的なことと神聖なことが一つになった天国での性的悦びの延長線上にあるものである」[46]。こうしたイスラム教の楽園は、宗教的想像としっかり撚り合わさったものであるため、厳密に言えば、世俗的なものではない。しかし、非世俗的なものとも言えず、したがって、性欲や快楽をはじめとする人間の欲求が生まれ、その欲求を常に満足させる場のような、実質的なユートピアとして理解してよいだろう。

ここで喜びや幸福を巡るあらゆる言説について、根本的な疑問を問う必要がある。それはだれのための幸福なのか。理想社会における一人ひとりのものなのか、それとも社会全体のものなのか。これはあらゆる社会理念で検討されるべき中心的課題であり、それぞれのユートピアの成功――あるいは失敗――の程度と大いに関係がある。「ユートピア文学の作者たちに答えの出せないような問いがある。それは、個人と集団のどちらの幸福が優先されるべきか、というものである」とフォッケマは言う。「プラトンは集団の幸福に重きをおいた。モアも同じだったし、ベーコンもある程度までそうだった。現代になると、ハクスリーの『島』やウエルベックの『ある島の可能性』といった作品から力点が個人の幸福に移った。H・G・ウェルズは、多くの著作の中で、中道を歩もうとした。集団の幸福に重きをおいた共産党の政治計画は、個人の幸福を求める側からディストピアとして捉えられた」[47]。中国のユートピアについて、フォッケマは「集団と個人の区別があまりはっきりしていないように見える」ため、ほかとはいささか異なっているようだと述べる[48]。だが、社会的空想図としてのユートピアは一般に、集団の幸福に重きをおく傾向があり、この傾向をユートピアというまさにその概念が内包しているために、ユートピアは自己矛盾を抱えることになる。モアの『ユートピア』では、個人の権利と自由が集団生活と社会工学の推進のために制限されている。たとえば、ユートピアの住人は一人で自由に旅行ができないが、「団体を作り、一行が旅行の許可を得ている旨を証明し、また帰ってくる日時を定めた市長の証明書を持っていれば旅行してもよい。（……）もし許可もなくまったく自分勝手に自分の州の境界外をうろついていて見つかり、市長の証明書を持っていないのがわかると、逃亡者・脱走者の汚名を着せられて連れ戻され、厳重に処罰される。二度同じ過ちを犯すと、今度は罰として奴隷にされてしまう」[49]。このような個人の自由の制限は、文学作品であれば、ユートピアを思い描く青空に立ちこめる暗雲と言って済ませることもできるが、現代に入ってユートピア主義がイデオロギーや政治理論になり、単なる文学作品ではなく社会運動と政治的現実として立ち現れると、個人の自由を犠牲にした社会秩序を好むユートピアの性質は耐え難いほど抑圧的なものとなった。

一九二〇年、ソ連で小説『われら』を書き始めたエヴゲーニイ・ザミャーチンは、反ユートピア小説＝ディストピア小説の中でも最初期の、また最も強い影響力をもった作品を世に送り出しただけでなく、あらゆるユートピアに付随する問題、すなわち「個人対集団」という、彼に言わせれば「最大の問題」を鋭く抉り出した。ザミャーチン曰く、『われら』は「この問題を赤裸々に語った初めての作品である」[50]。『われら』という表題は、一人ひとりの固有性を抹消する集団を示す複数形の代名詞であり、すべての登場人物が個人名ではなく数字で――全体主義国家「単一国」における単なる統計として――識別される点において、暗示的な意味がある。『われら』には、やがて到来するスターリンの独裁に対するザミャーチンの不吉な予感が表されているだけでなく、まさに全体主義という論理そのものへの彼の深い洞察が示されている。『われら』は一種のSF空想小説で、単一国が集産主義の名のもとに個人を管理・操作する話である。物語は科学と数理的計算と方程式の卓越さを信じ込まされている技術者のD―五〇三によって語られる。名前の代わりに数字で識別される国民――「員数成員」――一人ひとりのすべての行動は、科学と数理的計算と方程式ならびに「時間律法表」なる規範、すなわちD―五〇三が「科学的倫理学――つまり、加減乗除に基づいた倫理学の体系」[51]と呼ぶものによって厳格に管理されている。規定に沿わない個人の判断による行い――あらゆる自由――は非科学的であり、非理性的で野蛮で犯罪にも等しいことと考えられている。「自由と犯罪は切り離し難く結びついていて、それはあたかも……そう、あたかも飛行機《エアロ》の運動とその速度の関係のようなものだ」とD―五〇三は日記に記す。「飛行機の速度＝ゼロなら、飛行機は動かない。人間の自由＝ゼロなら、人間は罪を犯さない。それは明白である。人間を罪から救い出す唯一の手段は、人間を自由から救い出してやることである」[52]。この捻くれた論理は、数学的には正しく見える。数学にしたがえば、「私」という個人は「われら」という集団からすれば何の重みもない。なぜなら、「単一国との関係において《私》に何らかの権利がありうると仮定するのは、一グラムが一トンと釣り合うと仮定することと、まったく同一であることは明白ではないか」とD―五〇三は言う。「このことから次のような配分が生まれる。つまりトンの方には権利が、グラムの方には義務が割り当てられる。無に等しきものから偉大なるものへいたる自然な道程は、自分が一グラムであることを忘れ、一トンの一〇〇万分の一であると感ずることである」[53]。これこそがまさしくディストピア世界の洗脳方法だ。レナータ・ガーリツェヴァとイリーナ・ロドニャンスカヤが述べるように、個人の顔が見えない集団の一部になるために権利と自由を断念することで、「それまでの自分を自ら進んで放棄し、別の人間を装うことで、個人は匿名の存在――集団内部で番号によって特定されるよう――になる準備をする」[54]。集団がすべてで個人は無に等しいとする考えは昔から全体主義の、そしてあらゆるディストピア世界におけるプロパガンダと洗脳の根幹をなす思想である。

ザミャーチンの『われら』をはじめ、オルダス・ハクスリーの『すばらしき新世界』やジョージ・オーウェルの『一九八四年』からレイ・ブラッドベリの『華氏四五一度』、マーガレット・アトウッドの『侍女の物語』にいたるまで、完成度の高い現代の反ユートピア小説はすべて、自由を喪失することの恐ろしさと社会理念が悪夢のような現実を生み出す危険性について読者に警告している。「我々はここで集団的悪夢の断末魔にある社会と直面する」とエリカ・ゴットリーブは述べる。「まるで悪夢の中にいるように、打ち負かすことのできない、あるいは多くの場合、理性で把握することさえできない巨大な超人的力を前に、一人ひとりが自分自身の運命を支配できない犠牲者になっている」[55]。興味深いことに、ザミャーチンは、幸福であることと自由のないことを等式で結び、聖書の楽園追放の物語について皮肉な再解釈を行っている。死刑執行やそれに類する日に単一国とその支配者なる「恩人」を賛美する詩を書く国家任命詩人のR―一三の口を借りて、「破壊をもたらす自由を味わうようにさせた」のは悪魔なのだから、自由は悪魔の仕業だと述べる。R―一三は、自由を放棄することによって「われらは神を助けて決定的に悪魔に打ち勝ったのだ」と宣言する。頭を使う必要がなくなった単一国の人々はいまや「再びアダムとイヴのように純真で無邪気になった。善悪についてのあの混乱もなくなった」。一方で、単一国と「恩人」は国民が頭を使って考えなくてもよいようにし、「われらの非自由、つまりわれらの幸福を保護してくれている」(56)。この捻れた論理では、自由がいかにして幸福と相容れないものになってしまっているのだろうか。ユートピアという完璧な世界はいかにして悪夢のような自由のないディストピアに変質するのだろうか。ゴットリーブは、二〇世紀にユートピアへの期待が裏切られたことに注目しながら、次のように答える。「一九世紀をとおして、人々は、二つのことを顕現せしめて産業革命によって生まれた病を一気に取り除いてくれる世俗の救い主《メシア》が到来するのを待ち望んでいた。二つのうちの一つは、科学で貧困を一掃する手立てを生み出してくれること、もう一つは社会主義で不正を一掃してくれることだった。約束が守られることを信じて待ち望むことで、二〇世紀に偽の救い主の到来を招いた。それが国の独裁者である」(57)。たしかに、現実の歴史では、一九世紀から二〇世紀にかけて、後に偽物であると知ることになる救い主を単に待つにとどまらないことが起こった。約束の地たるユートピアが到来しなかったのは、単なる歴史的偶然というより、ユートピアがまさに概念化されたときに生じた社会構造上の問題と大きく関係していた。

ここでとくに興味深いのは、宗教上の言葉――顕現、約束が守られることを信じて待ち望む、救い主《メシア》の到来――と、宗教とは無関係なユートピアと独裁主義への転落という発想が絡み合っている点である。この点は、とくに注目されるべきである。概して世俗的な発想であるユートピア思想と、聖職者の神がかり的な力とともに絶対的なものとして示される信念体系である宗教との間にある複雑な関係を思い起こすからだ。先にアッラ－アズミの議論をとおして見たように、イスラム文化のユートピア思想は、たしかに宗教思想と明確な区別がつけにくいが、概念規定をいささか緩めてやれば、それもまた一種のユートピアと考えられる。目下のところ、ユートピアが世俗的なものであることに間違いないのならば、ユートピア構想は二〇世紀の世俗社会において、概ねひどい失敗に終わってきたと考えられるため、人間は非常に優れた本性と理性の持ち主であり、完璧な理想社会を自分たちで設計・建設できるといった楽観的信念は、現代の政治的現実の中で灰燼に帰したものと思われる。我々はユートピアの失敗についてなにを語ることができるだろうか。ユートピア構想は、まさにその始まりから、人間の不遜さに運命づけられているのか。ユートピアの失敗は、この世のあらゆる問題を解決しようとして科学の力を、すなわち人間の理性を、誤って妄信してしまったせいなのか。あるいは、より重要なことと思われるのは、人間の本性それ自体の暗部を十分に認識していなかったことが明らかになったということなのか。こうした疑問は、ユートピアとその基盤である世俗主義に対する重大な異議申し立てとなり、現代の政治的現実を考えてみれば、ユートピア建設の夢と期待には限界があるということを素直に認識するはずだ。ユートピアの概念に纏わりつく多くの問題点を熟慮することなく、今後も幸福の地を探し求めれば、計画は失敗に終わってひどく幻滅するだけのことになろう。

先に述べたように、ユートピアに関して熟慮する必要のある重要な問題は、個人と集団の微妙なバランスである。集団とは抽象的概念にすぎず、現実の社会や政治では、集団という考えが集団を代表する一人の人間、言い換えれば、最高権力者ないし権力集団に具象化される。ここに代議制と権力配分の本質的問題がある。権力をもった代表者が、社会全体の公益を代弁すると主張し、共同体の名のもとに、平等や正義を担保する三権分立のような抑制と均衡のシステムもおかずに統治すれば、偽善と策略に満ちた社会、すなわち独裁者が「恩人」を偽る悪夢のような単一国になるのが落ちだ。「一トン」の存在であるこの独裁者は「一グラム」の存在である各個人をすべて合わせた重さより重く、独裁者の巨大な自我《エゴ》がすべての個人の自我《セルフ》を抑圧し、集産主義はたった一つの——独裁者の——声と頭脳とともに抑圧的な体制となる。ユートピアに全体主義独裁国家に変貌する危険な性質があると見られる理由はここにある。「ユートピアと全体主義は鏡像関係にある。ユートピアは全体主義の前兆以外のなにものでもなく、また、全体主義はユートピアの夢の悲劇的実現であるかのように、両者は同じ世界観《イメージ》を常に送り合い続けている[58]」とフレデリック・ルヴィロワは述べる。だが、物語としてのユートピアおよびディストピアは、いずれもたった一人の声によって語り続けられることなどない。なぜなら、小説という文学形式は本来、ミハイル・バフチンが論じるように、多声的なもの、すなわち「言葉遣いの社会的多様性や（ある場合には多言語の併用や）個々の声たちの多様性が芸術的に組織されたもの」であり、したがって、小説は例外なく社会的・イデオロギー的な「言語的多様性[59]」の小宇宙だからである。だからこそ、ディストピア小説は風刺的で破滅的な要素が強いのだ。はじめこそ、どれほど権力的で抵抗不可能であるように見えても、小説が進むにつれて、単一の権威的言説が徐々に、不可避的に破綻していく、すなわち単一国が崩壊していく様子が語られる。「小説とはただ一つの言語の絶対性を拒否したガリレイ的言語意識の表現である[60]」とバフチンは述べる。だからこそ、ザミャーチンの『われら』をはじめ、ハクスリーの『すばらしき新世界』、オーウェルの『一九八四年』からブラッドベリの『華氏四五一度』、マーガレット・アトウッドの『侍女の物語』まで、現代の主要なディストピア小説は、たとえ悲劇的な音を響かせ、ハッピーエンドを錯覚させるような結末で幕を閉じることがなくても、動的変化の物語、抵抗と謀反の物語となっている、すなわち全体主義による管理体制の崩壊を例外なく示すのだ。ディストピア小説は、重苦しい悪夢がなおも続くことをにおわせて幕を閉じることがよくあるが、その悪夢に終止符を打てなくもないということもにおわせている。小説というまさにその形式とそこに含まれる多声性のために、ディストピア小説の本質は政治的転覆にあるのだ。

同時に、集団性がなくてはならないものであることも理解する必要がある。人間が仲良く平和に生きていくために、社会秩序と公益は個人の権利と自由に負けず劣らず重要なものであり、私利私欲や自己中心的な人間がはびこれば社会全体に大きな損害をもたらす。小説などなくても、ほんのわずかな人間の飽くなき貪欲さがいかに富の分配に大きな格差を生むのか、現実の社会で個人の貪欲さと組織の腐敗がいかに金融危機を招くのか、理解できるはずだ。残念ながら、多かれ少なかれ自己中心的であるのが人間の本性であり、各々が権利を主張し続け、社会的ヴィジョンを異にしながら、利益が一致する人々同士が手を結ぶようになれば、その社会は瓦解する。まとめれば、ここにユートピアとディストピアが抱えるジレンマがあり、数多の政治理論や社会実験がいまも適切な解決の方法を探っている。

二〇世紀は、二つの大戦、ホロコースト、ジェノサイド、冷戦、そしてユートピアの誕生に最も近かった社会主義の崩壊を目撃した。こうした事件が過去のものとなったいま、クマーが近年論じたように、文学の一分野としてのユートピアは衰退し、「作家たちは、より良く、できる限り申し分のない未来を想像するために、もはやユートピア形式やユートピアという分野に目を向けなくなった。一方、ユートピアのいとこ——あるいは分身——であるディストピアは繁栄を続けている」[61]。さらに重要なこととして、社会理論としてのユートピアにはかなり問題があることが立証され、ユートピアはもはや「時代遅れ」のものとなり、問題点を熟慮することなくユートピアを再び描こうといくらがんばってみても、「お粗末でずいぶん魅力に欠ける表現形式を生み出す結果になるであろう」[62]。かなり抽象的に、しかも地球全体のことを抽象的に述べることを許してもらえれば、大方の人間は、政治的偽善や欺瞞への不満を募らせながらも、神の王国が地上に実現したなどと告げる偽の救済者《メシア》の到来はもうたくさんだと思っている。数々の精神的・肉体的苦汁を舐めた経験から、人々は冷静で現実的になっており、夢のようなことを思い描いてうまい話に飛びつくことなどなくなっている。だが、人類はより良くありたいという希望を完全に放棄してしまったのか。過去に精神的にも肉体的にも辛い思いをしたために、あるいは、おそらくそうした体験が原因で、希望を完全に失ったとしても、または失ったことが原因となって、幸福の地の探求を放棄することなど人類にできるのだろうか。幸福の地がどこにも見つからなくても、あのさまよい人は探し続けた。ユートピア願望は、たとえ一時的に停滞し言葉で表現されなくなっているとしても、来るべきときが来れば、目を覚まし、その姿を再び現すことであろう。現代の人間は、ディストピア的現実の後味の悪さとともに生きているだけに、まさにそのような時の到来を促進しようとすることであろう。人々は、ユートピアを現実のものにという主張に警戒しつつも、ユートピア文学が書かれること、より説得力のあるユートピアが想像されること、より具体性のある幸福な社会が示されることを期待することであろう。より良い人生への希望や想像がなければ、人類は進歩しようという気力も活力も失うだろうが、しかし、人類はより良い未来に向かって前進していくはずである。今後も、文学的想像、社会的想像の中から、ユートピア、あるいは少なくとも新たなユートピア文学が登場してくることであろう。

第八章　銭鍾書と世界文学

二〇世紀の中国において、最も学識ある学者と言えば、銭鍾書《せんしょうしょ》（一九一〇〜一九九八）をおいてほかにいないであろう。中国の文学・文化について広範な知識をもつ一方、西洋の文学・文化にも精通し、造詣が深く、彼に比肩しうる学者は中国にまずいない。一九八三年にはすでにピア・リックマンが次のように述べている。「中国文学、西洋の文芸様式、世界文学についての銭の知識ははかり知れない。今日、銭鍾書のような学者は中国に、いや世界にもいない」[1]。銭は一九八五年、ジャック・デリダ、ウンベルト・エーコ、ジェラール・ジュネット、ヴォルフガング・イーザー、ロベルト・ヴァイマンといった著名な研究者たちとともに米国現代語学文学協会（ＭＬＡ）の名誉会員に選ばれた。しかし、そうした高い評価にもかかわらず、銭鍾書の名は、とくに同じ年に選出された前述の米国現代語学文学協会名誉会員の面々に比べて、西洋では一般的に知られていない。別のところで述べたように、西洋では「今日まで、銭の研究の価値を正しく理解し評価する批評家の意見は皆無に等しい状況である。これまで基準として慣れ親しんできたヨーロッパの伝統から飛び出して世界文学という真の意味での地球規模の考えを受け入れたいま、世界文学ならびに東西比較研究《イースト・ウエスト・スタディーズ》に関心をもつ者であれば、銭がいかに偉大な比較研究者・人文学研究者であったのか、そして彼の著作がいかに価値のある重要な模範となるのか、知る必要がある」[2]。本章では、中国以外の地域のより多くの人々に、銭鍾書を秀でた比較研究者、人文学者として紹介するとともに、世界文学の研究で真の意味での世界的視点がいかに重要か、論じていく。

いまから三〇年前の一九八〇年六月上旬、著名なドイツ人比較文学者ダウィ・フォッケマが北京の三里河の自宅にいる銭鍾書を訪れた。フォッケマの依頼で、私は彼に同行し、銭氏に初めて会う機会を得た。訪問中、銭氏とフォッケマは文化や文学の東西比較研究における様々なテーマについて話をした。話の途中でフォッケマは、銭氏が多くの出版物で中国とヨーロッパの文芸様式に数多の類似点を示し、比較文学研究に多大な貢献をしてきたことに対して賛辞を送った。だが、銭氏は彼の賛辞を丁寧に否定した。銭氏は笑みを浮かべながら次のように言った。「私が行ったのは比較文学研究などではありません。ただの折衷主義（eclecticism）にすぎないものです」。非常に謙虚な銭氏の言葉に私は驚き、家に戻ると彼に手紙を書き、謙虚で見栄をはらない謙遜した態度に深い尊敬の意を表した。すぐに銭氏から返事――これが、その後、長年にわたって私に送られてきた何十通もの手紙の最初のものだった――が届き、彼がフォッケマに言った言葉には、きわめて彼らしいことに、表面上の意味より入り組んだ意味があったことを明かしてくれた。彼の説明によれば、「折衷主義」（eclecticism）という言葉は、一九世紀以来、「禁句」同然になっており、現代の用法からすれば「混合主義」（syncretism）という言葉の方が好まれる。しかし、あえて現在の用法に従って、「折衷主義」（eclecticism）という言葉をかつての意味で用いることを選んだ。「『折衷的』（eclectic）という私の言葉には『謙虚な』響きがあったかもしれないが、実際には、私が誇りとする非同調を意味する。つまり、私はフランスの『百科全書』にある定義、正確にはヴォルテールとディドロの定義、すなわち、どのような理論体系にも組みせず、あらゆる思想学派の中から各々最高のものを吸収して、あえてそれ自体で考える（ose penser de lui-même）ということを言ったのだ」[3]。銭鍾書を男の中の男、学者の中の学者と呼ぶのがふさわしいかもしれない。というのも、彼の学問への取り組み方は、できるかぎり多くの原典ならびに文学の伝統を自分自身で一つずつとことん考えるというもので、学問のみならず人生においても、権威的な外圧に屈して自分の信念や考えを曲げるようなことはせず、自分の頭でじっくり考えることを信条としていたからである。銭は、言ってみれば、逆目を引くほうをよしとし、どのような権威ある「理論体系」にもなびくことを拒むゆえ、だれの目にも明らかに「折衷的」であることを誇りとしていた。彼は、政治であれ、イデオロギーであれ、学問であれ、ほかのどのようなものであれ、個々の批評精神を否定し、人類の最高の知見や見識を起源や由来にかかわらず吸収して「折衷」することに異議を唱える、正当派の学説としてものの考え方を支配する理論体系になびく同時代の風潮を十分認識していた。銭の非順応主義的姿勢と自主独立の精神は、彼の時代の中国ではとくに重要で意義あるものであったようだが、今日の我々にとっても、日々真摯に研鑽を積む研究者として、またグローバル時代に生きる人間として、同様に大事なものである。

一九一〇年に上海の北にある無錫の知識人家庭に生まれた銭鍾書は、家庭で父親から充実した中国古典教育を受けた。父親の銭基博《せんきはく》は著名な中国古典学の教授で、「厳しい修養を積んだ儒学者であり、銭鍾書に重要な影響を与えた」[4]。二〇世紀初頭の中国は激動の時代だった。一九世紀のアヘン戦争における屈辱的敗北と数々の不平等条約に屈した後、最後の王朝清が崩壊すると、中国を「天下の中心」とみなし周辺には文化程度の低い蛮族が暮らすという伝統的な中華思想が急速に衰え、世界は多様な民族から構成されているという新たな見方が台頭した。この「林林総総的民族」からなる世界において、中国は西洋列強の脅威のもと弱体化しており、多くの中国の知識人たちは中国再生の道を模索するために最善を尽くそうとしていた。新たな知識を手に入れ、国を強化するためには西洋の書物の翻訳が欠かせないものとなった。そうした中で、一八七〇年代、イギリスのグリニッジにあった王立海軍大学で学んだ厳復《げんふく》（一八五四～一九二一）が、アダム・スミスの『国富論』やトマス・ハクスリーの『進化と倫理』、ジョン・スチュアート・ミルの『自由論』をはじめとするヨーロッパの政治・社会思想の主要な書物を翻訳し、人々に比類なき影響を与えた。文学では、才気に富む林紓《りんじょ》（一八五二～一九二四）が翻訳を手がけたヨーロッパやアメリカの小説が人気を博した。もっとも、林は外国語がまったくわからなかったのであるが。彼は外国語に通じている協力者と協働して、協力者が口頭で伝えたであろう大筋を気品のある漢文に書き下ろした。上級官吏や官僚が西洋の知識に甚だ疎かった時代に、中国人は林紓による西洋の翻訳小説をとおして、様々な人間がまったく異なる社会環境でまったく異なる慣習のもとに生きる魅惑的な世界を目にすることとなった。

銭鍾書は学生時代、長編小説や短編小説に夢中になっていた。彼は中国の伝統的な歴史冒険譚や英雄譚に精通していたが、林紓が手がけた西洋の翻訳小説を読むのがことのほか楽しく、七〇代になって当時を振り返り、慣れ親しんできた伝統的な中国文学の世界からまったく新しい世界に私を連れ出した「一一、二歳の頃の大発見」と記している。林の翻訳を読んだときのことを銭は次のように述懐する。「西洋の小説が非常に魅力的なものであることを知った！ ライダー・ハガード、ディケンズ、ワシントン・アーヴィング、ウォルター・スコット、ジョナサン・スウィフトを何度も読んだが、まったく飽きることがなかった。当時、英語を学びたいという理由がいくつかあったが、そのうちの一つは、ある日ハガードたちの書いた冒険譚の翻訳書を夢中で読み耽ったことにある」[5]。彼は「翻訳の意図は外国語学習に躓いた人や原書が読めない人に救いの手を差し伸べることにある」と、翻訳文学の効果について、皮肉に近い自虐的な発言をした後で次のように続ける。「しかし、そのような人々に対して、翻訳は突如身を翻して、外国語が学びたい、原書を読んでみたいと思うようにさせることがある。翻訳は原書への好奇心を駆り立て、原書を求めさせることがある。あたかも美味しいご馳走があると言って、食欲を刺激し、手に入れて口にしたいと思わせるかのように」。銭はさらに続けて、ゲーテは『箴言と省察』の中で「翻訳者を、『なかばベールに包まれてさだかには見えぬ美女を、素晴らしくいい女だといって私たちにすすめ』、『実物を見てみたいという抗しがたい欲求を刺戟する』『商売熱心な取り持ちに似ている』と言った」〔『ゲーテ全集一三』、一四八頁〕と述べる[6]。つまり、素晴らしい翻訳は、読者に翻訳書を手放させ、原書を求めさせることがあるということだ。翻訳書は、銭曰く、読者を原書に「いざなう」ことがあり、実際、銭を原書にいざなったのが林紓の翻訳書だった。

二〇世紀初頭の中国では、伝統的なものと新しいもの、つまり旧来の中国式教育と近代的な西洋式教育を享受することが可能となったため、当時学校に通っていた後の学者たち、ほかのことはともかくそのような環境のもとで育った幸運な学者たちは、伝統的な教育と西洋式の近代的な教育の両方を受けることができた。銭鍾書は、そうした環境の恩恵に大いに浴することができた一人だった。家庭で中国古典を学んだあと、彼はアメリカ聖公会が英語に力を入れて設立した蘇州の高級中学校に通った。銭の伝記を書いた一人は次のように言う。「中国語に関しては、父親から厳格な教育を受けて多くの古典文学を読んだ。英語に関しては、銭自身の興味から、また彼が通っていた学校がキリスト教の宣教師たちによって運営されていたこともあって、多くの西洋の本を原書で読んだ。そのために、中国語も英語も飛躍的に進歩し、さらなる発展に向けた、とても好い土台を作った(7)」。大学に進学する年齢に達すると、銭鍾書は中国最高学府の一つ、精華大学に入学し、入学当初から、言わば伝説のオーラに包まれた、傑出した学生としてみなされた。実は、入学試験で数学の点数がわずか一五点しかなかったものの、中国語と英語の点数が抜群に良かったことから、学長が入学を特別に許可したために、彼が大学に初めて行くと「すでに、秀でた才能の学生として精華大学で名声を得ていた(8)」。著名な学者で当時精華大学美術学院の院長をしていた呉宓は、学部生であった銭鍾書を名高き教授の陳寅恪と並べて、二人を「人中の龍」に例え、自分を含めたほかの人々を「単なる凡人(9)」と述べた。このように、銭鍾書は学部生の頃からすでに博学な学者として注目を浴びていた。銭は精華大学を卒業すると、オックスフォード大学に二年間留学し、卒業論文「一七世紀および一八世紀イギリス文学における中国」で一九三七年に文学士の学位を取得した。オックスフォード大学卒業後はパリへ行き、ソルボンヌ大学で一年間勉強した。

当時は二〇世紀で最も困難な時期だった。ナチスドイツ、ファシスト政権下のイタリア、大日本帝国が枢軸国同盟を結び、一九三七年には日本が中国と全面戦争を開始した。中国国内で戦禍が広がり、銭はヨーロッパから帰国を余儀なくされ、一九三八年九月にパリを発って故郷に戻った。北京、上海、中国北部の広い範囲、ならびに中国の東海岸地域が日本の占領下に入ったため、銭は昆明に行き、北京大学、精華大学、南開大学の疎開先として設立された国立西南総合大学に奉職した。抗日戦争に続いて国民党と共産党が戦火を交え始め、先行きの見えない混乱の時代に入ると、銭鍾書は中国の知識人のご多分に漏れず、平穏で静謐な場所を見つけて研究に没頭することがほとんどできなくなった。それでも、銭鍾書はいくつもの大学をわたりながら教鞭をとり続け、大きな影響力をもった著書を世に送り始める。一九四一年に随筆集『写在人生辺上』（『人生という余白に書き込む』）を出版すると、一九四六年には短編集『人　獣　鬼』を刊行した。一九四七年になると、最も優れた中国の小説と多くの人々が認める銭の唯一の長編小説『囲城』が出版され、C・T・シィア（夏志清）が述べるように、「現代風俗の愉快な描写、滑稽な誇大表現、しかしながら、そこに感じられるもの哀しい視線[10]」のために高く評価された。

現代中国語で書かれた随筆や小説とは別に、古い中国語で書かれた批評書『談芸録』が一九四八年に発表された。同書は銭鍾書の研究の特徴を最もよく表すもので、中国語とヨーロッパの言語で書かれた膨大な数の原文を引用して比較し、それぞれの関連性を明らかにし、相互明証の根拠として示している。『談芸録』は文学をじっくり鑑賞した本であるが、銭鍾書は序において「実際には悲しみと不安の中で生まれた本である」と言う。というのも、銭は戦時中、両親の世話をし、家族の面倒を見ていたためであり、そうした自分の状況を「垂れ下がったカーテンに巣を作っている燕、あるいは干からびたニセアカシアに群がった蟻のごとくに心許ない」と記している。続けて銭は、中国の文学を議論する際に準拠するものとしてしばしば西洋の文学を用いたと述べ、その比較方法の正当性を、古い格言を暗に示しながら次のように説明する。「東海から西海まで、心も原理も同じである。南と北の教えは、方法も手段も変わらない[11]」。これは宋代の儒学者、陸象山（一一三九〜一一九二）の有名な言葉「東海に聖人出づるあるも、この心同じきなり、この理同じきなり。西海に聖人出づるあるも、この心同じきなり、この理同じきなり（東海有聖人出焉、此心同也、此理同也／西海有聖人出焉、此心同也、此理同也[12]）」を基にしたものである。この言葉は、マテオ・リッチ（一五五二〜一六一〇）をはじめとするキリスト教の宣教師たちが中国に到着し、中国とヨーロッパの間で知的接触が始まった一六世紀末から、「東海」と「西海」の相互理解と相互関係を適切なこととして示すために用いられてきた。陸象山の言葉を暗に示すことで、銭鍾書は西洋思想の吸収を適切とする中国の知的伝統に自らをおくだけでなく、中国と西洋の文学作品や哲学思想をより適切に理解し、互いが理解の光明を投じ合うようにするため、相互が常に協力関係を結ぶよう努力する礎をおいたのだ。

批評書として、『談芸録』は中国古典詩を見識豊かに論じている。その議論は中国の注釈の古典的伝統にとどまらず、広く西洋文学にまでおよび、英語、フランス語、ドイツ語、イタリア語、スペイン語、ラテン語で書かれた作品が常に引用される。論及の幅広さは、銭の並外れた知識の広さと深さを物語るだけでなく、古典や従来の見解に新たな見方を切り開く。たとえば、中国の文学史を巡る伝統的な見解では、王朝と文芸様式が相関関係にあるとよくみなされる。詩が唐の時代に最盛期を迎え、詞が宋の時代に現れ、その後、元と明の時代に戯曲が、明と清の時代に小説（白話）が台頭したという見解である。しかし、銭は、膨大な数の原典から引用を示して、錯綜しながら展開してきた歴史を右のように単純化する見方を斥け、次のように自身の見解を示す。「文学の進化と発展の過程とは、単に文学でなかったものが文学になり、平凡な表現が詩的表現になることである。これまで文学として適切でないと考えられてきたものが文学の素材として認められ、これまで粗野な表現と考えられてきたものが格調ある文を紡ぎだす資材として理解されるということである[13]」。その説得力ある例が唐の偉大な作家韓愈（七六八〜八二四）に見出せる。彼は平凡な語句を散文に取り入れ、詩的表現に革命を起こしたことでとくに注目された。韓愈が平凡な語句を詩に用いたことを論じる際、銭は世界文学にまで対象を広げて包括的な考察を展開する。銭は、『叙情民謡集』の序で、「詩語」より日常語を用いるべきと説いたウィリアム・ワーズワース、『東方詩集』の中でどのようなものでも適切な文学の主題になりうると述べたヴィクトル・ユゴー、『アテネーウム断章』の一一六番で詩をあらゆる形式を融合したもの、すなわち「発展的普遍文学」と考えたフリードリヒ・シュレーゲルらに見られる類似した傾向を指摘する。そして銭は、あらゆる文学史の法則として、ヴィクトル・シクロフスキーが言った「新たな形式は下位ジャンルの正典化に過ぎない」という言葉を我々に思い出させる[14]。銭は、韓愈をワーズワース、ユゴー、シュレーゲルと比較し、シクロフスキーの思弁的議論に言及して、文学の発展は、文芸様式の絶え間ない発展と文学概念の変化、詩への散文要素の同化、文学的でないと考えられていたものが文学的とみなされるようになる過程であることを明らかにする。こうして、個別の特徴としてみなされることが、たとえそれが中国文学という限られた範囲の中の特定の作家の特徴であろうとも、世界文学に見られる一般的傾向の代表例、文学史を展開させる一般法則として、適切に理解される。

ロシア・フォルマリズムやシクロフスキーの名前が西洋の文学研究者の間で知られるようになる二〇年以上も前の一九四八年に、銭鍾書がシクロフスキーを引用したことは注目に値する。銭がいかによく本を読んでいたのか、また文学と文学の理論研究において今後重要となるものを予期する感覚がいかに鋭かったのかがわかる。銭の研究は、原典から比較可能な概念とその具体的な表現を詳細に引いて根拠とし、異なる伝統間に繋がりを見出していく点で、世界文学研究にとって価値がある。たとえば銭は、唐の詩人の李賀（七九〇〜八一六）の有名な詩行「筆補造化天無功」（「筆は造化の作用を補い、天に功無し」〔『李賀歌詞編三――北中寒』「高軒過」原田憲雄訳注、平凡社、一九九九年、一二四頁〕）に注釈を付すとき、人間の所作を自然や天から分かれたものとする見解を巡って、中国古典の作家を引用するだけでなく、考察の対象を拡大して自然と芸術の関係性を論じていく。銭は、この関係性を巡る見解には二つの主な系譜があると指摘する。一つはプラトンに始まり（『共和国』三三九〜九七、『法律』六六九〜七四他）、アリストテレスが発展させ（『詩学』Ⅰ：五、Ⅱ：二、Ⅳ：九、Ⅴ：一、Ⅵ：二〜六他）、キケロが再び持ち出した（『弁論家について』第二巻―Ⅲ）自然の模倣を重視する系譜で、一六世紀から一八世紀にかけて支配的な思潮になり、今日にもその影響を残している。この系譜の見解について、シェイクスピアはハムレットに芸術の目的を「いわば自然にたいして鏡をかかげる」（『ハムレット』第三幕第二場二二〔『シェイクスピア全集Ⅰ』小田島雄志訳、白水社、一九八一年、二六二頁〕）ものと言わせて短くまとめている。中国の詩では韓愈の連歌にある「高言軋霄崢」（「高きことば空をきしりぬ」〔原田憲雄『韓愈』「城南連句」〕、集英社、一九六五年、一四六頁〔これは韓愈と連句を詠んだときの孟郊の言葉〕）に類似した考えが述べられている。銭曰く、「この系譜は、自然は美を内包するが、完璧な美ではないため、詩人が美しいものを選択して作品の中に模倣するのであると考えてきた」[15]。他方に、人間の創造力を自然に勝るものとして強調する系譜があると銭は続ける。この考え方は、西洋ではディオン・クリュソストモスに最初に現れ（『弁論』Ⅻ「瞑想」）、プロティノスが解説し（『エンネアデス』Ⅰ：vi）、フランシス・ベーコン（『学問の進歩』第二巻）からエドモンとジュールのゴンクール兄弟（『日記』一八六一年一月木曜日、一八六二年六月八日、一八六五年七月三日）、シャルル・ボードレール（審美渉猟、「一八五九年のサロン」）、ジェイムズ・マクニール・ホイッスラー（『十時の講演』）にいたるまで様々な作家たちが共感してきた。西洋の見方を代表するものとして、銭はダンテを引用する。「しかし自然は常に不完全な光を与える。すなわち技術にはくわしいけれども、手が震える技術者のようなものである」（『天国編』第一三曲七六～八〔『ダンテ』野上素一訳、筑摩書房、一九六四年、二六八頁〕）。このことから、李賀の詩行「筆は造化の作用を補い、天に功無し」が、人間の創造力が自然に勝るという考え方の典型例として非常に重要なものとみなされる。銭によれば、「この系譜は芸術によって創られた美は自然が創る美よりはるかに優れているとみなすだけでなく、自然は美を内包しておらず、自然には芸術作品によって美しいものに変容する資料があるにすぎないと考える。だからこそ、自然は『天に功無し』のゆえに芸術家の手によって『補』われる必要が出てくる。しかし、私の考えでは、これら二つの思潮は、一見対立しているように見えるが、実際には相互補完の関係にある。両者は異なっているように見えるが、同じ考え方を共有している。私のこの見解について、再びシェイクスピアが適切な表現を用いてまとめている。『何らかの手を加えて自然がよりよくなるとすれば、その手を生み出すのも自然なのだ』」（『冬物語』第四幕第四場九五〔『シェイクスピア全集V』小田島雄志訳、白水社、一九八一年、三九七頁〕)。銭はシェイクスピアの「申し分のない見事な説得力をもった言葉」[16]を評価する。銭の研究の顕著な特徴は、中国とヨーロッパの原書の原文を相互に絡め合わせていく点にある。この方法は、彼が説得力をもって示そうとする主張を論じるにあたって望ましい結果をもたらす。というのも、常に豊富な具体例が示され、複数の伝統から証拠となる原文が引用されることで説得力が増すからである。中国文学の領域でしばしば論じられることも、かなり広い視野から捉えられ、中国文学と中国以外の様々な伝統に属する文学の異文化対話をとおして、特定の見解や見識が世界文学という大きな文脈の中で関連づけられることで、より深い理解に達することができる。

小説『人　獣　鬼』(一九四八)と批評書『談芸録』(一九四八)は、作家としてまた批評家として脂が乗り切った時代に書かれた銭の業績上重要な著作である。もっとも、当時の中国は政治状況が大きく変わりつつあり、知的環境が一新された時代でもあった。一九五〇年代初期に始まり一九七〇年代に終結を迎えた文化大革命の時代、中国の知識層はイデオロギー統制のもとにおかれ、政治一掃キャンペーンで度重なる迫害を受けた。多くの学者が「右派」と批判され、恐怖によって沈黙を強いられ、自由や発言の機会が奪われた。たとえば、多くの作品を残した現代中国最高の作家の一人、沈従文(一九〇二〜一九八八)は、一九二〇年代から一九四〇年代まで数多の長編小説と短編小説を発表し、非常に傑出した人物として歴史にその名を刻んだが、一九四九年以降は完全に筆をおき、まったく作品を発表しなくなった。同様に、銭鍾書も計画していた二作目の小説の執筆をあきらめ、表舞台から姿を消した。それから三〇年以上が過ぎ、銭は私に宛てた私信の中で当時を振り返り、「計画していたすべての仕事のうち、一〇分の一さえ終えることができなかった」[17]と述べた。たしかに、毛沢東が主席を務めた頃の中国は、文学創作にとっても批判的思考にとってもふさわしくない環境で、銭は『宋詩選注』以外、ほとんどなにも発表することがなかった。とはいえ、『宋詩選注』(一九五八)は優れた詞華集である。同書が編纂出版された頃は、当時の政治的状況から、古典を論じる際には「批判的実在論」に重きをおくべきという暗黙の合意があったため、『宋詩選注』もそうした正統派の立場に大方沿うものとなっている。しかし、『宋詩選注』は、銭が中国古典詩の伝統をいかに隅々まで深く理解していたのかがよくわかる書で、そのうえ同書では、当時の批評の慣例にやんわりと異議が申し立てられてもいる。「序」は、宋代詩歌創作の主な背景として、同時代の歴史を巡る小論で始まる。この小論はマルクス主義的文学論を支持する時世を反映した論と読めるが、そのすぐ後で理論の機械的適用から距離をとる姿勢が示される。「作品は、作者が身をおいた歴史的環境から生まれ、作者が生きた現実に根ざしている。しかし、作品がそうした状況を反映し背景を映し出す方法は様々にありうる」[18]。銭は続けて、詩歌が時代の社会状況を写実的に映し出すのは確かだが、写実性だけが詩歌の価値を判断する唯一の基準になることなどないと論じる。そして、「詩史」〔詩が時事・時世をリアルに表現すること、あるいはそのような詩〕という考え方を、以下の理由で「偏向した」見解であるとして斥ける。「詩は血も肉もある生き物である。たしかに、歴史はその骨格である。しかし、その内容が史書によって裏づけられるか否かという点のみから詩の価値を判断するのは、画家や彫刻家が選りすぐった人体の美を、エックス線透視によって鑑定しようとするのに等しい」。そして、銭は詩と歴史を機能と効果の面から異なるものとし、詩を歴史よりすぐれたものであると結ぶ。

文学創作における現実と、歴史研究における現実は等しいものではない。それゆえ、文学作品の現実を機械的な実証的考察によって検証するのは、歴史的事実を文学作品に求めるといった判断力に欠けた行為と等しく、適切なことではない。歴史的事実の実証研究は克己の精神をもってものごとの表層をじっと見つめるものである。もしそうでなければ、歴史研究の正確さと学問上のアイデンティティを失うことになり、節度をわきまえない誇張、牽強付会な関連づけが行われる。一方、文学作品はものごとの背後に潜む本質を探求し、主人公が言葉にもしない複雑な心境を露わにするものと考えられる。そうでなければ、文学作品は芸術作品としての務めを果たさず、創作の責務と職権を放棄していることになる。実証研究は起こったことのみを明らかにする。しかし、文学作品は起こったはずであろうことを想像し、なぜそのようなことが起こったのか推測することができる。この点において、詩や小説、戯曲の方が歴史より優れているといってよい。[19]

この主張がアリストテレスに依拠するものであることは明らかだ。事実、銭は脚注で、中国の文学作品と史書を引用しながらアリストテレスの『詩学』に触れている。そこで銭曰く、史書の『春秋』には「鉏麑《しょげい》が自殺する前の独白が記載されているが、古来、たくさんの読者がそれを不思議に思い、信じがたいと感じていた。少なくとも史書の作者の説明不足であると批判した。独白であるために、『いったいだれがそれを耳にし、だれが記述したのだろうか』（清・李元度『天岳山房文鈔』巻一「鉏麑論」）という疑問が生まれてきたのだ。しかし、『長恨歌』の中の『夜も更け、だれも人はいなくなり、二人で秘かに語り合った』という筋に対して、『いったいだれがそれを耳にし、だれが記述したのだろうか』というような野暮な問いかけをしたり、『臨邛《りんきょう》の道士』〔「長恨歌」の中で、玄宗の代わりに、楊貴妃の霊魂を天界や蓬莱に探しに行った道士〕のでっちあげだ、といったような興ざめな指摘をした者はいまだいないようである」[20]。史書の『春秋』にも唐代の詩人白居易（七七二〜八四六）の有名な詩「長恨歌」にも、偶然耳にできるような、それがおよそ事実であるとは信じがたい個人的発言が記録されているが、詩人が個人的発言を書いても、だれ一人として、ありそうにもないことだと言って批判したことなどない一方で、『春秋』は史書として事実に一致するのかと、同書を注意深く読んだ読者から疑問の声があがってきた。歴史叙述と詩的想像に対する中国人読者のこの明らかな反応の違いこそが、歴史叙述と詩的想像の違いの証左となる。このことによって、アリストテレスが『詩学』の中で論じた見解が、また同様に文学は現実を機械的に模倣し、写し出すものとする毛主義に対する遠回しの批判が補強される。

一九七六年の毛沢東の死と文化大革命の終焉は、中国と多くの中国人にとっての転換点となった。一九七九年、銭が文化大革命期の困難な状況の中で執筆した傑作『管錐編』が権威ある出版社の中華書局から刊行されると、瞬く間に高い評価を受け、一九八六年には加筆された第二版が出版された。一九八〇年には小説『囲城』も再出版され、一九九〇年に連続テレビドラマとなって人気を博し、これによって銭鍾書の名は知識階級の枠を越えて一般の人々にも知られるようになった。大幅に加筆された『談芸録』の第二版が一九八四年に刊行され、『七綴集』が一九八五年に出版され、同年に米国現代語学文学協会の名誉会員に推薦されると、銭鍾書は「再発見」され、「銭学」が中国の学者や学生の間で活況を呈するようになった。ヨーロッパから中国に戻って四〇年、銭は中国の代表派遣団の一員となり、アメリカ（一九七九）と日本（一九八〇）を訪問した。一九八二年には、中国社会科学院の副委員長になった。当時、銭は私に送ってきた手紙の中で、シェイクスピアの一節を「中国人に生まれるものもあり、中国人をみずから獲得するものもあり、中国人を投げ与えられるものもあります」（『十二夜』第二幕第五場一四五〔『シェイクスピア全集Ⅱ』小田島雄志訳、白水社、一九八一年、三八頁参照〕）とわざと間違えて引用しながら、「私のような者がこのような任務につけるとは夢にも思っていなかった(21)」と自嘲気味に述べた。米国現代語学文学協会の名誉会員選出のときでさえ、彼は承諾せざるをえなかったと述べた。「米国現代語学文学協会が承諾するようにと要請してきたのだ。おだてられて〔中国語の「戴高帽子」で「おだてる」の意〕、我を忘れてしまった。私にはヴァレリーがマラルメを賞賛して言ったこと、すなわち、『貧乏で無位無冠だった彼の赤裸々な身上《しんじょう》が、ほかの人たちのもつあらゆる特権を卑小に見せた』〔「最後のマラルメ訪問」伊吹武彦訳、落合太郎他加監修『ヴァレリー全集七　マラルメ論叢』筑摩書房、一九七三年、二一二頁〕などといったことは真似できなかった(22)」と私に言った。それでも、銭は世の習いがとてもよくわかっており、人間の虚栄心や愚考を非常に冷静に見つめていたので、名声や人が崇め奉るどのような役職名にも心揺れることはなかった。彼は名士扱いされるのを避け、インタヴューやテレビ出演の依頼を断った。五巻本の『管錐編』をまとめようと計画していたが、ほんの一部しかできていなかったので、仕事を進めるために一人にしておいてほしかったこともあった。残念ながら、彼は計画を完遂する時間がなく、一九九八年一二月一九日にこの世を旅立ち、後には膨大な量の未完の原稿と覚書が残ったが、後年、それらはなにも手を入れられることなくそのまま複製され、刊行された。

古文体で書かれた銭の最も有名な批評書『談芸録』と『管錐編』は文学以外のことも幅広く扱っている。『管錐編』は中国で最も重要な古典文学のいくつかに野心的な注釈を試みた書であり、これより先に刊行された『談芸録』と同じく、中国の書物が西洋の様々な言語で書かれた書物と魅力的な対話をする、銭の博識を裏づける中国と西洋の比較研究の優れた例となっている。冒頭では中国の重要な古典『易経』の題名にある「易」の意味の注釈が東西比較研究《イースト・ウエスト・スタディーズ》の足場を作る。銭は漢代の注釈者鄭玄（一二七～二〇〇）の引用から始める。「『易』という言葉は名こそ一つだが、意味は三つある。一に『易簡（易）』、二に『変易（変化）』、三に『不易（不変）』である」。三つの意味のうち二つのものが矛盾する意味をもっていることには驚かされる。銭はさらに、「詩」、『論語』という言葉の中の「論」、「王」、「応」など、ほかの中国の言葉から例を引いてゆき、それらのすべての言葉に異なった意味があり、ときには相反する意味があることを示していく。その後、G・W・F・ヘーゲルの中国に対する誤解、とくに、ドイツ語の《アウフヘーベン》が一つの言葉の中に相矛盾する二つの意味がある言葉であることを誇る態度に論が向かう。

ヘーゲルはかつて、中国語と中国の思想は哲学的思索に向いていないと断じた（『大論理学』レクラム文庫、I、一九）。その一方で、彼はドイツ語を形而上学的意味を緻密に表現するのに適した言語だと評価した。たとえば、《アウフヘーベン》という言葉を例にとり、一つの言葉の中に二つの相反する意味があるとする。このことについてヘーゲルは、奥深さと緻密さにおいてラテン語に匹敵する単語はないと述べた（Ibid., 124–125）。ヘーゲルが中国語を知らなかったことを非難する必要はない。また、そうした無知のうえで声を高らかに不注意な議論をしたことに驚く必要もない。そのようなことは学識のある優れた学者によくあることだからだ。だが、学者としては、東の海から西の海まで、考え方も原理も同じであるものを、リンゴとオレンジを用いた諺にもあるような比較できないものに仕立ててしまったことはとても恥ずかしいことだと思う。[23]

ここでの「東の海」と「西の海」への言及は先に『談芸論』の序で見たものを思い出させる。『談芸論』では、中国と西洋の伝統が文化を越えて互いに理解の光明を投じ合う言葉として用いられていた。ヘーゲルが中国語を過小評価したことに対する異議申し立ては、銭の東西比較研究《イースト・ウエスト・スタディーズ》の計画全体に不可欠のものであり、したがって、矛盾する意味をもつ中国語の言葉の意味の二重性を論じて、《アウフヘーベン》が二つの相反する意味をもっている唯一の言葉ではないという重要な指摘をする。実際、スティーヴン・ウルマンはずいぶん前に、「一つの言葉に付与された反意語の意味」が見出される「意味の二重性の特殊なケース」があることを指摘し、例として「神聖な」（sacred）と「のろわれた」（accursed）の二つの意味があるラテン語の「サケル」（sacer）とフランス語の「サクレ」（sacré）を挙げた。[24] ヘーゲルへの異議申し立ては、読者が複雑で魅力的な東洋と西洋の比較の世界に足を踏み入れ、近視眼的で、単一言語的で、偏狭で、自己中心的で、自分の考えだけが正しいと考える狭量な精神世界から、見たこともない広い地平と多様性をもった世界に移動し、刺激に満ちた知的冒険を始めるために、この記念碑的な著書のまさに冒頭に、計画的におかれたと考えられる。

銭の二つの主要な批評書が、とくに西洋の読者にとって難解であるのは、用いられている古い中国語の難しさを別とすれば、まさにその形式にある。この形式は伝統的な注釈の形式で、理論形式にこれといった秩序がなく、とりとめもないと言うのがふさわしい断章の集合体となっている。銭が緩やかに繋がった知の断章形態を用いた理由は、個々の言葉や思想の具体的な知識の方が、統一的理論体系や抽象的理論より重要であるという強い信念があったためである。銭によれば、どのような思想体系もいつかは瓦解するものであり、そうなれば、精巧で秩序立った立派な構造は瓦礫と化すが、巨大な建物が崩れた後に石材や木材がまだ使える状態で残るように、ばらばらになった個々の知の価値や妥当性は失われない。「統一的理論体系から取り払われ、残片となった知やまだ統一的理論体系に組み込まれていない知はすべて断片化している」と銭は言う。「したがって、分厚い書物や分量のある論文だけを重視して短い文章や簡潔な言葉を軽んじること、つまり、量の多さに熱狂するあまり、膨大な量の無意味な言葉を好んで、見たところ取るにたらない短い言葉を切り捨てることは——その言論が怠惰さや杜撰さの悪い見本でない限り——浅はかで教養のない考えである」[25]。このように体系的理論に全面的信頼をおかない銭は、中国古典の思想性や文学性をはじめとする様々なことを体系的に説明するのではなく、常に原文にある個々の言葉に注目し、中国と西洋の異なる作品に出てくる具体的な言葉を照らし合わせていく。ほとんどの銭の注釈は数行から数ページほどの短いもので、それぞれの注釈が明確に関連づけられていないが、どの注釈でもまずは原文を詳しく考察し、その後、哲学、歴史、文学、心理学、文献学など、多種多様な領域の知見に触れながら、議論を自由に展開していく。銭は常に中国と西洋の古典から膨大な原文を引用し、それらを織り交ぜて、つづれ織りのごとく、様々な引用を複雑に絡み合わせて予想もしなかった東洋と西洋の綾を紡ぎ出し、数多の具体例を引いた説明と膨大な数の原文に拠る証拠を裏づけにしながらはっとするような筋目の重なり具合を照らし出して、展開中の議論の要点を明らかにし、説得力をもたせていく。別のところで述べたように、「論理的一貫性や研究『領域』ないし学問『分野』といった明確な区別に強い衝動を習慣的に覚える読者にとっては」、各々が独立し、短く断章化された銭の注釈は「目がくらむような途方もない情報量が詰め込まれた、一貫性のない錯綜したものと映るかもしれない。しかし、いつものように単線的議論をよしとする考えを控え、偉大な知性の見た目こそ目まぐるしい方向転換に身を任せれば、銭の博識、目もくらむような卓越した識見、きわめて適切な引用、膨大な原文にある様々な概念的類似性と結びつき、注釈をとおして古典から引き出される知識や智慧に、いままで味わったことがない喜び、深い知的満足感を覚えるだろう」。さらに、銭鍾書の著書は「中国文化の理解をはかり知れないほど高めた現代中国最高の研究成果であり、中国の豊かな文化遺産は、異質で異国情緒あふれる謎めいたものではなく、東洋の知と西洋の知が対話し、互いに理解の光明を投じ合うことで、十分把握できるものであることを教えくれる」[26]。幸い現在では、少なくとも銭鍾書の主著『管錐編』の数章が、ロナルド・イーガンの優れた英語翻訳によってハーバード大学から出版されている[27]。

もっとも、銭の著書にある短い注釈の断章に秩序や繋がりがまったくないわけではない。ここで、『道徳経』、すなわち『老子』につけた銭の注釈をかき集め、道教の重要な書である『老子』に銭が指摘した重要な点を紹介する。ある内容に絞りたいため、数多くある『老子』の注釈の中から、老子四〇にある一節「反者道之動」(「天下の万物をまた無に反《かえ》そうとするのが道《タオ》の働きでもある」(『老子』、七六頁))につけられた銭の注釈に注目してみたい。「反」すなわち「後戻り」は、ヘーゲルの《アウフヘーベン》と同じく、二つの相反する意味をもつ言葉である。というのも、「一つには『正反』(肯定と否定)と言うときの『反』、もう一つには『往反』(往復)と言うときの『反』、つまり『戻る』という意味があるためである」[28]。銭によれば、《道》の働きの有り様を最もうまく言い表しているのが老子二十五の言葉「强為之名曰大。大曰逝、逝曰遠、遠曰反」(「しいてこれに名づけて大と言う。この道は大きいので、万物を産み続け展開し続け、先へ先へと逝いて止まぬ。逝いて止まぬから、展開されて行った末端のものは次第に道から遠ざかる。だが遠ざかることが極まると、そのものはまた根元たる道にかえってくる」(『老子』、五二―三頁))である。この《道》の運動を、正と反の対立を克服するヘーゲルの三段論法に準えながら、銭は次のように述べる。

> 「大きい」というのは正反の正、すなわち肯定である。「逝く」は出発したのち、「大きい」《道》へ、逆方向に戻っていくこと、すなわち正反の反たる否定である。「遠ざかる」は出発した結果、つまり否定の極みである。それが「反」(=戻る)と述べられる。なぜなら、遠ざかることは道を後戻りすること、つまり否定の否定であるからである。「最終的な合」は正との「和」である。したがって、「反」とは、否定的な意味において反すること(「違反」)であると同時に肯定的な意味において戻ること(「回反」)である。ヘーゲルが

「否定の否定」（二重否定、すなわち否定の否定は反の揚棄である）と呼ぶものは、これと同じ性質のものである。

ここで、銭は、老子が弁証法と同じ原理を簡潔に表現していること、そして「反」のような中国の言葉にも、ヘーゲルのお気に入りの術語《アウフヘーベン》と同じく、一つの言葉の中に「反する」、すなわち「反対の方向に行く」と、「復する」すなわち「後戻りする」という二つの相反する意味があることを示し、中国語と中国の思想に対するヘーゲルのヨーロッパ中心的な否定を批判する。銭は続けて、老子の簡潔な表現は、ヘーゲルが精緻な体系をもった哲学的言説で展開したことを短くまとめたものであると論じる。

したがって、「反者道之動（天下の万物をまた無に反《かえ》そうとするのが道《タオ》の働きでもある）」にある「反」という言葉は「否定」〔反〕と「戻る」〔反〕、すなわち「否定の否定」を意味し、「反者道之動」には動きの二つの面、つまり正から戻る動きと、反から戻り、正と合する動きが含まれている。私見を述べれば、あらゆる中国の古典の中で、『老子』にあるこの五つの漢字が弁証法の原理をよく表している。（……）ヘーゲルは、矛盾はあらゆる衝動と活力の根源であり、論理学は円環運動として考えられ、その前進は帰還、正は対置する二重化として顕現すると述べた。ヘーゲルはまた、思考の過程を元に戻っていく円として説明した。ヘーゲルが費やす数多の言葉は『老子』の一句で意味されることを、長々と説明したものにほかならない[29]。

もちろん、銭は体系的な理論化の価値がほとんど、あるいはまったくないなどと言っているわけではない。銭自身、西洋の主だった体系的理論を渉猟していたし、西洋哲学への精通ぶりは、そうした体系的理論に注意を払っていただけでなく、高い敬意をも払っていた証拠である。中国と西洋の思考の表現方法には体系的理論と警句形式といった明らかな違いがある。プラトンやアリストテレスから、ヴィーコ、カント、ヘーゲル、そして現代の思想家にいたるまで、西洋哲学は体系的な論考として表され、大著として登場する。しかし中国では、孔子、老子、荘子をはじめ、長い歴史をとおして数多現れた偉大な思想家はたいてい、理論体系を構築せず、多くの見解や見識を簡潔な表現や断章的な注釈、短い詩行、ときには観察記録といった形式によって表す。重要なことは、体系的であろうとなかろうと、書かれたことの質の良し悪しや際立った思想に含まれる見識は、表現形式とは何ら関係がないということである。体系の価値を棄却することはできないし、断章となった具体的な考えだけを重んじるといった不当な主張をして、大著を読まないといったようなことはすべきでない。それでもなお、具体的な思想と見識の断章群を重んじる銭の考えを軽視してはならない。銭鍾書の仕事が東西比較研究《イースト・ウエスト・スタディーズ》の素晴らしい例となっているのは、まさに中国と西洋の様々な原書を織り交ぜること、つまり具体的な語句をたくさん引用し、それぞれの語句の間で、また文化の間で対話させていることにあるからだ。

　銭鍾書には、古文体の中国語で書かれた二つの書のほかに、現代の中国語を用い、中国の古典からだけでなくヨーロッパの言語で書かれた様々な書物からも膨大な原文を引き、比較研究における多くの重要な主題について一層精緻な論証を試みた批評集がある。一九八四年に発表された『七綴集』は、現代中国の学術成果を代表する優れた書である。最初の論は中国の絵画と詩を扱ったもので、伝統的な中国の批評における絵画と詩の評価基準は異なっていると述べる。この論は非常に重要なものである。というのも、中国には、絵画を「有形の詩」、詩を「無形の画」、あるいは、絵画を「無声の詩」、詩を「有声の画」とする批評的見解があるためである。こうした見解は、詩と絵画の起源はほぼ同じものであり、したがって、同じ基準で評価できるという見方にたっていることを示唆している。銭は、そうした見方を同じような西洋の見方や、多くの原文と照らし合わせながら比較する。「ケオスのシモーニデースは『絵画は黙せる詩、詩は語る絵』という見解を長い間もっていた。キケロのものと言われる修辞学の著述にある転義法の四番目の例では、『詩が語る絵であるのと同じように、絵画は沈黙する詩である』と述べられている。ダ・ヴィンチはそれを直接言い換えて、絵画は『もの言わぬ詩』、詩は『めいしの絵』と言った(30)」。これが、ゴットホルト・レッシングが有名な芸術論『ラオコオン』で異議を唱えた詩と芸術を巡る西洋の伝統的な見解である。「詩と絵画が姉妹のような芸術であるという見解が古代の西洋の芸術理論の基盤となっている」と銭は言う。「だが、それはレッシングが取り除こうと考えた躓きの石でもある。というのも、彼の見解では、詩と絵画にはそれぞれ独自の特徴と様相があり、『妬み合う姉妹』などではないからだ(31)」。そして銭は、中国でも西洋でも、長きにわたって継承されてきた見解が批評実践の基準に堪えうるものなのかどうかを検証していく。

「中国の絵画史では、南宗派が最も代表的かつ重要なものである」と銭は言う。彼は明朝の作家であり水墨画家の董其昌（一五五五〜一六三六）を引用して次のように続ける。「禅仏教には北宗派と南宗派があるが、この二派は唐の時代に分派した。文人画も唐の時代に北宗派と南宗派に分かれたが、画家たちの出身地によって分かれたのではない(32)」。銭によれば、南北に地域性を分けた区別は八世紀から九世紀の唐の時代ではなく、四世紀から五世紀の六朝時代はおろか、それよりさらに遡った秦の時代以前にすでにあった。「事実、『礼記』の『中庸』には、『南方の強』は『無道の扱いを受けても報復しない』、心が広くて和らかな人々であり、戦いを好み『死ぬことを恐れない』『北方の強』とはまったく異なると書かれている。この時代にすでに、気質の温和さと性急さを『南』と『北』の特徴として区別している」。だが、相反する二種類の性質による人間の区別は、中国だけの慣習ではなく、西洋にも確認できる。「パスカルは精神を二種類のものに分けた。『強くて狭い精神』と『広くて弱い精神』である。カントは理性の働きの分析において、二つの基本的な性向を認めた。一つは類に関する外延（普遍性）の関心であり、もう一つは種の多種性に関する内包（規定性）への関心である〔『カント全集第五巻』原佑訳、理想社、一九六六年、三六三頁参照〕。禅仏教の南宗派と北宗派は二種類の精神ないし仏教思想における理性の二つの性質が具現化したものと言っていいだろう(33)」。これら二つの性質は合わせもつことも可能だが、王維（六九九〜七五九）によって南宗派が始まると、徐々に南宗派が主流派・正統派になっていった一方、詩では、王維の詩や南宗派の作風に似た詩人が主流派や正統派といった高い地位につくことはなかった。王維はたまたま詩人としても名を成したが、銭は次のように言う。「王維は確かに著名な詩人である。彼の詩と画は『表現形式が異なるが関心は同じもの』であると言えよう。彼は古典画の伝統の最高位に君臨し続けてきた。しかし、古典詩の伝統となると、王維は一度も最高の詩人とみなされたことがない。唐の時代の半ば以降、だれもが中国最高の詩人は杜甫だとみなしてきた。クローチェの言葉を借りれば、王維は杜甫に比べて『小さな大詩人』と考えられる。一方、クローチェが支持しそうな退廃的雰囲気の詩を書いた温庭筠は『偉大な小詩人』と呼べよう[34]」。要するに、「中国の詩の伝統において、神韻派〔清の詩の一流派。詩禅一致の境地を理想とする〕に相当すると一般にみなされる地位は、中国画の伝統において南宗派が占めていると一般にみなされる地位に一致しないのだ。このことは、伝統的な文学批評が神韻派を詩の形式の代表的な基準とみなさない一方で、伝統的な絵画批評は南宗派を画風の基準とみなすことに原因がある。したがって、『主流』とか『正統』とかといったことを巡って、中国の伝統的な詩と画は『同じ基準』に準じていないのである[35]」。伝統的な中国の批評では、詩と画は同じ評価基準に立っているとよく耳にするが、実際には立っていないのである。

世界文学にとって認識しておくべき重要なことは、銭が多くの西洋の伝統的な作品に言及しながら、中国の伝統的な詩と画の考察に理解の光明を照らしている点である。『七綴集』の第二論文では、レッシングの『ラオコオン』の批判的読解をとおして詩と芸術の関係が考察される。この論文は、自明なことを体系的に論述するのではなく本質的なことを断章形式によってあるいは短く触れながら論じていく、という断りから始まる。したがって、読者は「膨大な量の無意味な言葉を好んで、見たところ取るにたらない短い言葉を切り捨てる」べきではない。ディドロの問題作「逆説　俳優について」への銭の言及は、まさに冒頭の断り書きのとおりの形式で書かれている。「逆説」というのは、「役者は登場人物になりきって、激しい感情をもっともらしく表現するためには、平常心を保つ必要があり、したがって登場人物の怒りをもっともらしく表現するためには、役者は実際に怒ってはならない」というディドロの主張に由来する。銭によれば、一八世紀のヨーロッパでは「ディドロだけがそうした見解をもっていたわけではない」。「ドン・キホーテは、『喜劇の中で一番賢い登場人物は、愚かな道化である、なぜなら道化はばか者には絶対に演じられないからだ』と言って、ディドロの主張を先取りして示していた」と銭は指摘する。ここから銭は中国の史料に言及して次のように述べる。

古代中国の人々の金言にも、同じ内容の七語の簡潔な表現がある。「先学無情後学劇（無情を学んでから舞台に立て）」。ディドロの論は、この古い中国の諺を尊敬の念とともに振り返らせ、諺の意味の深さに気づかせる。同時に、この中国の古い諺は、ディドロの論をはるか彼方の土地から裏づけし、ディドロの理論的考察が他国の人間の固定観念でも詭弁でもないことに気づかせてくれる。このように新たな視点から既存の知識を振り返ることは、ヘーゲルが繰り返し述べた理解の過程における重要な転機、すなわち、「識」が「知」へ、熟知されていることが真の知識へと変わる重要な転機である。思弁的発見として敢えて言えば、この有名な中国の諺はディドロの論に比肩するものである[36]。

中国とヨーロッパの文章に思いもかけなかった繋がりがあることを思弁的に発見し、洞察し、確認することが、銭鍾書の議論の基本的な方法である。彼の『ラオコオン』論には、そのような予期せぬ繋がりが散見されるが、ここでは二、三のことに触れさせてもらう。古代の中国人はレッシングが『ラオコオン』の中で論じた要点、すなわち、時間芸術としての詩は行為を個々の要素の継起として表現する一方で、空間芸術としての絵画にはそれができないということを昔から認識していた。古い唐の時代の記録に次のような例がある。客人が楽士隊の絵を王維に見せると、王維は「これは『霓裳羽衣《げいしょううい》』の第三畳第一拍《ばん》だ」と言った。客人ははじめ、王維の言うことに納得できなかったが、後に楽人を連れてきて、絵の中の場面にぴったりの曲を奏でさせて、ようやく信用した。

一一世紀には、当時の中国で科学技術に最も造詣が深かった一人、沈括（一〇三一～一〇九五）が、この古い伝説をまったくの出鱈目だと批判し、「此好奇者為之。凡畫奏樂、止能畫一聲」（「これはもの好きが作り上げた話である。いったい楽奏を絵にする場合は、ある音だけを画くことができる」〔『夢溪筆談（二）』「巻十七書画」梅原郁訳、平凡社、一九七九年、一四六頁〕）からだと述べた。銭曰く、「この簡潔な言葉から考えてみれば、沈括は、空間芸術はただ一瞬間を描写することしかできないことがわかっていた[37]」。別の注目すべき例としては、瞬間的な動きを表現する難しさを画家が認識したものがある。嵇康（二二三～二六三）は次のような詩を詠んだ。「目送歸鴻　手揮五絃」（「ときに帰りゆく鴻《おおとり》を見送りながら、手ずから五絃の琴をかなでる」〔『古詩源（上）』「贈秀才入軍」内田泉之助、集英社、一九七五年、三三七頁〕）。著名な画家の顧愷之《こがいし》（三四四～四〇五）はこれを聞いて、「『手ずから五絃の琴をかなでる』を画にするのは容易いが、『ときに帰りゆく鴻を見送』るを画にするのは難しい」と述べた。顧愷之が感じた難しさは、銭曰く、レッシングの理論に照らせば理解できる。「『ときに帰りゆく鴻を見送』るの場面は『手ずから五絃の琴をかなでる』の場面とはまったく異なる。前者は一瞬間ではなく、時間的に継起するものであるからだ。『見送る』と巣に『帰りゆく』は、鴻が目的地に向けて次第に近づいていく一方、男が鴻の帰りゆくのを目で追いながら、次第に遠くへ離れていく様を示している。ここにレッシングが述べた時間的継起の問題があることに気がつく[38]」。このように、これまで見てきた一見単純な短い詩句から、古代の中国人が、『ラオコオン』でレッシングが論じた時間芸術としての詩と空間芸術としての絵画の違いを適切に理解していたことがわかる。

　しかし、レッシングは網羅的な議論を尽くしていない。というのも、古代の中国人は画の難しさとして、ほかにも多くのことを知っていたからだ。たとえば、中国の詩に書かれた数多くのイメージ、心の機微、細やかな情感は、塑像で表現することが難しい。「嗅覚（『芳香』）、触覚（『湿った』、『冷んやりとした』）、聴覚（『むせび泣く声の震えた音』、『鈴の音』）、心理状況（『望郷の念』）、こうしたものは悲しみ、喜び、怒り、不安と違い、形で表現することが容易ではない。『画にするのは難しい』ものもあれば『画にするのは容易い』ものもあるが、いずれの場合も時空間だけの問題ではない」[39]と銭は言う。続けて銭は、詩の中に書かれる色は文字通りの色の描写であると同時に、絵で表現するのがときに不可能な、比喩的な意味も含んでいると指摘する。詩人は闇と明かりを同時に描くことができる。たとえば、李賀は「鬼燈如漆照松花」（「鬼火のともし　漆みたいに　照らしだす　松の花」〔「南山田中行」『李賀歌詩編集一——蘇小小の歌』原田憲雄訳注、平凡社、一九八八年、三九五頁。鬼火は燐火。漆照とは、漆を塗った器は黒いが光る、その光り方をいう。同掲書、三九七頁〕）と表した。徐蘭も同様に「別有火光黒比漆、埋伏山坳語啾啣」（「ほかにも漆みたいに黒く光る火が、くぼみの陰で、奇怪な声で啾いている」〔「礫火」〕）と表した。このような火は「黒い」が、薄明で「照らしだす」ことができる。詩的なものは、絵では表現不可能なものを描くことができる。そう述べたあと、銭は西洋の詩に目を向け、ミルトンほかの詩を引用する。なぜなら、ミルトンもまた、地獄の硫黄にかきたてられた劫火《ごうか》を「その焔は光を放ってはいない、ただ眼に見える暗黒があるのみなのだ」〔『失楽園（上）』平井正穂訳、岩波書店、一九八一年、一〇頁〕と表し、悪魔が天国を「暗黒に照らし出す」と述べているからだ。ヴィクトル・ユゴーは「恐ろしい暗黒の太陽が夜を照らし出している」と言っている。こうしたことを絵で表現するのは難しい。たしかに、銭が指摘するように、「一般的な比喩でも画では十分に表現することができない。文学的言語は比喩にとくに優れている」[40]。山をラクダのこぶに喩えるといった多くの詩的比喩は、完全な一致ではなく部分的な類似性を基にするので、文学的技巧を用いて簡単に表現できるが、絵画には容易なことでなく、単に不可能なことでさえある。こうしたことについてレッシングは深く掘り下げなかったため、銭はヨーロッパと中国の文学から例を多く取り上げ、レッシングの洞察を広げていった。

しかし、銭がこの論の結論として用意したことの中で最も重要なものは、ヘーゲルによって無断借用され、その後、多くの理論家たちから認められた暗示的な《瞬間》という概念でレッシングが批評理論に重要な貢献をしている点を確認することにある。銭は「《含蓄ある瞬間》は非常に有効な概念である」[41]と述べる。頂点に達する少し手前の瞬間、言い換えれば、この先展開していく可能性を内包する瞬間は、画家や彫刻家だけが選び取っているわけではなく、詩人や小説家も利用している。銭曰く、「継起し、止まることなく、『行為』を描き切る韻文や散文の語りには、行為の一瞬間を描くことしかできない絵画のような限界がない。それでも、ときには韻文や散文も場面を小出しにしていき、頂点にほど近いところで止まり、残りを観者の想像にまかせることがある。つまり、《含蓄ある瞬間》は文学にもあてはまるものである[42]」と銭は述べる。銭はレッシングの《瞬間》という概念に忠実にあてはまる数多くの例を中国と西洋の文学から引き、伝統的な中国の批評からも、「この語りの手法を最も重視した」点でとくに金聖嘆（一六一〇～一六六一）を挙げる。それから銭は、語りを巡る見解として金聖嘆を引用する。「物書く技とは、目にするものを直接言葉にせずに目にできるようにすること、しかも、遠くからそこへいたるようにすることである。蛇行を繰り返しながら、徐々に近づいていき、あと少しのところで止める。これを何度か繰り返す。常に離れたところから始まり、蛇行し、近づくと止まる。目にさせたいものを直接書かず、読者が文章の外側から自分で垣間見られるようにするのである[43]」。金聖嘆がレッシングやほかのヨーロッパの批評書を読んだことはなかったが、彼は明らかにレッシングに非常に近いことを考えている。金聖嘆の議論は絵画や塑像ではなく、小説や戯曲を巡るものである。だが、銭が述べるように、「金聖嘆の注釈のおかげで、《含蓄ある瞬間》は短編小説の結末だけでなく、長編小説の章が変わるときにも有効な考えであることがわかる。いくつかの挿話からなる小説に昔から書かれる常套句、すなわち『このあとなにが起こるのか、続きは次章で』というお決まりの言葉は、読者の興味を削がず、関心を維持させることを目的とする[44]」。すなわち、作者は語りがまさに頂点に達しようとするとき、そこで語りを止め、読者に期待とともに次を予想させ、読み続けたいという思いにさせるのである。中国の挿話形式の小説だけがそのような技巧を用いているわけではなく、銭はジョルジュ・サンドからアルフレッド・ド・ヴィニー、オット・ルドウィック、ルドヴィーコ・アリオストやコルネイユまで、様々な例や注釈を引き、異なる文化の文学を比較して結論にいたる。「レッシングは塑像を巡って《含蓄ある瞬間》について述べたが、無意識のうちに文学にとっても重要な概念を提供したのだ[45]」。銭はレッシングの『ラオコオン』の中で最も際立った見解と洞察をこのように取り上げ、《含蓄ある瞬間》が絵画にも塑像にも文学にも同じように有効で重要な概念であることを明瞭に理解させてくれる。

『七綴集』のほかの二つの論考、「通感」と「漢訳第一首英語詩人《人生頌》」は、批評概念や思想を巡るテーマ研究で、様々な伝統の文学作品から膨大な原文を引用して議論が展開される。「通感」は宋祁（九九八～一〇六一）の詩の有名な一節「あかい杏の枝さきに春ごころ浮きたつ」〔『宋代詩集』「玉楼春」倉石武四郎編、平凡社、一九七四年、八五頁〕につけられた複数の注釈の議論から始まる。銭は多くの文献から引用を行い、「浮きたつ」という言葉が宋の時代の詩でよく用いられたものであったことを説明する。「『浮きたつ』という言葉は物体があたかも音とともに波状運動をしているかのような、音のない状況を描き、そのことによって目で捉えるものに耳で捉える感覚を与える言葉である」[46]。西洋にも同様の例があると銭は言う。「西洋の言語では、非常に明るい色や非常にきつい色を描写するのに『大声で叫ぶ』とか『騒がしい』(loud, criard, chiassoso, chilloón, knall) といった意味の言葉を使う。一方で、薄色は『聞こえない色』(sourde) という言葉で表現される。こうした例で古代中国の詩にある『浮きたつ』という言葉の意味が理解できないだろうか。これまでに挙げた例は、心理学や言語学の用語で、『共感覚』とか『共感』と言われる」[47]。豊富な例を原典から引いて中国と西洋が理解の光明を投じ合うようにするのが銭鍾書の著書の特徴である。異なる言語の書物から数多くの例が示されることで、「共感覚」はどの文学にも見られるものであり、言語の違いを越えて広く用いられていることが理解できる。日常の言語から詩語まで、アリストテレスから古の中国の古典まで、ホメロスからエズラ・パウンドまで、西洋の神秘主義から中国の道教や仏教まで、銭が引用する膨大な例によって、共感覚や共感は偏在するものであり、我々に心と感覚があれば容易に認識できるものであることに気がつく。だが、銭がまさに指摘するように、中国の詩や散文に広く見られるそのような修辞的技巧は「古代の批評家や修辞学者からは理解されなかったようだ」[48]。西洋では、「アリストテレスは『霊魂論』で共感覚について触れたが、『弁術論』では一言も触れなかった」[49]。しかし、銭は共感覚を議論対象となる批評概念の一つとして提示し、文学や芸術における共感覚の偏在性と有用性を示し、その意義について理解を深めさせてくれる。

同様に、「詩は哀しみのはけ口」という文学のテーマも、伝統的な批評理論でその価値に注意が向けられることはなかった。孔子は『論語』の中で、詩の効用を四つ挙げる。詩の効用は、善を好み悪を憎む心を興すこと〔興〕、得失を考え観ること〔観〕、和して流れず衆人と群居すること〔群〕、怨んでも怒ることがなく怨みに処すること〔怨〕を可能とすることにある〔「陽貨第十七」『論語』、三八二頁参照〕。詩が怨みに処することを可能にすること、すなわち、悲しみのはけ口になることは、孔子にとって詩の四つの効用の一つにすぎないものである。だが、銭鍾書は中国と西洋の文学作品から豊富な例を引用して、「詩は哀しみのはけ口」という考えが普遍的に有効な原理であると指摘する。つまり、人の心に最も強く作用する文学は悲しみや苦悩から生まれる、言い換えれば、悲しみや苦悩について書かれた作品こそが、読者の心を最も強く動かし、読者の心に最も強い影響を与えるということである。「心の痛みは喜びより、優れた詩を生む。優れた詩はもっぱら不幸、悲しみ、憂鬱な思いを表現する。こうした考え方は、古代中国では、詩の批評理論でありふれたものであっただけでなく、詩を書くときの慣習にもなっていた[50]」。膨大な例の中から、とくに印象的なものを取り上げてみよう。劉勰（四六五？〜五二二）という五世紀の中国の批評家は有名な著書『文心雕龍』で、偉大な文学作品は作者の辛い人生経験や悲しみから生まれるものであり、「貝が病気になって図らずも真珠ができたようなもの（蚌病成珠矣）」と述べる。この興味深い比喩は、それ以前の時代に書かれた書『淮南子』の中の一節「明月の珠は貝の病にしてわれの利なり」から採られている。『淮南子』にあるこの言葉を文学の創作に当てはめてみると、「詩は哀しみのはけ口」という考えをぴたりと表す。面白いことに、同じような表現を西洋の書物にも見出すことができる。銭曰く、

> 西洋の作家たちが文学について語るとき、彼らの比喩の用い方は中国のものと驚くほど一致している。フランツ・グリルパルツァーは、詩を病気になって沈黙する貝が生む真珠（die Perle, das Erzeugnis des kranken stillen Muscheltieres）と言った。フローベールは、真珠は貝が病から生まれ、作家の文体はより深い悲しみ

から流れ出る（la perle est une maladie de l'huître, l'écoulement d'une douleur plus profonde）と述べた。ハイネは詩と詩人の関係を真珠と哀れな貝、貝を苦しませる病から生まれるもの（wie die Perle, die Krankheitsstoff, woran das arme Austertier leidet）と述べた。A・E・ハウスマンは詩が一種の「分泌物、すなわち、松の木の松ヤニのような自然の分泌物か、貝の中の真珠のような病気による分泌物のいずれかのものである」（secretion; whether a natural secretion, like the turpentine in the fir, or a morbid secretion, like the pearl in the oyster）と言った。こうした比喩はいたるところに見られ、かつ明らかにすべての作家が各々独自に用いている。その理由は、この比喩がまさに「詩は哀しみのはけ口」、「詩は苦しみや不幸の中から生まれる」という考えを正確に表すからである。(51)

この指摘を読むと、中国人と西洋人の詩心の類似性に驚嘆せざるをえず、同時に、異なる言語で書かれた様々な作品から「苦しむ貝の中の真珠」という比喩が原典のどこにあるのか正確に指摘しながら並べあげ、「詩は哀しみのはけ口」という考えが普遍的にあてはまることを証明する証拠を原文で示すことができる銭鍾書の博識と非凡な記憶力に感嘆せざるをえない。こうした説得力のある説明を受けると、劉勰の『文心雕龍』の中にある比喩と孔子の『論語』の中にある詩の効用が互いに関連し合いながら、文学創作と文学批評における意義深い、また重要な概念を提示していることがわかる。こうなると、今後の批評家が銭の指摘するような批評上の重要な観点や考え方を無視することはできず、世界文学の作品の中に洗いざらいに探究する必要がある。銭鍾書の論は、常に射程が広く、かつ非常に具体的であり、銭自身が述べるように、「西洋や現代のことについて論じながら、意識して、あるいは知らず知らずに、中国や古典にまで移動して(52)」様々な境界を常に越える。古代と現代の知見、中国と西洋の知見は実際、相互に繋がっており、したがって、学問分野の境界を越えてそのような相互関連を明らかにすることで、知識を広め理解を促進していくことが比較研究に課せられた責務であると考える。

銭の『七綴集』は大きく三つの内容に分けることができよう。最初の二つのものは中国と西洋の絵画と詩の批評の伝統を論じる。続く二つのものは重要な批評概念を取り上げる。残る三つは文学作品の翻訳と受容を扱う。林紓の翻訳とロングフェローの『人生賛歌』の翻訳を巡る論は、文学作品の翻訳について論じるにとどまらず、中国最後の王朝時代に我々をいざない、清朝の黎明期の社会環境と知的状況について生き生きとした感覚を伝える。本章の最初の方で触れたように、林紓は外国語を知らなかったが、原書を理解できる協力者とともに一七〇以上の西洋の小説の翻訳を世に送り、人気を博した。林が直接原書に当たらなかったこれらの翻訳書には、大笑いしてしまうような間違いや不適切な表現があるのは確かだが、銭はそうした間違いをあげつらってユーモアに富んだ論を仕立てるようなことはしない。代わりに、間違いは林紓の翻訳だけでなく、翻訳一般において起こるものであると明言する。「西洋人の間には次のようなことわざがある。『翻訳者は反逆者である』。中国の先人たちの間でも『翻訳』の『翻』は、錦織の刺繡を見る際に、表を裏にして裏面を見るために『裏にひっくり返す』と言うときの『ひっくり返す』と同義である。『翻（ひっくり返す）とは、すなわち、錦織をひっくり返すようなことである。表にも裏にも花があるが、その花は左右に反転している』（仏典を翻訳した賛寧［九一九〜一〇〇二］より）。この喩えから翻訳はフランドルのタペストリーを反対側から見るようなものであると言ったドン・キホーテの言葉を思い出す」と銭は言う。しかし、銭は、翻訳は結婚仲介の役目を果たしもすると言う。「取り持ちないし連絡官が、知り合いになるようにと他国の作品を紹介する。そして恋に落ちるようにそそのかす。まるで仲人が、文学をとおした国同士の結婚に、言い換えれば、不仲になって喧嘩をし、離婚し、その後も激しく罵り合うといった危険性がきわめて少ない、国同士の結婚に導いているかのようだ(53)」。

しかし、たとえば、最後の王朝となった清の末期から中華民国創設の時期、保守的な文学者たちは翻訳の重要性をほとんど理解しておらず、中国以外に文学というものがあることを疑ってさえいた。銭鍾書は自身の経験を引きながら当事の思潮について、次のように記述している。一九三一年ないし一九三二年、彼は著名な詩人で著名な研究者でもある陳衍氏のもとを訪れ、蘇州で長時間、意見を交わした。陳氏は銭鍾書が留学経験をもち、複数の外国語が理解できることを知っていたが、銭が「科学や工学、法学や経営学、あるいは経済学を学んでいたにちがいない」と思っていた。二人の会話の結末はかなり興味深いものである。

その日、彼はついにため息まじりにこう言った。「文学をなぜ外国語で学ぼうなどと思ったのかね。中国の文学はあまり素晴らしくないということかね」。私は敢えて彼と論争しなかったが、幸い陳氏の友人がやって来て、陳氏の話が途切れたので、私はここぞとばかりに、林紓が翻訳した小説を読んだことで外国文学に興味を持ちました、と言った。すると陳氏は、「それではあべこべだ！　琴南（林紓）がこのことを知ったら、彼は喜ばないだろう。彼の翻訳を読んだなら、彼の古典的散文の研究を行うようになるはずなのだが、なぜその代わりに外国を求めるようになったのかね。琴南とは「連帯できない」（「為淵駆魚」。『孟子』「離婁章句上」より）のかね。[54]

銭はこの部分に注をつけ、当事の保守的な文学者の多くが外国語に偏見をもっていたと述べている。「古い世代の文学者の多くがそうした見方をもっていた。このことについては樊增祥（一八四六〜一九三一）の詩が好い例になる。『我々には古典や史書に加えて豊かな知識がある／ヨーロッパ人には読むべき詩などなかろう』。彼らは科学の面では中国が西洋に遅れをとっていることを認めなければならなかった。一方で、文学に優越感の基盤をおいた」。しかし、これは中国の文学者たちだけにあてはまることではない。というのも「ほかの古い東洋の国々も似たような考え方をしていたようだからだ。エドモン・ド・ゴンクールは、ペルシア人も中国人と同様の疑問をもっていたと述べる。『ヨーロッパ人は時計をはじめ、あらゆる種類の機械を作ることができ、実に賢いことは確かだ。だが、ペルシア人はさらに優れている。ヨーロッパ人の中には小説家や詩人がいるだろうか』」。林紓は自身の散文に比べて自身が手がけた翻訳を軽んじていたが、少なくとも翻訳に値する外国の小説があることは知っていた。したがって、銭は林紓を評価して、「その点で林紓の認識は、彼より才能や知識に長けた同世代の文学者以上に優れたものだった[55]」と述べる。

銭は、ロングフェローの『人生賛歌』の翻訳論の中で、清国が一八六二年に設立した通訳学校の同文館を主席で卒業したあと外交上の仕事でヨーロッパをたびたび訪れた張徳彝（一八四七〜一九一八）に触れる。張は英語がとても堪能だったと言われるが、西洋文学のことはまったく知らず、『ガリバー旅行記』を実録と勘違いし、風刺文学であるとは理解できなかった。張がイギリスを旅行し、同国を代表する文学作品である『ガリバー旅行記』に、判断力に欠けた愚かな注釈をつけていたまさにそのとき、銭によれば、「外国語がまったくわからず、海外へ行った経験もまったくない林紓と、大学を出ていない魏易が『ガリバー旅行記』を翻訳していた」。『ガリバー旅行記』に対する張徳彝の誤った見方と林紓の視野を比べて、銭は「この二人のうち、どちらが西洋文学をよりよく理解していたのか、答えは歴然としている[56]」と述べる。

二つの文化が初めて出会うとき、翻訳は、たとえ不適切なものであったとしても、言語と文化の間にある大きな溝の上に架けられた橋のように、相互理解を不可避的に前進させる役目を果たす。通訳者であり外交官であり、ケンブリッジ大学の初代中国語教授にもなったトマス・E・ウェード（一八一八〜一八九五）は、かつてH・W・ロングフェローの『人生賛歌』を中国語に翻訳した。そして、清国末期の外務大臣であった董恂（一八一〇〜一八九二）が彼の中国語を整えた。董はロングフェローの翻訳詩を中国の扇子に書き、それをアンソン・バーリンゲーム（一八二〇〜一八七〇）に預けて全権大使としてアメリカに送り、ロングフェローに渡した。ウェードは中国語をあまり使いこなせなかったため、その翻訳は正確さに欠き、理解不可能なところもあった。一方、董恂は外国語がまったくわからず、部分的な解釈と、推測や憶測を頼りにしながら翻訳を行った。その結果、原典にまったく忠実でないものができたのは驚くにあたらない。その翻訳を詳細に分析した銭鍾書は、言語の問題が当時の中国と西洋の相互理解をいかに破綻させていたのか、そして当時の中国人が他国に関してどれほど無知であったのかを明らかにした。

古代ギリシアと同じく、古代中国は自文化中心主義で、彼らと同じ言語を話さない人々をすべて野蛮人とみなし、鳥や動物と同じ言語を使っているのだろうと考えていた。こうした伝統的な見方は清朝でも根強く残っており、保守的な考え方をもった翁同龢《おうどうわ》（一八三〇～一九〇四）がつけていた日記にある、滑稽きわまる文章にも確認することができる。翁は中国の旧正月を目前に控え、外務省に行き、すぐに「色々な国の大使に会って新年の挨拶をするやいなや」、次のようなことを目撃したという。「私は群集を避けるために西側にまわり、正面玄関から遠巻きに見た。二〇人あまりの人がテーブルを囲んでおり、曽公が彼らと野蛮人の言葉で、ときどき鳥がさえずるような音を出して、話していた」。曽公こと曽紀沢（一八三九～一八九〇）は、文法にこそ欠陥があったが、流暢な英語を話すことで知られる有名な外交官だった。銭鍾書が述べるように、外国語を鳥のさえずりと描写することは、古い中国の書物では珍しくなかった。したがって、「外国語を話す、この世のものとは思われない生き物と親しくなることをいつも避けていた翁同龢の耳には、それが英語であれフランス語であれ、鳥がいつ終わるともなくさえずっているように聞こえたのであろう(57)」。一九世紀末、中国のエリートたちは、中国がアヘン戦争で敗北したにもかかわらず、あるいは敗北したために、依然として揺るぎない文化的優越感をもっていた。「彼らはみな、自然科学や一部の社会科学では西洋の方がかなり進んでおり、中国は西洋に学ばなければならないと考えていた」と銭は清朝末期の中国人エリートたちの一般合意について述べる。「だが同時に、文学や道徳に関しては、中国に勝る国はなく、それらを他国から輸入する必要などないと考えていた。そのうえ、一度外国人が、中国の文学や道徳の方が優れていると知り、関心をもてば、彼らはおそらく啓蒙のために、我々に近づいてくるだろうとも思っていた(58)」。これが、一九世紀末から最後の王朝が崩壊する二〇世紀初頭までの、ほとんどの中国人エリートの実際のものの考え方と態度だった。当時の中国のエリートたちは他国のことについてかなり曖昧な知識しかもっておらず、他国の事情についても正確な知識をほとんどもっていなかった。外国語ができる人間はほんの一握りであり、ましてや外国文学の翻訳に携わった人間の数はさらに少なかった。

こうした状況と知的風土の中で、ロングフェローの『人生賛歌』が中国語の翻訳で登場したというのは稀有な出来事である。中国の扇子のうえに書かれた翻訳詩は、アンソン・バーリンゲームによってアメリカに運ばれ、ロングフェロー自身に贈られた。このことをロングフェローは日記に記しているが、彼は翻訳者の名前を書かず、ただ「清国のある上級官吏」からの贈り物として贈られたと書いている。のちに、あるロングフェローの伝記作者が、「官吏」とは「Jung Tagen」という人物であると伝記の中で書いたが、銭鍾書はそれを、綿密な調査から、ウェード・ジャイルズ式〔中国語をラテン文字によって表記する方法の一つ〕の表記法で書かれた「Tung Tajen」、すなわち「Dong daren ＝董大人」のこと、要するに董公閣下であることを証明した。官公吏の董公とは、当時外務大臣であった董恂にちがいないのだが、その翻訳詩はロングフェローが日記で触れた扇子に記載されたのと同じ董恂が書いたものなのか。銭鍾書は一九八一年に次のように述べている。「アメリカに行く機会があり、ロングフェローの遺産調査に興味がある人であればだれでも、簡単に答えが出るであろう」[59]。一九九〇年代、その中国の扇子がマサチューセッツ州ケンブリッジにあるロングフェロー邸に再びおかれるようになり、銭がまさに予想したように、それは紛れもない董恂のサインと一八六五年春という日付とともに、ロングフェローの『人生賛歌』の漢文翻訳が美しい漢字で書かれた扇子であることが判明した。幸いなことに、今後は、「アメリカに行く機会があり、ロングフェローの遺産調査に興味がある人であればだれでも」、興味深い物語が刻み込まれた、中国と西洋の文学上の出会いを証言する伝説の扇子を目にすることができるであろう。

銭鍾書の最も優れた点は、中国と西洋の文学や文化的伝統に見られる考え方や主題が互いに無関係ではないということを発見したこと、すなわち、幅広い比較をとおして人間の精神と想像が驚くほど類似しており、互いに繋がり合っていることを明らかにしたことにある。銭の驚くべき博識と射程の広い知識、そして彼の学者としてのあり方は、常に我々の励みになり、鼓舞することこの上ない。銭はいつも様々な分野を越えてものを見て、専

門家であることを誇りとする者の意見を低く評価する。なぜなら、銭曰く、

人文学研究が対象とする様々なものは、時代や国境を越えて、また研究領域や分野を越えて、相互に結びついており、理解の光明を投じ合うものである。個々の人間の生活領域や知識はきわめて限られたものであるため、我々は、徐々に地平を狭め、専門分野を小さな下位区分に分け、研究領域を縮小させていく。それが利便性ゆえのことであれば、ほかに選択肢はない。それゆえ、ある学問分野の専門家になるということは、主観的には誇りに思えることかもしれないが、客観的には甘んじて受け入れざるをえないことである。(60)

常に「専門分野」の限界を越え、包括的で広い地平に立つという壮大な構想が人文学研究に必要なものであり、それが世界文学の研究に適切な指標である。銭鍾書のような百科全書的知識に並ぶことは難しいが、グローバルな展望に関わる仕事に身を捧げる人であれば、目標に据えて邁進していくべきである。

第九章　世界文学の詩学

アリストテレスの『詩学』の悲劇に関する研究で、F・L・ルーカスは詩学、すなわち文学表象の本質と要素の理論的考察は古代ギリシアにのみ出現可能だったと論じる。なぜなら、古代の世界の中でギリシア人だけが様々な問いを立てる知的好奇心と能力をもっていたためであると言う。「ほかの民族は、美しいものとして夢を芸術や物語にした。端的に言えば、ヨーロッパはギリシアから学んだのだ。奇跡をも起こす不信心などこの世にもあの世にもないことを、それが問いであれ夢であれ、当たり前のこととして学んだ限りにおいて[1]」。ルーカスは、ものごとの起源や根源的要素の理性的探究はギリシア人だけが特別に好んだと考える。というのも、「ほかの古代国家」は自分たちが生きる世界を疑問視しなかったからである。「彼らは、いまもたいていの人々がそうであるように、真理以上に確実性を愛したのだ[2]」。ルーカスが古代中国の詩人屈原（紀元前三三九？～二七七？）のことをまったく知らなかったとしても無理はない。屈原は長編詩『天問』の冒頭で次のように問う。

昔昔のずっと昔のこの世の初めのことを
だれが語りつぎ言い伝えたのか

天も地もなく混沌としていたというのに
なにを根拠にそんなことを考えられたのか
混沌として昼も夜もなかったというのに
太古の姿を見極め得たのはいったいだれ
得体のしれない「気」だけが盛んに浮動して
はっきりした形はなに一つなかったというのに
いったいどうしてそれが分かったのか(3)

屈原は一八〇近くの問いを続けて、宇宙、古代の神話、人間の歴史について、それがどのようなものであり、なぜ生まれ得たのか問うていく。この詩が古代中国文学の研究者以外にあまり知られていないのは確かだが、大事な点は、世界文学という真の世界的な視点で詩学を論じるときは、ルーカスの議論のようにヨーロッパの視点に終始するのではなく、参照の対象範囲をもっと広げる必要があるということである。アリストテレスの『詩学』が、言わば古典的規範であることを十分知っていても、ギリシアやアリストテレスの伝統を越えていく必要がある。

詩学が、世界中の全言語と全文化の文学作品のまさにその本文を扱うことになれば、開かれた地平はあまりにも広大なものになってしまうため、デイヴィッド・ダムロッシュは次のように比較的扱いやすい――とはいえ、それでもなお非常に困難な――概念を提唱する。「世界文学は、翻訳であれ言語であれ、発祥文化を越えて流通する文学作品をすべて」含む(4)。したがって、流通と翻訳が世界文学の決定因子であり、世界文学とは、言語的・文化的故郷にとどまらず、多様な文化の世界で読まれる文学である。それゆえ、世界文学とは「把握しがたい無数の正典のことではなく、流通や読みのモード」のことである(5)。同様に、世界文学の詩学は、世界中の異なる文学の伝統に見られる批評概念を際限なく寄せ集めた把握不可能な集合体ではなく、文学の特性、本質、価値、構成要素といった暗黙の了解となっている基本的な事項に関する一まとまりの検討課題として定義できよう。世界文学の詩学は、世界詩学として、国家や地域を横断する必要がある。アール・マイナーが先駆的な著書の中で指摘したように、「（詩学について）ただ一つの文化的伝統を考察するのであれば、それがいかに難解なものであろうと、手の込んだものであろうと、豊かなものであろうと、たった一つの概念体系を探究することにすぎない。ほかの様々な詩学を考えることは、定義上、文学に関する様々な体系秩序をくまなく探究し、作品の基本設計から詳細に考察することである」[6]。世界文学の詩学で重要なことは、関連性や代表性の包括性ではない。世界文学の詩学は、対象とする国や地域の伝統をどんどん広げていきながら比較することによって、世界文学を包括的に、かつ深く理解できるようになることに資するものである。世界文学の詩学とは、新たな例を次々に加えて考察できる拡張可能な開いた概念であり、世界文学というまさにその概念とともに発展していく詩学である。

　地球規模の視野にたって比較してみれば、アリストテレスの『詩学』がいまや西洋の批評の伝統における中心的な位置を占めることは疑いないが、古代や中世のヨーロッパでは「決して躊躇なく使われたものではなかったし、広く知られたものでもなかった」[7]というスティーヴン・ハリウェルが指摘する事実に留意する必要がある。ヨーロッパにとって、アリストテレスの『詩学』は一六世紀後半に「再発見されたもの」である。しかし、『詩学』がヨーロッパでまだ再発見されていなかった頃、アラブの学者たち、とくに西洋ではアヴェロエスの名で知られるアブー・アル＝ワリード・ムハンマド・イブン・アフマド・イブン・ルシュド（一一二六～一一九八）が『詩学』を研究していた。アヴェロエスの注釈の仕事は、アリストテレスの『詩学』がヨーロッパと大きく異なる文学の伝統に開かれた詩学となる契機をつくった。戯曲を例にとれば、アリストテレスは喜劇と悲劇を「後者が劣った人間の行為、前者が立派な行為、すぐれた人間の行為を再現した」[8]ものとして区別した。アヴェロエスは注釈の中で、アリストテレスの喜劇と悲劇の概念を、それぞれ励みとなる美徳への「賞賛」、思わしくない悪徳への「風刺」と解釈した。「どの対照も説明も高貴さと低俗さのみに関連しているため、賞賛と風刺だけが対照と説明によって探究されているものである」[9]とアヴェロエスは言う。アリストテレスの「喜劇と悲劇」を「賞賛と風刺」に置換することは道徳的誤読と思えるかもしれないが、チャールズ・バターワースが説明するように、そのような置換は「アリストテレスが喜劇と悲劇の考察で意味したことに対する誤解から生じたものではなく、当時の社会における知の支配層に詩の地位を確立しようとするアヴェロエスの意志に端を発する」ものであり、したがって「詩はもっぱら賞賛か風刺を行うもの」というヨーロッパと異なる詩学の伝統におけるアヴェロエスの「理解」[10]と関係している。アヴェロエスは喜劇と悲劇の教育的・道徳的機能を強調しすぎたきらいがあるかもしれないが、彼の見解は詩が異なる文化・社会でまったく異なる役割を担っていることを例証する。

興味深い一致として、「賞賛」と「風刺」は中国の儒学者たちが古代中国の詩、とくに『詩経』の注釈で振り分けた二つの機能とまさしく同じものである。中国の儒学者たちは、愛の詩に歴史的文脈を重ねて明確な指示性を付与するだけでなく、あらゆる官能的な暗示を取り除き、古の賢王のもとで完成された道徳を賞賛する（＝美）詩か、愚者の治世のもとで起こった道徳の欠如を非難する（＝刺）詩のいずれかに置換しようとする。詩が皮肉や風刺を述べている可能性について、ホーン・ソーシーは「同じ詩が賞賛を表すのか非難を表すのかは、その詩をどのように解釈するのかによる」と述べる。「なぜなら、もしこの詩が『淫奔』詩であるとすれば、であるとか、もしこの詩が賞賛ではなく非難をしているとすれば、というように、詩が字義通りに意味することとはまったく異なることを言っているかもしれないという仮定によって先行決定されるためである」[11]。多くの場合、とくに性的な含みをもつ愛の詩は、「賞賛」か「誹り」かといった道徳的解釈によって、字義通りの意味が無視され、詩全体の解釈が必然的に牽強付会なものになる。一例として、『詩経』にある短詩「狡童」を見ておこう。「狡童」には次のような二つの連がある。

あの意地悪な男ときたら
私にものも言わない
あなたのせいで
食事も喉を通らない

あの意地悪な男ときたら
私と一緒に食事もしない
あなたのせいで
夜もゆっくり眠れない

素朴に解釈すれば、この詩は恋人の不平不満と理解されるだろうが、伝統的な「小序」は「狡童」を、「優れた家臣の助言を聞き入れて国を治めることができず、野心家の大臣にあらゆる権力を握らせてしまった鄭の昭公に対する政治的批判である[12]」とし、読者をまったく異なる意味に導く。儒教の注釈者はこの詩を歴史的文脈におくことによって、語り手を同定する方法を変更し、満たされない若い女性の不満ではなく、家臣の助言に耳を貸さず、王室に混乱を招いたことへの鄭の昭公（名は忽《こつ》）に対する若い宦官の諫言であるとみなす。そのような道徳的・政治的解釈を裏づけるものなど詩のどこにもないのだが、歴史的文脈化のようなものによって儒教の注釈者は解釈の方向性を変更し、詩の意味を別のものにする。こうした解釈を見ると、ラビやキリスト教の注釈者たちが行った「雅歌」の釈義を思い出す。それは、寓意的《アレゴレカル》とのみ呼べるものであり、別のところで論じたように、「批判や反感を招くような言説の内容をイデオロギー的に容認できる内容へと置換し、愛の詩から道徳または霊的真理について説く正典文へと様式を変換する[13]」。解釈法としての寓意的解釈は紀元前六世紀、ホメロスの哲学解釈において初めて現れ、その後、聖書を解釈するためにアレクサンドリアのフィロンやキリスト教の釈義者たちが用いるようになった。ホメロスや雅歌、『詩経』の詩が字義通りの意味とは異なることを意味していると述べることで、寓意的解釈が虚偽や非道徳的とみなされてもおかしくない文学の正典性を守ろうとするのだ。なぜ寓意化するのか。寓意的解釈はどのようにして起こるのか。こうした問いは世界文学の詩学において検討されるべき問題である。

ほかにも、検討されるべき重要な批評上の問題として、詩の起源に関するものがある。アリストテレスは詩を模倣、すなわち「最も再現を好み再現によって最初にものを学ぶという点で、ほかの動物と異なるものとする」[14]人間の本性から自然に生じるものと考える。模倣芸術としての詩は、論理学の用語を用いて分析することも可能だが、アリストテレス以前の詩的着想を巡る考えでは、「狂気」とさえみなされる非合理的なものと捉えられ、詩を湧き出させる無意識の次元が強調される。プラトンは、「彼らがその作品を作るのは、自分の知恵によるのではなくて、なにか生まれつきのままのものによるのであり、神がかりにかかるからなのであって、それは神の啓示を取りつぎ、神託を伝える人たちと同じようなもの」[15]であるために、詩人は自分たちの作品を説明することができないと主張した。プラトンは、詩人というものは「翼もあれば神的でもあるという、軽やかな生きもので、彼は、神気を吹き込まれ、吾は忘れた状態になり、もはや彼の中に知性の存在しなくなったときにはじめて、詩をつくることができるのであって、それ以前は、不可能なのだ」[16]と言う。プラトンはまたデルファイの神託とゼウスの神託所があったドドナに触れ、「我々の身に起こる数々のものの中でも、その最も偉大なるものは、狂気を通じて生まれてくるものである、むろんその狂気とは、神から授かって与えられる狂気でなければならないけれども」[17]という認識を示す。プラトンは、哲学者として詩的なものや霊感といった非合理的なものより、論理的で合理的なものを好んだことは確かだが、しかし彼が論理的な言葉では説明が尽くせない文芸創作の神秘的な面を認めていることは明らかである。

詩の創作を霊感や無意識層に求める考え方は多くの文化に見られるもので、たとえばサンスクリット語を用いた古代インドの詩人たちは、「激しい感情が安らぎとともにほとばしり出たものであり、壷から水がおのずと溢れ出たもの」[18]と考えていた。ラージェーンドランによれば、霊感は「予想だにせず起こる現象」であり、九世紀のアーナンダバルダナのような批評家は、「瞑想の中で恍惚感に浸り、意識しようと努力することなどほとんどなく、頭に浮かんだことがそのまま詩的表象となって溢れ出すと考えた」[19]。霊感による着想が詩の起源を詩人による行為の模倣より詩人の主観性に求める一方で、古代中国の『書経』は、「詩というものは人が心に意図するところを言語に表現したものであり、歌というものは言葉を引いて伸ばして詠じたものである」という別の起源を提案する。舜帝は長官の一人である夔《き》に跡取り息子を詩と音楽によって教育するように命じると、夔は石磬《せきけい》を打ち鳴らし、詩がすべての音と調和して詠じられると、「神々をも、人々をも、和らげることができ」、「獣たちもつれだって舞った」[20]。これを読むとすぐに、ギリシアのオルフェウス神話が頭に浮かぶ。ピエール・サマヴィルが述べるように、オルフェウスの情熱あふれる歌は、「峨々たる岩礁から最も獰猛な獣まで、この世のあらゆるものを魅了し、宇宙のまとまりと宇宙の調和を確実なものとする」[21]。オルフェウス神話はソクラテス以前の音楽や舞踏から言葉が分離する以前の芸術観を明らかにする。エルンスト・カッシーラーが述べるように、「神話と言語と芸術とは、具体的な不分離の統一体として始まり、ただ徐々に精神的創造性の独立した方式の三つ組へと解体してゆく」[22]。このことは中国の神話でもギリシアの神話でも実証されうる。そのため、異なる伝統を横断して、こうした詩学の基本的問題、すなわち台詞と音楽の関係、太古の詩の音声言語的起源、太古の戯曲と宗教儀式ならびに劇場での演技に付随する音楽や舞踏との関係といったことが、世界詩学において再考されるべきであろう。

古代中国の『詩経』(紀元前二世紀)に添えられた「大序」では、右に挙げた諸々のものが明確に結びつけられている。そこでは、詩は人心の発露であり、感情表現としての歌や踊りと密接な関係があると述べられている。

詩は人心の発露したものである。人の心に在るのが志で、之が言に発して詩となる。心中に感情が動けば、自ずと言にあらわれる。言にあらわしただけでは足らず、乃《そこ》で之を嗟嘆《きたん》し、嗟嘆しても足らず、更に永く声を引いて歌う。歌うても尚足らず、遂に覚えず手の舞い足の踏むに至る(23)。

ここでは、詩は行為の模倣から生まれるのではなく、人間の内なる思いや感情の表現として、すなわち、模倣ではなく言語表現として立ち現れるものとして理解されている。「志」という言葉には、ジェイムズ・J・Y・リュウ（劉若愚）が注目するように、様々な解釈がある。「志」を「『心の志』すなわち『感情の赴く方向』と理解する批評家は言語表現に関する理論を展開し、『理性の志』すなわち『人倫的目的』と理解する批評家は詩の言葉の意味を国政に結びつける(24)」。別の中国の重要な批評書の中で劉勰は、文、すなわち文学は「天地とともに生まれ出る(25)」とし、文学の異なる起源を提言する。これをもって文学の起源が自然ないし宇宙にあると解釈する向きもあるが、そうした解釈は批評家たちが文学に自然や大宇宙という権威を取ってつけようとしていると理解する方がいいであろう。詩の起源を巡っては、異なる視点の数だけ答えがあり、それぞれが創造芸術としての詩の異なる性質を解き明かしている。

文学の伝統の違いを越えてよく見られるものには、詩を天才が霊感を受けて創り出した芸術とみなす考え方がある。サンスクリット詩学では、天才は前世で積み重ねた徳の体現とみなされる。七世紀の詩学者ダンディンは「〈カヴィプラシブハー〉なる詩の天才は前世から受け継いだ奇跡的才能である(26)」と述べる。たしかに、天才はもって生まれた自然の才能であり、その才能なしで芸術の創作は不可能である。新古典主義者のボアローでさえ『詩法』の冒頭で、天の不思議な影響を感じず、詩才の星のもとに生まれなかったならば、人は詩をうまく書けないであろうと、自称詩人に対して警句を発する。「彼が天の内秘な感応を感じ、彼の星が生まれながらにして彼を詩人にしたのでなければ、彼は常に自己の狭い素質の捕虜《とらわれびと》となり、フェビュスも彼には耳をふさぎ、ペガサスもすねて、前へ進まぬ」[27]。プラトンの霊感という考えは、一九世紀のロマン主義文学のみならず、カント以降の美学における天才の概念にも重要なものとなっている。カント自身、詩は「その根源をほとんど全面的に天才に負い、準則によって、あるいは実例によって導かれることをいささかたりとも欲しない」[28]ゆえにすべての芸術の中で最上位だと主張した。しかし、カントにとって美学判断に欠かせないものは天才という非凡な才能ではなく趣味であり、趣味と天才の抗争において一方が犠牲にされるべきであるのならば、「それはむしろ天才の側に起こらざるをえないであろう」[29]とカントは述べる。カント以降の美学では、H・G・ガダマーが説明するように、「カントの趣味概念と天才概念との関係は根本から変わってしまう。いまや天才の概念の方がより包括的な概念になり、逆に趣味の価値は下落せざるをえなかった」[30]。フリードリヒ・フォン・シェリングからジークムント・フロイトにいたっては、個人が考察の対象となり、美学と精神分析学の中で芸術と無意識が次第に結びついてゆき、詩ないし芸術は概して、天才の無意識的創作物あるいは充たされない欲求や抑圧された欲望の昇華と理解されるようになった。

だが、文学創作において、無意識の次元をどのような形で強調しようとも、意識的努力を無視できるはずがなく、実際、ほとんどすべての批評の伝統は例外なく、意識の面にも光を当てている。ヨーロッパでは、一九世紀のロマン主義において天才の無意識的創作が強調されたが、この反動として、無意識層の創作物を意識層の次元において理解するために、すなわち、フリードリヒ・シュライエルマッハーの有名な解釈の定義にあるように、「人は著者と同じ程度に理解しなければならず、そして著者より適切に理解しなければならない」[31]ことから、解釈術としての解釈学が登場した。創造的、霊的、奇跡的といったものは、批評、論理、解釈といった次元によって補完される必要がある。詩的天才は、努力と勤勉によって大成する。こう考えるとき、中国で影響力をもつ宋代の批評家、厳羽(一一九二?――一二四五)が次のような、一見不合理に思えるようなことを述べた理由も理できる。「詩には詩作者の特別な才能が要で、それは本を読めばものになるといったものではない。詩には詩特有の趣があり、談理の問題ではない。それでも読書窮理の功を積まなければ究竟地には辿りつけない」[32]。このように、詩の創作では二つの面、つまり非凡な才能と学びが等しく重要とされる。

詩の天才という天賦の才は、しばしば神話上のペガサスによって象徴されるが、可能性を最大限実現するためには常にきちんと毛並をそろえておくこと、すなわち、勤勉な学びが欠かせない。アレクサンダー・ポープは『批評論』の中で、若い詩人に「まず自然に従え、自然の正しい規準によって／判断力をつくれ、規準は常にかわらないからである」[33]と言う。しかし彼は後にウェルギリウスの発見を取り上げてまったく異なる忠告を与える。「しかしあらゆる部分を吟味するようになったとき／自然とホーマーとは同一であることがわかった」。このことから、彼は次のように結論づける。「これを見て古代の法則を正しく尊重することを学べ／自然を写すことは古代の法則を写すことである」[34]。ここでも生まれ持った才能で自然を模倣するようにと忠告しているが、同時に、先人の好い例から学ぶようにとも忠告している。天才と伝統、天賦の才と勤勉、衝動性と計画性といったことのすべてが、卓越した詩人と名作にとって欠かせないものであると考えられている。

天才は、個人的才能ではあるが、文学の豊かな伝統を取り入れる必要がある。「いかなる詩人も、いかなる芸術部門の芸術家も、単独では完全な意義をもつことができない。彼のもつ意義、彼に対する評価というのは、過去の詩人や芸術家にたいする彼の関係を評価することなのである」。T・S・エリオットがこう述べたとき、個人に対するロマン主義的考えの価値がモダニスト詩人たちの間で低下したのは明らかである[35]。文学に、発展していく道が開かれている限り、文学形式、名作、伝統的手法がきわめて重要なものとなる。このことをノースロップ・フライは次のように表す。「詩はただほかの詩からのみ、小説はただほかの小説からのみ作られるのである。文学は自らそれ自身を形成するので、外部的に形成されるのではない。文学の形式は、ソナタやフーガやロンドが音楽の外部に存在しないと同様、文学の外部に存在することはできないのだ」[36]。さらに現代の文学理論では、個人の才能から言語や制度としての文学的慣習に力点がおかれるようになった。ジョナサン・カラーが述べるように、「文学という制度は慣習的なものであり」、したがって詩は自律的なものでも自足的なものでもなく、「読者が順応してきた制度的な慣習に関連してのみ意味をもつ発話である」[37]。ここでは文学が非人間的な制度としてみなされるが、文学はもちろん、個々の作家たちの作品の総体でもある。天才と伝統、才能という特殊な性質と古典の名作との間にどのような釣り合いがとられるべきか、こうしたこともまた世界文学の詩学の中で検討されるべき重要な課題である。

詩学は、文学の批評分析として、当然のことながら、文学言語や文学作品の構成要素に関心を向ける。アリストテレスは『詩学』の中で、「筋、性格、語法、思想、視覚的装飾、歌曲」[38]を悲劇の六つの構成要素として分析した。伝統的なインド文学は、バーバラ・ミラー曰く、その多くが「言語の性質に拘束されているところに特徴がある。サンスクリットというまさにその名前が『まとまった、体系化され、分類化された』という意味である」[39]。シェルドン・ポロックも、サンスクリット語は「音韻規則と形態素の変形規則によって『結びつけられてまとまった』」[40]知的程度の高い言語であることを認める。サンスクリットの詩人たちは、「婉曲語《ヴァクロークティ》」という詩に欠かすことができない間接表現の理解に重要な貢献をしている。「一般に言語に注目して詩を評価するインドでは、詩が言語構成体としてもっぱらみなされるため、詩の言語は間接的な表現がずばぬけて優れたものと考えられている」[41]とR・S・パサクは言う。インドの批評的見解では遠まわしで間接的で暗示的な言葉が尊ばれるが、そうした言葉は伝統的な中国の詩学でも重視される。先にも触れたが、禅の用語を詩の批評用語に導入したことで知られる一二世紀の批評家厳羽は、『滄浪詩話』の中で詩の暗示性を体系化し、以来、暗示性が中国の文学批評で重要な概念となった。厳羽によると、最も優れた詩は「空気を通る音、人なり物なりの相に出る色、水にうつる月、鏡にうつる姿と一般で、言葉では言い尽くせないが、それに盛る意味の深さはきりがない筈のものである」[42]。厳羽と同時代の優れた詞人である姜夔《きようき》（一一五五?〜一二二一）も、「言葉は暗に意味するものがあるために価値がある」と述べ、蘇軾の有名な詩の一節を引きながら、「言い尽くせないが、それに盛る意味の深さにきりがない言葉が最も優れた言葉である[43]」と言う。銭鍾書によれば、こうした暗示性への美的感覚は、絵画でも詩でも重視される。なぜなら、「ある場面を画にするときは細部のすべてに注意を向ける必要はなく、また詩で感情や出来事を表すときにはあらゆることを網羅的に書く必要はなく、それらを目にする人がじっくり鑑賞し、描かれていることからなにが描かれていないのか、言葉で表されていることからなにが表されていないのか、考える余地を残す必要がある」からだと銭は言う。続けて銭は、「詩を語るとき、古代インド人にも『趣』（韻《ドヴァニ》、響き、反響、声調）を重視する一派があるが、この『趣』は暗示的な意味のことである[44]」と述べる。詩的言語とその用いられ方が世界文学の詩学にとって非常に重要な研究対象であることは明らかであり、言葉以上のものを表すために暗示的な間接表現を詩人がどのように用いるのか、注意深く考察する価値がある。

　詩と戯曲は大昔、非常に近い関係にあった。アリストテレスの『詩学』は悲劇の研究に大きく貢献するものであるが、それと同じように、聖バラタ・ムニが著した世界最古のサンスクリット詩学の理論書『ナーティヤ・シャーストラ』（紀元前二世紀頃）は、様々な情緒を表現するラーサ（感情）やバーヴァ（気分）、言語、身振りといった観点から、舞踏劇の技法について包括的な考察を示してくれる書である。サンスクリット劇は高度に体系化されている。バラタ・ムニが述べるように、八種類の感情が八種類の色で八種類の神に関連づけられて象徴的に表現される。「愛は紫、笑いは白、慈悲は灰色、怒りは赤、勇気は橙、恐怖は黒、嫌悪は青、驚きは黄である[45]」。中国の京劇やほかの地域の劇と同じように、サンスクリット劇では、常に彩色された仮面が用いられ、様々な色で感情や登場人物が象徴される。ギリシア悲劇に比べると、サンスクリット劇は、またついでながら中国の京劇は、詩的正義という道徳感情を満たすために、ハッピーエンドとなることが多い。このことから、インドや中国の戯曲に悲劇があるのかといった疑問がしばしば問われる。この疑問についての考察には、悲劇の結末を巡るアリストテレスの見解がまず参考になろう。アリストテレスは、一方で（五三ａ）「不幸な結末で終わる」悲劇を好ましく考えているようだが、他方で（五四ａ）「なにも知らないためになにか取り返しのつかないことをしようとし、実行する前に認知する場合」が「最も優れた[46]」行為と考える。悲劇は悲しい結末や不幸な結末で終わるのが常であるが、アリストテレスは悲劇がそうあるべきか否か、はっきりとした意見をもっていないようであり、実際ギリシア悲劇は、シェイクスピアのような後世の悲劇と異なり、必ずしも死や災いで終わるとはかぎらない（たとえばソフォクレスのオイディプス王やアイスキュロスのオレステイアなど）。

このことに関して――そして、正義を巡るあらゆる見解にとって重要なこととして――悲劇の主人公は「卑劣さや邪悪さのゆえに不幸になるのでなく、何らかのあやまちのゆえに不幸になる[47]」人間というアリストテレスの見方がある。この「あやまち」のアリストテレスの原語はハマルティアである。「ハマルティア」は、一九世紀の多くの批評家たちが悲劇的な欠点、言い換えれば、倫理的あやまちと理解し、このことから、悲劇は単なる罰《ばち》のようなものとなった。たとえば、ゲオルク・ゴットフリート・ゲルフィーヌスは、シェイクスピアの悲劇の主人公の倫理的あやまちを探り出し、それらを運命の報いに値するものと考える。なぜなら、「詩が道徳的正義の基準を示さなければ、詩は誠実な史書より劣るものとなる[48]」ためである。だが、そのような道徳主義は現代のほとんどの批評家から斥けられている。フライ曰く、現代の批評家が考えるハマルティアは「必ずしも悪行ではないし、まして道徳上の弱点などではない。単に強い性格が人目に立つ立場にいる、ということでもよいのである[49]」。フライは印象的なイメージを持ち出して次のように述べる。「悲劇の主人公たちは、人間たちのいる風景では至高点に位置しているので、彼らは権力をふりまわす存在にならざるをえない。巨木は叢より電光に打たれやすいのだ[50]」。このイメージが、樫の木が激しい雷雨で倒れる一方で頭を垂れる葦は倒れなかったという『イソップ物語』の「樫の木と葦」を暗にほのめかしているのは明らかだが、興味深いことに、このイメージは中国の古典文学にも現れる。曹植（一九二～二三二）は詩の中で「高き樹に悲風多くて／海水は大きく荒き波を逆巻く[51]」と述べた。同じく三国時代の作家、李康は『運命論』の中で次のような詩を詠んだ。「樹が森より高くなれば風がへし折ろう、土手が川岸から突き出れば水の流れが取り崩そう、人が平均を上回れば民衆が中傷しよう」。銭鍾書はこの句を、葦が「私は頭を低くしているので倒れません」と言うラ・フォンテーヌの寓話や「樹大招風」という中国の諺〔『西游記』第三三回より〕をはじめとする様々な文と比較する。[52] もし、高潔な主人公が権力を行使せざるをえないような人目に立つ高い立場を悲劇と考えるのならば、中国では戯曲だけでなく——たとえ中国の戯曲の一般的な特徴、とくにその結末が、ギリシアやヨーロッパの典型的な悲劇と異なるものであるにせよ——数多くの古典詩にも、そのような意味の悲劇を当たり前のように確認することができる。それはおそらく、戯曲の形式としての悲劇ではなく、耐え難く理解し難い運命、予想もできない人生の展開、不条理に囚われた人間の絶望といった悲劇感であり、そのようなものであれば世界の様々な文学の伝統に共通して確認できるものであると考える。

こうした批評上の問題については、世界の詩学を比較・考察してみるのが一番である。というのも、世界規模の視点は一つの国の文学、一地域の文学を対象とする考察以上に適切な理解に到達することができるからだ。たとえば、ジョージ・レイコフとマーク・ジョンソンの『レトリックと人生』(一九八〇)以来、比喩、言語、文学研究への認知論的アプローチが、「文学の読みの研究」とピーター・ストックウェルが定義する「認知詩学」[53]なる新たな分野を開拓してきた。そうした新たなアプローチを、西洋だけでなく、世界文学というもっと広い範囲の文学研究で用いれば、多くの収穫が期待できる。概念としての世界文学も作品としての世界文学も進化していく。したがって世界詩学もまた進化していく。批評の地平の拡大とともに文学理論と文学批評により多くの知識と豊かな見識がもたらされることであろう。

第一〇章　変わり続ける世界文学の概念

世界文学の議論では、大抵どこかの時点でドイツ語の《世界文学》(ヴェルトリテラトゥーア)という用語に触れられ、その概念の起源がヨハン・ヴォルフガング・フォン・ゲーテに求められる。実際には《世界文学》という言葉を最初に用いたのはゲーテではないが、ジョン・ピッツァーが述べるように、一八世紀末から一九世紀初めにかけて得た名声やヨーロッパ文化への多大な影響から、「ゲーテが、後に文学批評や文学の教授法に関する議論で注目を浴び、広く討論されることになる世界文学というパラダイムを創ったと思われるようになった[1]」。ピッツァーがゲーテの《世界文学》を歴史的文脈においたことは意義深い。当時のドイツは政治的に統合されておらず、ナポレオン戦争によって軋轢が生じたヨーロッパのすべての国々が相互理解と平和共存を切望していた。この状況はある意味で、今日の世界と然程変わらない。経済、人々の接触、科学技術の発展がグローバル化していく中で、多くの共同体がエスニック・アイデンティティやナショナル・アイデンティティを強化しており、強固な同族優越主義さえ復活している。

理論的に言えば、概念としての《世界文学》には常に二つの力の均衡がある。ローカルなものとグローバルなもの、すなわち、文学の国民的固有性と普遍性に対する世界主義的主張である。ゲーテ自身の《世界文学》の理解を巡って、実際にはヨーロッパ文学に限定して考えていたのではないだろうかとか、ゲーテの世界主義という考えは彼がドイツ人の果たす役割として明確な言葉で力説することと矛盾しているのではないだろうかといった疑問を抱く向きもある。しかし、ゲーテの考えをドイツナショナリズムやヨーロッパ中心主義に結びつける見方は、彼が《世界文学》に対しどのような積極的捉え方をしていたのかを考慮に入れていないばかりか、単純な時代錯誤によって生じた誤解でもある。まずゲーテにとって、当時のドイツ人は国家国民ではなく、同じ言語を用いるということだけで繋がった離散民だった。そして、国民的なるものは、ゲーテが普遍的と考えていたことと相反するものではなかった。ゲーテは一八二八年、トマス・カーライルの『ドイツ小説』を評したとき、次のように述べている。「あらゆる国の最も優れた詩人や作家たちの努力は、明らかにもうかなり前から普遍的に人間的なものに向けられている」が「そうした普遍的なものへの関心によって作家の個人的・国民的特徴が今後ますます浮かび上がり輝くのが見えてくるだろう」(2)。シュトルベルク公に宛てた一八二七年六月一一日付の書翰では、「詩は国家の立場にとらわれない世界主義的なものであり、面白いものほど国民的特徴が現れます」(3)と明言している。

興味深いことに、ピッツァーは、自身の著書の中で言及しているように、アフリカからの提言、具体的に言えば、モロッコ生まれのドイツ学研究者ファウジ・ボウビアを引き、その主張に賛同して、世界文学の概念を巡る議論を展開している――「ゲーテの世界文学の要請を真に世界規模のものとし、世界中の文学の対話の中に《他なるもの》を参加させるという将来性に富んだ早咲きの構想を前面に押し出していくのだ」(4)。実際には、同様のことを、すでに三〇年ほど前にクラウディオ・ギリエンが言っている。ギリエンはそのとき、「ゲーテの世界文学の出発点にはいくつかの国民文学の存在があったこと――したがって、ローカルなものとグローバルなもの、一と多の対話、当時から今日にいたるまで比較研究をこの上なく活気づけてきた対話を可能にしたこと――を思い出す」(5)ように求めていた。それ以前にも、ルネ・エティヤンブルが一九七四年に、ゲーテの「《世界文学》構想は当時のドイツナショナリズムを、またそれとともにすべてのナショナリズムを暗に批判するものだった[6]」と論じている。ヨーロッパ中心主義への警戒は、今日の我々の感覚を黙示するもので、ゲーテの頭にはローカルなものとグローバルなもの、国家的なものと地球規模のものという、あれかこれかの二項対立などまったくなかった。偉大な文学作品は、例外なく、ある特定の言語・文化・国民の伝統から生まれるが、同時に地域的な限界、偏狭さを乗り越えて、原書ないしその名訳が発祥地から読者に送り届けられる。

さらに重要なこととして、ボウビアが指摘するように、ゲーテはペーター・ヨハン・エッカーマンとの対話の中で「アジアの詩を頭に浮かべながら、また、ヨーロッパがまだ森の中をさ迷っているときに、とりわけ中国が豊かに実った文芸文化を享受していたことを頭に浮かべながら、世界文学というパラダイムを初めて詳説した[7]」。実際、ゲーテがあの有名な宣言を口にしたのは、中国の小説を翻訳で読んだときのことを話している最中であった——「詩《ポエジー》は人類の共有財産である。(……)今日、国民文学はあまり意味がない。世界文学の時代が到来しているのだ。だから、だれもがこの時代を促進できるよう努力しなくてはならない[8]」。ゲーテがヨーロッパ文学はその模範として古代ギリシア人の世界にさかのぼってみなくてはならないと述べたのは事実であるが、彼の《世界文学》構想は非西洋の文学に完全に開かれたものであり、まさにそのためにゲーテの構想は彼の時代以上に我々の時代のパラダイムとして意味がある。リチャード・マイヤーが一九九〇年に論じたように、ゲーテの考えは「未来志向」であり、彼の時代に「夜明けを迎えたばかり[9]」のものであった。各国家国民の世界的繋がり、一つの集団ないし共同体の偏狭な視野を越える広い地平の獲得、言語的・文化的快感帯を越えて《他なるもの》を喜んで受け入れること——こうしたことの必要性を世界中の文学研究者がゲーテの時代よりはるかに強く感じている現代においてこそ、ゲーテの《世界文学》という考えは、文学、文化、伝統、そして究極的には我々が生きるこの世界について地球的視野で考える方法として、その真価が発揮されるはずであろう。

ゲーテが一八二〇年代に《世界文学》のことを口にしたあと、カール・マルクスとフリードリヒ・エンゲルスが一八四八年の『共産党宣言』の中で《世界文学》という用語を再び取り上げた。マルクスとエンゲルスは、世界資本主義の急速な発達によって進展する国際化について議論する中で、精神的生産物として国民文学に代わり世界文学が形成されることになると論じた。ゲーテの世界文学の見方が人文主義的なものであったとすれば、マルクスは世界文学を当時の政治経済の発展と密接に結びついた国際化の一部と考えた。以来、ゲーテとマルクスの世界文学観は研究者によって様々な解釈が行われてきた。たとえば、アイジド・アハマドによれば、「『世界文学』という言葉、そしてそのようなものが創られることが望ましいという展望を、マルクスは彼が大好きな詩人ゲーテから借用した」が、マルクスは世界文学を「高邁な知識階級の自発的活動やゲーテが多かれ少なかれ考えていた主要な古典教養の交換様式としてではなく、文化の交換様式が政治経済学の様式にきちんと従う別の種類の国際化に内在する物質的作用として捉えていた[10]」と述べる。マッズ・トムソンの理解では、ゲーテの世界文学の考え方は「様々な国の傑作が織りなす交響曲という理想的展望」であった一方、マルクスは「商品としての書物の世界的分配という、もっと皮肉な見方をしていた[11]」。

ゲーテとマルクスが《世界文学》を異なる意味内容で捉えていたのは確かであるが、しかし、マルクスの発展段階説、つまりヘーゲル的な低次から高次の段階への発展史観を考慮すれば、マルクスの資本主義への言及や世界文学をブルジョアジーの生産物とする見方は、現代の一部の批評家たちのために我々が思い込まされているほど否定的なものではない。資本主義は将来、社会主義や共産主義といった高次の社会的・歴史的段階に発展するであろうとマルクスは予言したが、資本主義が完全に無力であるとは考えなかった。すなわち、資本主義の否定は、ヘーゲルの《アウフヘーベン》的な意味における否定であり、資本主義は人類の歴史・社会の発展に必要な段階であり、彼が否定したのは資本主義それ自体ではなく、資本主義の限界であった。マルクスは、資本主義自体は中世の封建主義より好ましいものであり、アジアの生産様式、すなわち、より原始的な社会の段階とマルクスが考えていた中国やアジア一般の農本社会より明らかに高次のものであった。したがって、マルクスが国民文学の終焉を宣言したとき、《世界文学》を新たな進歩的現象として見ていた点において、彼の考えはゲーテの考えときわめて似たものであった。「民族的偏見や狭量はますます通らなくなり、多くの民族的で地方的な文学から一つの世界文学が形成される」[12]。『共産党宣言』の中のこの有名な一節には世界文学への否定的評価などまったく感じられない。反対に、マルクスとエンゲルスは世界資本主義の国際化の動きを、社会主義革命の必要条件とみなしており、したがってソ連をはじめとする社会主義国のすべての政治刊行物で後に繰り返されることになる「万国のプロレタリア団結せよ！」というスローガンにとって欠かせないものと見ていた。マルクスとエンゲルスの理解では、労働者階級は、国籍に関係なく、何人もみな世界同時革命の原動力である。社会主義運動は国際的運動であり、まさにそうした国際的なものの考え方が第三インターナショナルの基盤となっていた。その意味で、マルクスの考えはゲーテの考えに真っ向から反するものではない。ただし、マルクスは世界文学をグローバル資本主義における生産様式の文化的一側面と捉えており、世界の主要な文学や文化的伝統を人文主義的に理解することはなかった。

ゲーテの時代以降、世界文学の概念は幾分柔軟に変化し続けたが、一部の決まった正典だけを対象とすることはなかった。世界文学には昔から多くの異なる見解や理解があり、いまでは様々な問題提起が世界文学再考の動きを活発化させている。だが、最も大事なことは、世界文学の射程はきわめて広いものでなくてはならないということである。そうした広い文化地図の作成を重視する姿勢が、ゲーテの《世界文学》の概念的特徴である。というのも、《世界文学》が地球規模の概念になったのは、ゲーテがペルシアの詩と中国の小説を翻訳で読んだからである。比較文学も国民文学の諸制約やそれに伴う単一言語の弱みから抜け出そうという努力として始まった学問領域であるが、実際にはヨーロッパの強い影響下に留まり続けた。フランコ・モレッティが遠慮なく述べるように、「比較文学は」ゲーテやマルクスが考えていたような《世界文学》に「沿うことはなかった」。「比較文学は、それよりかなり控え目な知的事業で、基本的に西ヨーロッパ、とくにライン河（フランス文学を研究していたドイツの文献学者たち）を中心に展開した」[13]。だからこそエティヤンブルは、比較文学が世界主義的意識や多言語主義を重視したにもかかわらず、ゲーテの《世界文学》を比較文学に代わるものとして再考したいと考えたのであった。「ゲーテの門弟で《世界文学》の提唱者であるハンガリーの比較文学者ヒューゴ・フォン・メルツルが文明語としての〈主要十言語《デカグロッテイスムス》〉――ドイツ語、英語、スペイン語、オランダ語、ハンガリー語、アイスランド語、イタリア語、ポルトガル語、スウェーデン語、フランス語、これに彼はラテン語を加えた――を提唱できた時代は終わった」。なぜなら、これらヨーロッパ言語圏の外では、サンスクリット語、中国語、日本語、インド語、ペルシア語、アラビア語で書かれた文学が、「〈主要十言語〉の文学など存在しなかったか、あるいは萌芽期にあったときに、すでに傑作を生んでいたからだ」[14]。

エティヤンブルは、ドイツ語とフランス語で書かれた多くの世界文学のアンソロジーと文献に触れ、残念ながら非ヨーロッパ圏の重要な文学作品が掲載されていないと指摘した。それら初期の世界文学アンソロジーは、サラ・ラウォールが述べるとおり、そのほとんどが社会ダーウィニズムを基盤にして作られており、「社会ダーウィニズムによって、なぜ西洋の文化において文明が勃興し、隆盛をいまも極めているのかが説明でき、その起源を巡る精神的教訓を伝えることができると考えたのだ」[15]。影響力のある『ノートン版世界文学アンソロジー』に非西洋圏の文学作品が比較的多く掲載されるようになったのは、一九九五年の「拡大版」が刊行されたときであった。それ以来、事態は劇的に変わった。グローバル化が到来しつつあるなか、社会・政治・経済の変化に伴って、世界文学が表舞台に立つようになった。目下のところ、世界文学における「世界」とは真の意味で世界的《グローバル》なものであり、最近よく使われる言葉を借りれば、地理的な意味で惑星的《プラネタリー》なものであるべきと考えていいであろう。つまり、世界文学の議論では、言語や文化だけでなく、地域や大陸を横断して文学作品を選択し、ヨーロッパ中心主義をはじめとするあらゆる自民族中心主義を乗り越えていかなければならないということである。

だが、単に射程を広げ、様々な文学作品を寄せ集めるだけでは、有意義な世界文学の概念にはならない。手にできる作品の量からすれば、世界中の文学作品のほんの一部さえ読むことなどできない。したがって、概念としての世界文学は、紙媒体の文学作品の集合体のことではなく、理論的構成体でなければならない。モレッティが論じるように、単に「より多く」読むだけでは不十分である。「異なっていなければならない。カテゴリーが異なっていなければならない」。モレッティの解決策は「遠読」であり、それによって「テクストよりずいぶん小さな、あるいはずいぶん大きな構成単位に焦点を合わせることができる」[16]。このモレッティの理論モデルにはこれまで多くの反応が示されてきたが、「遠読」という方法とノースロップ・フライの原型批評の類似性を指摘した研究者はこれまでほとんどいない。フライの原型批評は、個別の作品を無作為に集めるのではなく、文学を一つの全体構造ないし体系として扱う。もっとも、モレッティの理論モデルはフライの原型批評と異なり、土台に政治性がある。イマニュエル・ウォーラーステインの「世界システム論」とフレドリック・ジェイムソンの「文学進化論」を引き、現代小説は中核たる大都市文化圏のヨーロッパから周辺たる非ヨーロッパへ向かい、「西洋の形式的影響（主にフランスとイギリスの）と各々の地域的素材の折衷物として発生した[17]」という。影響力のある優れた説明であることは認めるが、モレッティの中核—周辺モデルと、ついでながらそのモデルを支える世界システム論は、周辺地域の小説の発展にきわめて重要なものが、「各々の地域的素材」だけでなく、各々の土地に特有の環境を育んできた伝統の弾性力にもある点に目が届いていない。言い換えれば、世界文学という考え方におけるローカルなものとグローバルなものの均衡は、ローカルな次元を無視して解明することはできない。もっとも、周辺地域の文学における近代形式としての小説が西洋の影響を受けていることは否定できない。たとえば、中国の小説の場合、二〇世紀初頭の五四新文化運動の中心的人物であり、現代文学に大きな影響を与えた魯迅や胡適といった急進的な因習打破の大御所たちも、西洋の様式で中国の過去を眺めた。魯迅は中国史上最初の中国古典小説史の一つとなる研究書を書き、胡適は中国の古典文学の再検討を提唱して一八世紀の偉大な作品『紅楼夢』（『石頭記』という名でも知られる）の研究〔紅学〕を刷新し、中国のほとんどの現代作家に多大な影響を及ぼした。

小説という近代形式に的を絞った議論には、歴史的性質だけでなく理論的性質に関わる諸問題が必ず付随する。このことは、パスカル・カザノヴァの「世界文学共和国」という考え方に顕著である。彼女は世界の文学空間の形成を「歴史的過程の産物」とし、次のように論じる。

> 世界文学共和国は一六世紀のヨーロッパに出現し、フランスとイギリスで最も古い地域が形成された。一八世紀、そしてとくに一九世紀には、ヘルダーの国家論に後押しされながら中央および東ヨーロッパを統合して空間が拡大していった。そして二〇世紀を通じて空間は拡大を続けた。とくにいまは現在も進む脱植民地の過程を通じた拡大が顕著である。自分たちの声を書く正当な権利を宣言する声明が、民族自決運動としばしば結びついて、現れ続けている。(18)

このような世界文学史の説明は、あからさまなヨーロッパ中心主義であり近代中心主義である。植民地主義時代のヨーロッパの拡張とその後の二〇世紀における脱植民地化の動きに対応づけられているが、ギリシア・ローマ時代のことはまったく頭になく、ペルシアやオットマン帝国、前近代においてきわめて重要な文化的役割を担った東アジアの漢字圏地域など、ヨーロッパの外側で形成された文学の錚々たる星座が目に入っていない。カザノヴァのパリ中心的理論モデルでは、アレクサンダー・ビークロフトが指摘するように、「あらゆる文化と時代にまたがる様々な文学創作を十分に説明できない。（……）フランスの文芸文化に先行する文学の流通形態、すなわちフランス以外の地域に今日存在する文学の流通形態は、カザノヴァの世界システム論の中に入っていない」(19)。アミル・マフティも、カザノヴァがオリエンタル・スタディーズの「文献学革命」を知らないと批判する。「世界文学空間に最初に文学として——聖文学も俗文学も——登場したのは、非西洋の伝統的文学だった。ヨーロッパのものは近代初頭に現れた」[20]。マフティは続けて、そうしたことを見逃しているために、カザノヴァの目には、二〇世紀中葉になってから、つまり脱植民地化の結果として、非西洋の文学が世界文学空間に現れたと映り、「カテブ・ヤシーンやV・S・ナイポール、サルマン・ラシュディのような異彩、大都市的言語や文化への同化心理は非西洋の作家の典型的な特徴である」[21]と結論づけてしまったのだと指摘する。だから、カザノヴァの世界文学空間の理論は、ヨーロッパから、もっと正確に言えば、パリから他地域へ影響が伝播し吸収された過程という形式をとっているのだ。たしかに、一時期はパリが西洋の文学共和国の首都であったかもしれないが、カザノヴァのような世界文学空間の地図の作り方は歴史的に正確なわけでも理論として生産的なわけでもないということを知っておくことが重要である。一定のフランス知識界の中でとくに強いものとして知られる文化的自己愛の類が現れてしまったのかもしれない。

　この点で、「フランス語による世界文学のために」という文学マニフェストを巡る議論は注目すべきものである。この議論は、フランス語とフランス文学が植民地主義および脱植民地化に複雑に関わっていることを暴露している。「フランス語による世界文学のために」は、四四名の作家——そのほとんどがフランス以外の出まれ——の署名とともに二〇〇七年三月一六日付けの「ル・モンド」紙で発表され、『フランス語圏』文学の終焉——そして、フランス語による世界文学の誕生[22]」を宣言した。中核と周辺の関係を弱体化させ、フランス本土《ヘクサゴン》であれフランス海外領であれ、フランス語で執筆するすべての作家の平等性を求める試みである。署名者たちは理想に満ちた調子で声明を締め括る。「パリという中核が他の中核と同じ平面におかれ、新たな星座が生まれつつある。そこでは、言語が国家との独占契約を破棄し、詩作と想像の力を除くすべての力から解放され、精神のフロンティア以外、何の辺境の地もなくなるであろう[23]」。このマニフェストへの応答として、その後間もなく大統領に就任したニコラ・サルコジが「ル・フィガロ」紙に、「フランス語圏は死んでいない[24]」という声明で始まる論文を発表した。サルコジは、フランス語圏は健在であり、中核から周辺へのフランス語の影響はいまも厳然とあると、「ル・モンド」紙のマニフェストが賛美した方向性とは逆のことを言ったのだ。たしかに、フランソワ・リヨンネが指摘するように、マニフェストにはある皮肉な事実が内在していた。中核を弱体化するため、まさにその中核において署名が行われたマニフェストは「同じ理屈で、十分に確立しただれもが預かりたい名誉制度をもって、新たな文学の在り方の規定方針に従う作家たちに栄誉を与え、彼らへの注目度を上げる文化的感化力のある場としてパリの役割を強化したのだ(25)」。

これ以外にも、議論の内容には、別の均衡を巡るある意図が隠れていたようだ。それは、サルコジのフランス語圏擁護の発言に垣間見られること、つまり、世界文学の世界語《リンガフランカ》を巡るフランス語と英語の覇権争いである。この争いは非常に敏感な問題のようであり、「フランス語による世界文学」のマニフェストを巡る議論でほとんど触れられないが、しかし、このことによって、カザノヴァが「この世界文学空間の最も重要な性格」と考えるもの、つまり「階層と不平等(26)」の問題が浮き彫りになる。カザノヴァの長所は、世界文学空間をあたかも現実政策のように冷静に見て、感傷的な教訓で事実を曇らせることなく、近現代の世界を鮮明に記述する点にある。「世界文学空間全体の構造は二つの極を巡って構成されているため、文学資源の分配が不平等になるのは必然的である(27)」。カザノヴァは、二つの極を中核たるヨーロッパの大都市と周辺たる非ヨーロッパとみなす一方で、中核たるヨーロッパの中にも文化的・表象的資本の分配が、とりわけ言語上の覇権争いを展開している英語とフランス語との間で、不平等になっていると見ている。グローバル化が進み、同時に多様化していく世界で、英語は長い時間をかけてイギリスの国境を越え、現代生活の社会・経済・文化をはじめとする様々な領域で広く用いられる言語となり、いまでは『世界英語』のような雑誌が発行され、英語の多様性の正否が論じられるようにもなっている。他方、フランス語は現在も主要言語の地位を占めているが、英語のような多様化にはいたっておらず、したがって、ダットンが述べるように、「フランス語による世界文学」運動は「フランス語圏文学構想と同等の危険を孕んだ新たな規範(28)」になっていく可能性がある。ここで問われるのは次のことである。フランス語による世界文学は、植民地主義を含意すると訝られる中核―周辺の対立関係を解消する代案となり得るのだろうか。

世界文学の概念の新しさとして、翻訳を単なる言語的に不適切な必要品としてではなく、肯定的な発話の力として重視する見方があることは間違いない。世界文学は、翻訳を積極的に受け入れる点で、フランス語やドイツ語、ラテン語について母国語話者に近い言語能力を必須のものとして昔から求めてきた比較文学と異なる。デイヴィッド・ダムロッシュが述べるように、「優れた比較文学の伝統的教育課程では翻訳が嫌悪されてきた」[29]。トマス・グリーンは一九七五年のアメリカ比較文学会「基準報告」で、「比較文学が翻訳された文学作品を扱うこと」は学問の厳正さと規範を揺るがす「この上なく不穏な」兆候であるという考えを示した。「グリーンの論評は胸にこたえた」とダムロッシュは言う。彼は続けてこう述べる。「グリーンの時代のご立派な教育課程はどれも、『アメリカン・ショッピングモール』のフードコートに相当するようなものと見られたくなかったのだ」[30]。まったくの偶然であると思われるが、「ショッピングモールの中のフードコート」は、まさにオーウェンが自身の「世界詩」批判で用いた比喩である。オーウェンは「世界詩」を、地域差を平板化して提供される、だれでも食べられる各国の代表的料理、つまり「特有の歴史と特有の価値」[31]をもたない各国の典型的料理（文学）のようなものだと批判した。オーウェンは二〇年余り前、中国学ならびに中国詩の専門家として、民主主義と抑圧を主題とする詩を書いていた現代中国の詩人北島《ベイダオ》を批判する論文を発表した。だが、この論文がのちに見当違いで問題含みであると見られるようになる。というのも、北島は「自己利益のために他人の犠牲を利用している、彼の場合、自分を海外へ売り込むために、常に不足気味の政治的美徳に飢えた世界の聴衆の胸を打つものを用いている」[32]と批判したからである。しかし、抑圧と民主主義のための戦いが現代中国に「特有の歴史と特有の価値」として加わると、抑圧や民主主義を求める戦いを現代中国の詩に認容できないものとして斥ける正当な理由がオーウェンにはなくなる。しかし、オーウェンは、そのようなことを余所に、世界詩論争を再検討する論文の中で世界文学なる「フードコート」について緊急動議を発し、世界の聴衆――実質的にはヨーロッパとアメリカの聴衆

――に向けて「言語的代替可能物を求める圧力[33]」のもとで詩を書いている非ヨーロッパの詩人について懸念を示した。これは特定の言語と国の伝統に深く根差した文学作品、とくに押韻詩の言語的信頼性と、それらの作品が歴史的・文化的文脈を越えて理解される方法の両方に関わる問題提起である。

　翻訳詩へのオーウェンの懐疑主義は、ある意味で、ガヤトリ・スピヴァクが力説する「特異性・単独性」、すなわち、タゴールのような詩人を固有の言語的・文化的背景の中で理解するために、詩人を「地域ごとに分ける」必要性[34]に関するものと言ってよかろう。たしかに、スピヴァクなら各地域の文学の代表例をフードコート式に提示する方法を嫌うであろう。彼女は、多様な文化圏から集まったクラスで特殊な言語知識と文化的背景をもつ学生たちが口にする世界の様々な文学の説明にどれほど信頼がおけるのか、信頼性の面では、世界の料理を再現しているというフードコーナーの料理と変わらないと考えている。「グローバル化した世界で個々のアイデンティティを根拠に外国人学生を、各々の地域のことに精通した大家と考えるのは、海外にいるすべてのアメリカ人をメルヴィルの専門家と考えるようなものである[35]」とスピヴァクは、いつものぎっしりと中身の詰まった晦渋な理論的言説を捨てて、珍しく明瞭な言葉を使って述べる。しかし、世界文学は翻訳や国民文学の専門家たちに頼らなければ理解できないというものではない。別の言い方をすれば、世界文学の理解は、外国語の知識をまったく必要としない翻訳に依存するものではない。ダムロッシュはスピヴァクの発言に応えて、需要に応じて変化させる「言語学習のスライディングスケール」、つまり、「母国語話者に近い一つの言語の知識」に加えた「ほかのいくつかの言語についての広範な知識[36]」を解決策として提案する。

　この有力な解決策もまた、中核たるヨーロッパと周辺たる非ヨーロッパの境界を越えることを意味する、つまりヨーロッパやアジア、アフリカといった一つの言語集団内ではなく、言語集団を跨いで異なる言語を習得するということである。それでも、世界文学が扱う範囲は通例よりかなり広く、言語的にも文化的にも一個人が扱えないような多様性があるため、翻訳が必要不可欠で重要極まりないものとなり、しばしば論争が起こる翻訳可能性の問題は通常のトランスレーション・スタディーズで議論されることよりはるかに複雑なものとなる。スーザン・バスネットが認めるように、翻訳を巡る胸が躍るような斬新な着想は、トランスレーション・スタディーズのようなものからは生まれない。「翻訳を巡って斬新極まりない着想を求めるのであれば、比較文学者、ポストコロニアリスト、世界文学研究者を自認する学者たちに目を向けるべきである」[37]。世界文学という概念に内在するローカルなものとグローバルなもの、国民的なものと普遍的なもの、差異と類似性といった諸項目間の均衡は、翻訳の議論を、差異の大きな言語集団・文化集団同士の理解とコミュニケーションの根幹にある問題、すなわち、異文化理解と異文化コミュニケーションの可能性と実践の根幹にある問題を必然的に含む概念化の水準に押し上げる。この点で、世界文学研究では現在、翻訳についてこれまでに類を見ない複雑な議論が展開されている。

ゲーテ、マルクスからカザノヴァ、モレッティ、ダムロッシュまで、世界文学の概念はほとんど西洋の文学研究の文脈の中で理論化されてきた。今日の世界文学にヨーロッパ中心主義をはじめとするあらゆる民族中心主義を乗り越えていく傾向がある中で、必然的に生じる疑問は次のことである。世界文学は、扱う領域ないし読む対象を世界規模に広げるだけでなく、批評や理論の地平も世界規模に広げて、東洋と西洋の大きな溝を乗り越えていくのか。この問いをレバシ・クリシュナスワミが呈した理由は、「理論は西洋に特有の哲学的伝統であるという広く行き渡った仮定」への反発にあった。「そのような仮定からでは、非西洋は異国情緒あふれる文化的産物の源泉たり得るかもしれないが、理論を生み出す地域とはみなされないであろう」[38]。クリシュナスワミは、「理論で栄誉の殿堂入りをはたす非西洋人はごく僅かな大家しかいないという状況を乗り越えるために、理論として数えられるものへの抜本的見直しを促す」「世界文学的認識」[39]という考えを提唱する。クリシュナスワミは、サンスクリット詩学のみならず、タミル／ドラヴィダ語族の文学および詩学、広く知られる多言語的な〈バクティ〉、すなわち祈祷文学、カースト制の底辺にいる不可触民のダリット文学など、インドの豊かな文学と批評の伝統を例に引き、様々な理論的問題が異なる方法と異なる系統的論述で扱われるとき、文学の認識がどのように顕現するのか、三つの例を示す。まさにこのことに関連して、古くはタゴールや鄭振鐸らが提唱した異なる世界文学の概念、最近では東アジア文学の関係性を論じたカレン・ソーンバーやアラブ世界の文学ネットワークを論じたローニット・リッキらの貢献を受け入れる必要がある。同様に、銭鍾書のような学者によって示される真の意味で世界規模の視野から見た作品や批評的見識に耳を傾ける必要がある。世界文学を理論として考えるとき、西洋と東洋がともに等しく貢献する平等の立場が築かれる必要がある。そして、世界文学の詩学では、言語と表現の特徴、意味と理解、解釈と美学的価値、詩や文学の起源、芸術と自然の関係性といった文学にとって基本的な一連の問題が検討されるべきである。検討事項もそれに対する解も、異なる文学の伝統によって様々なものとなるはずであるが、そのような基本的問題とそれに答えることによってこそ、多様な例と多様な論証で豊かに説明された価値ある見識が蓄積されてゆき、それとともに世界文学の理論が作り上げられていくのだ。

したがって、理論は旅をする傾向がある。文学作品と文化的事実が「対位法的に並列」する状況で様々な照合と様々な比較が行われるゆえに、理論はある場所から別の場所へと移動する。エドワード・サイードの古典的論文「移動する理論」は、大都市圏たるヨーロッパと周辺たる非ヨーロッパといった単純構造では捉えられないグローバル世界で、文学理論を変容させる地政学をかなり前から指摘していた。理論的概念がある文化的・政治的環境に初めて赴くとき、その概念は「受容現象を構成する必然的な一部[40]」としての抵抗に必ずあうとサイードは論じる。したがって、異なる環境に理論的概念を機械的に当てはめるのは例外なく不毛なことである。理論が土地に根づき、豊かな土壌の養分を吸い上げて実を結ぶのは、理論が改変され適応したときだけである。この意味で、世界文学の理論は場所によって異なるものになろう。ロウォールが世界文学アンソロジーの議論の中で述べたように、「どのような地球的視野も、説示の平等性と準拠枠の中立性があれば、脇に追いやられることはないはずだ[41]」。だからこそ、実践としての世界文学は、異なる文学作品が選ばれて、異なる検討課題が異なる文化と異なる理論的視点ならびに異なる関心とともに取り組まれて、常に地域的特色を生む。

したがって、世界文学の概念は、常に地域的要求と地域的文脈に合わせて変化する。同時に世界文学の空間に安住の地を得る選ばれし文学作品は、世界の様々な文学の伝統で比較的評価の安定した正典としての文学作品になろう。この意味で、世界文学は文学研究が文学自体へ回帰する生産的な方法論であり、大半の文学理論やカルチュラルスタディーズの言説が展開してきた文学からの離反に対抗する方法論である。世界文学の強みと活力は、かねてから評価が比較的安定した主要な名作に加えて、これまで目が向けられてこなかった地域から新たな作品を絶えず取り込んでいく開放性と柔軟性にあり、そのために世界文学は新たな可能性に満ちた活気ある文学の研究領域となっている。現代の世界文学が日の出の勢いをもって盛んになった鍵は、まさにそうした点にあるだろう。

原注

序

（1） Pascale Casanova, *The World Republic of Letters*, trans. M. B. DeBevoise (Cambridge, MA: Harvard University Press, 2004), p. xii.

（2） Stephen Owen, "The Anxiety of Global Influence: What Is World Poetry?" *New Republic* (Nov. 19, 1990): 28-32 を参照。

（3） David Damrosch, *What Is World Literature?* (Princeton, NJ: Princeton University Press, 2003), p. 135.〔『世界文学とは何か？』、二〇九頁〕

（4） Ibid., pp. 139-40.〔同掲書、二一六頁〕

第一章　岐路と遠隔殺人と翻訳

（1） 『老子』「天道第七十七」。〔『老子』、八八頁〕。中国語からの翻訳はすべて著者による。『老子道徳経』、すなわち『老子』には多くの英訳版がある。興味あれば以下を参照。*Tao te ching*, trans. D. C. Lau (Harmondsworth: Penguin, 1963)、あるいは *The Classic of the Way and Virtue: A New Translation of the Tao-te ching of Laozi as Interpreted by Wang Bi*, trans. Richard John Lynn (New York: Columbia University Press, 1999).

（2） Sigmund Freud, "The Antithetical Sense of Primal Words," trans. M. N. Searl, in *Collected Papers*, 5 vols. (New York: Basic Books, 1959), 4: 187.〔「原始言語における単語の意味の相反性について」、『フロイト著作集一〇』、二〇三―四頁〕

（3） Freud, "One of the Difficulties of Psycho-Analysis," trans. John Riviere, ibid., 4: 351, 352.〔「精神分析に関わるある困難」、『フロイ

ト著作集一〇』、三二八—三二頁〕

（4）　Ferdinand de Saussure, *Course in General Linguistics*, trans. Wade Baskin (New York: Philosophical Library, 1959), p. 108.〔『一般言語学講義』、一五二頁〕

（5）　Ibid., p, 120.〔同掲書、一六八頁〕

（6）　劉安（?〜紀元前一二二）『荀子』「王覇篇」。この話と細部が少し異なる話が『荀子』の最初の方にもある。楊朱の人生と思想についてはほかの書にも書かれている。とくに、『列子』を参照。

（7）　George Lakoff and Mark Turner, *More than Cool Reason: A Field Guide to Poetic Metaphor* (Chicago: University of Chicago Press, 1989). p. 2.〔『詩と認知』、二頁〕。レイコフとターナーは、自己同一性という概念は「自律的」なものでないと主張する。彼らは言語の「自律性の主張」、たとえば、概念的言語は意味論的自律性があり隠喩ではないといった意見を支持しない。彼らは「慣習的な言語ならびに我々の慣習的な概念体系は根本的に、抜きさしならない形で隠喩的」であり、「詩的言語、日常言語を問わず、概念的領域には一般的な領域での写像関係が存在する」と述べる。レイコフとターナーは、ロバート・フロストの「どちらの道を進むべきか」を巡る詩を引いて、もし隠喩が根本的に概念的でなければ「フロストの『ふたつの道が森のなかで別れていた。わたしは——／わたしは通ったものの少ない路を選んだ』という詩行が人生についてうたったものであるとなぜ理解できるのか、またなぜ読者がそれに基づいた推論を働かせるのかを説明する方法がない」と論じる（Lakoff and Turner, p. 116.〔『詩と認知』、一二七頁〕）。

（8）　Robert Frost, "The Road Not Taken," *Selected Poems* (New York: Gramercy Books, 1992), p. 163.〔『詩と認知』、一二七頁〕

（9）　John Greenleaf Whittier, "Maud Muller," in Percy H. Boynton (ed.), *American Poetry* (New York: Charles Scribner's Sons, 1918), p. 254.

（10）　Leo Tolstoy, *Anna Karenina*, trans. Louise Maude and Aylmer Maude (Oxford: Oxford University Press, 1998), p. 1.〔『アンナ・カレーニナ（上）』、五頁〕

（11）　羅貫中（一三三〇?〜一四〇〇?）『三國演義』（北京：人民文学出版社、一九八五年）、一頁〔『三国志演義』（上）〕、三頁〕。現在入手可能な英語版としては、以下を参照。*Three Kingdoms: A Historical Novel*, attributed to Luo Guanzhong, trans. Moss Roberts (Berkeley: University of California Press, 1991).

（12）　Charles Dickens, *A Tale of Two Cities* (New York: The Modern Library, 1996), p. 3.〔『二都物語（上）』、九頁〕

（13）　『文心雕龍』「麗辭第三十五」。〔『文心雕龍（下）』、四八二頁〕。現在入手可能な英語版としては、以下を参照。Liu Hsieh, *The Literary Mind and the Carving of Dragons: A Study of Thought and Pattern in Chinese Literature*, trans. Vincent Yu-chung Shih (New York:

Columbia University Press, 1959).

（14）　Roman Jakobson and Morris Halle, *Fundamentals of Language* (The Hague: Mouton & Co., 1956), p. vi.

（15）　Ibid., p. 77.〔『一般言語学』、三九—四〇頁〕

（16）　杜甫「登高」。〔『唐詩選』、五八〇頁〕

（17）　Yu-kung Kao and Tsu-lin Mei, "Meaning. Metaphor, and Allusion in T'ang Poetry," *Harvard Journal of Asiatic Studies* 38: 2 (1978): 287.

（18）　James J. Y. Liu（劉若愚）, *The Art of Chinese Poetry* (Chicago: University of Chicago Press, 1962). p. 146. 聖書の詩の平行性についての古典的研究としては、以下を参照。James L. Kugel, *The Idea of Biblical Poetry: Parallelism and Its History* (New Haven, CT: Yale University Press, 1981).

（19）　Kwame Anthony Appiah, *Cosmopolitanism: Ethics in a World of Strangers* (New York: W. W. Norton, 2006), p. xvi.

（20）　Honoré de Balzac, *Le Père Goriot* (Paris: Éditions Garnier Frères, 1961), p. 154. Appiah, *Cosmopolitanism*, p. 155 における引用。

（21）　Appiah, *Cosmopolitanism*, p. 156.

（22）　Adam Smith, *The Theory of Moral Sentiments*, ed. Knud Haakonssen (Cambridge: Cambridge University Press, 2002), p. 157.〔『道徳感情論』、三一一頁〕

（23）　Appiah, *Cosmopolitanism*, p. 157.

（24）　Ibid., p. 174.

（25）　Carlo Ginszburg, "Killing a Chinese Mandarin: The Moral Implications of Distance," *Critical Inquiry* 21: 1 (Autumn 1994): 48.

（26）　Denis Diderot, "Conversation of a Father with his Children," in *This Is Not a Story and Other Stories*, trans. P. N. Furbank. (Oxford: Oxford University Press, 1993), p. 143.

（27）　Viscount de Chateaubriand, *The Genius of Christianity; or the Spirit and Beauty of the Christian Religion*, trans. Charles I. White. (Baltimore: John Murphy and Co., 1856), p. 188.

（28）　Ginszburg, "Killing a Chinese Mandarin," p. 54.

（29）　Chateaubriand, *The Genius of Christianity*, p. 188.

（30）　Eça de Queiróz, *The Mandarin and Other Stories*, trans. Margaret Jull Costa. (Sawtry, UK: Dedalus, 2009). Enoch Arnold Bennett, *The Grim Smile of the Five Towns*, (London: Penguin, 1946).

（31）　Eric Hayot, *The Hypothetical Mandarin: Sympathy, Modernity, and Chinese Pain* (Oxford: Oxford University Press, 2009), p. 8.

（32） Ibid., p. 10.

（33） Iddo Landau, “To Kill a Mandarin,” *Philosophy and Literature* 29 (April 2005): 94.

（34） 魯迅「中国的奇想」、『魯迅全集』全一六冊（北京：人民文学出版社、一九八一年）、第五冊、三二九頁。

（35） 魯迅『中国小説史略』、『魯迅全集』第九冊、一〇〇頁を参照。

（36） Gertrude Stein, *Everybody's Autobiography* (New York, 1971), pp. 89-90.〔『みんなの自伝』、一〇一頁〕。Hayot, *The Hypothetical Mandarin*, p. 205 内における引用。

（37） Emily Apter, *The Translation Zone: A New Comparative Literature* (Princeton, NJ: Princeton University Press, 2006), p. xi.

（38） Ibid., pp. xi, xii.

（39） John Sallis, *On Translation* (Bloomington: Indiana University Press, 2002), p. 1.

（40） Ibid., p. 2.

（41） Ibid., p. 112.

（42） Sandra Bermann, “Introduction,” in Sandra Bermann and Michael Wood (eds.). *Nation, Language, and the Ethics of Translation* (Princeton, NJ: Princeton University Press, 2005), p. 5.

（43） Walter Benjamin, “The Task of Translator,” *Illuminations*, trans. Harry Zohn (Glasgow: Fontana, 1973), p. 74.〔「翻訳者の課題」『暴力批判論他一〇篇』、七八頁〕

（44） Ibid., p. 70.〔同掲書、七一頁〕

（45） Ibid., p. 74.〔同掲書、七八頁〕

（46） Antoine Berman, *The Experience of the Foreign: Culture and Translation in Romantic Germany*, trans. S. Heyvaert (Albany: State University of New York Press, 1992), p. 7.〔『他者という試練』、一九頁〕

（47） Ibid., p. 4.〔同掲書、一四頁〕

（48） Robert Eaglestone, “Levinas, Translation, and Ethics,” in Bermann and Michael Wood (eds.). *Nation, Language, and the Ethics of Translation*, p. 127.

（49） Ibid., p. 137.

（50） Emmanuel Levinas, *Time and the Other [and Additional Essays]* , trans. Richard A. Cohen (Pittsburgh: Duquesne University Press, 1987), p. 79.〔『時間と他者』、七一頁〕

(51)　Emmanuel Levinas, *Outside the Subject*, trans. Michael B. Smith (Stanford: Stanford University Press, 1994), p. 158.〔『外の主体』、二五三頁〕

(52)　Apter, *The Translation Zone*, p. 85.

(53)　Alain Badiou, *Handbook of Inaesthetics*, trans. Alberto Toscano (Stanford, CA: Stanford University Press, 2005), p. 46.

(54)　Apter, *The Translation Zone*, pp. 85-86.

(55)　Ibid., p. 86.

(56)　Benedict de Spinoza, *Correspondence, The Chief Works of Benedict de Spinoza*, trans. R. H. M. Elwes, 2 vols. (New York: Dover Publications, 1951), 2: 370.〔『スピノザ往復書簡集』、二三九頁〕

(57)　Spinoza, *The Ethics*, Ibid., 2:67.〔『エチカ（上）』、七〇頁〕

(58)　Mikhail Bakhtin, *Problems of Dostoevsky's Poetics*, ed. and trans. Caryl Emerson (Minneapolis: University of Minnesota Press, 1984), p. 252.〔『ドストエフスキイ論――創作方法の諸問題』、三七〇頁〕。バフチンとレヴィナスを最初に関連づけたのはカテリーナ・クラークとマイケル・ホルクイストだった。二人は体系化に対するバフチンの懐疑的姿勢を強調し、彼を「遠心力に内在する力を好むヘラクレイトスからエマニュエル・レヴィナスに」連なる思想家の系譜においた。Clark and Holquist, *Mikhail Bakhtin* (Cambridge, MA: Harvard University Press, 1984), p. 8 を参照。

第二章　差異の複雑さ

(1)　George E. Marcus, *Ethnography through Thick and Thin* (Princeton, NJ: Princeton University Press, 1998), p. 186.

(2)　Thomas S. Kuhn, *The Structure of Scientific Revolution*, 2nd enlarged ed. (Chicago: University of Chicago Press, 1970), p. 94.〔『科学革命の構造』、一〇六頁〕

(3)　Ibid., p. 103.〔同掲書、一一八頁〕

(4)　Ibid., p. 150.〔同掲書、一六九頁〕

(5)　Lindsay Waters, "The Age of Incommensurability," *Boundary 2* 28: 2 (Summer 2001): 144, 145.

(6)　Hilary Putnam, *Realism with a Human Face*, ed. James Conant (Cambridge, MA: Harvard University Press, 1990), p. 127.

(7)　Donald Davidson, *Inquiries into Truth and Interpretation*, 2nd ed. (Oxford: Clarendon Press, 2001), p. 184.

(8)　Thomas S. Kuhn, *The Road since Structure: Philosophical Essays, 1970-1993, with an Autobiographical Interview*, ed. James Conant and John Haugeland (Chicago: University of Chicago Press, 2000), p. 93.

（9） Davidson, *Inquiries into Truth and Interpretation*, p. 189.

（10） マルコ・ポーロ（一二五四頃～一三二四）やとくにマテオ・リッチ（一五五二～一六一〇）の時代から、中国は西洋で様々に解釈され、中国のイメージがヨーロッパ人の想像や自己理解において多様な役割を果たしてきた。我々の時代で重要なことは、私が論じるように、真の異文化理解のために中国を脱神話化することである。Zhang Longxi, *Mighty Opposites: From Dichotomies to Differences in the Comparative Study of China*, (Stanford, CA: Stanford University Press, 1998), pp. 19-54 を参照。

（11） Victor Segalen, *Essai sur l'exotisme: une esthétique du divers* (Paris: Fata Morgana, 1978), p. 23.

（12） Michel Foucault, *The Order of Things: An Archaeology of the Human Sciences* (New York: Vintage, 1973), p. xv.〔『言葉と物――人文科学の考古学』、一三頁〕

（13） Jacques Derrida, *Of Grammatology*, trans. Gayatri Charkravorty Spivak (Baltimore, MD: Johns Hopkins University Press, 1976), pp. 11-12.〔『根源の彼方に――グラマトロジーについて（上）』、二三頁〕

（14） Ibid., p. 70.〔同掲書、一六二頁〕

（15） Ibid., p. 90.〔同掲書、一八九頁〕。もっとも、漢字に関する限り、フェロノサもパウンドも信頼に値せず、明らかに誤解を招く見解を示している。中国思想の伝統では、言語の不適切さ、とくに書き言葉への偏見に長い系譜があり、昔から多くの議論が行われてきた。ギリシア語の《ロゴス》という言葉には二重性、すなわち話すことと話されることという対立する意味が含まれており、そこにある階層的関係にデリダが西洋の伝統を「ロゴス中心主義」と命名した基盤がある。興味深く、おそらくは啓蒙的な一致として、中国語の《道》という言葉にも、話すことと話されることの両方の意味があり、意味するはずであることを完全に言い表すことができない言語という「ロゴス中心主義」的な考えは『老子道徳経』のような古典の書物にはっきりと書かれている。『老子道徳経』は「道可道、非常道（語りうる《道》は《道》そのものではない）」と始まる。言い換えれば、《道》、すなわち哲学的思考や宗教的思索で最高のものと考えられるどのようなものも、言葉で表現できない、言葉を越えたものである。思考、話し言葉、書き言葉という「形而上学的ヒエラルキー」は、したがって、西洋と同じように中国にも存在する。このことが、東洋と西洋を絶対的な二項対立関係に据えたデリダに対する私の批判の論旨である。Zhang Longxi, *The Tao and the Logos: Literary Hermeneutics, East and West* (Durham, NC: Duke University Press, 1992) を参照。

（16） David D. Buck, "Forum on Universalism and Relativism in Asian Studies: Editor's Introduction," *The Journal of Asian Studies* 50: 1 (Feb. 1991): 32.

(17) Ibid., p. 30.

(18) Ibid., p. 29.

(19) Richard Nisbett, *The Geography of Thought: How Asians and Westerners Think Differently… and Why* (New York: The Free Press, 2003), pp xvi-xvii.〔『木を見る西洋人　森を見る東洋人』、五頁〕

(20) Ibid., pp. xvii-xviii.〔同掲書、六頁〕

(21) G. E. R. Lloyd, *Demystifying Mentalities* (Cambridge: Cambridge University Press, 1990), p. 5.

(22) Nisbett, *The Geography of Thought*, p. xiv.〔『木を見る西洋人　森を見る東洋人』、一―二頁〕

(23) Ralph Waldo Emerson, *Essays and Letters*, ed. Joel Porte (New York: Library of America, 1983), p. 403.〔『エマソン全集・二　精神について』、二三五頁〕

(24) Ibid., p. 404.〔同掲書、二三七頁〕

(25) Nisbett, *The Geography of Thought*, pp. 2-3.〔『木を見る西洋人　森を見る東洋人』、一四頁〕

(26) Sophocles, *Theban Plays: Oedipus the King, Oedipus at Colonus, Antigone*, trans. Ruth Fainlight and Robert J. Littman (Baltimore, MD: Johns Hopkins University Press, 2009), p. 63.〔『ギリシア悲劇全集三』、一〇〇頁〕

(27) Charles Segal, "The Greatness of Oedipus the King," in Harold Bloom (ed.), *Sophocles' Oedipus Plays: Oedipus the King, Oedipus at Colonus, & Antigone* (Broomall, PA: Chelsea House Publishers, 1999), p. 74.

(28) Ibid., p. 75.

(29) François Jullien with Thierry Marchaisse, *Penser d'un Dehors (la Chine): Entretiens d'Extrême-Occident* (Paris: Éditions de Seuil, 2000), p. 39.

(30) Lloyd, *Demystifying Mentalities*, p. 106.

(31) G. E. R. Lloyd, *Ancient Worlds, Modern Reflections: Philosophical Perspectives on Greek and Chinese Science and Culture* (Oxford: Clarendon Press, 2004), p. 29.

(32) Ibid., p. 30.

(33) Ibid., p. 40.

(34) G. E. R. Lloyd, *Cognitive Variations: Reflections on the Unity and Diversity of the Human Mind* (Oxford: Clarendon Press, 2007), p. 24.

(35) Ibid., p. 29.

(36) 『礼記正義』「中庸」。〔『礼記（下）』、二三九頁〕

(37) 銭鍾書「中国詩與中国書」、『七綴集』（上海：上海古籍、一九八五年）、九頁。

(38) Lloyd, *Cognitive Variations*, p. 174.

(39) Benjamin Schwartz, *China and Other Matters* (Cambridge, MA: Harvard University Press, 1996), p. 5.

(40) Rosaldo Renato, "Where Objectivity Lies: The Rhetoric of Anthropology," in John S. Nelson, Allan Megill, & Donald N. McCloskey (eds.), *The Rhetoric of the Human Sciences: Language and Argument in Scholarship and Public Affairs* (Madison: University of Wisconsin Press, 1987), p. 90.

(41) Schwartz, *China and Other Matters*, p. 7

第三章　差異か類似か？

(1) 『孟子正義』「告子篇第六」。〔『孟子（下）』、一八四―八五頁〕

(2) 『春秋左伝正義』「昭公二十年」。〔『春秋左氏伝（四）』、一四九七―九八頁〕

(3) Heraclitus, fragment 45, in *A Presocratics Reader: Selected Fragments and Testimonia*, ed. Patricia Curd, trans. Richard D. McKirahan, Jr. (Indianapolis, IN: Hackett, 1996), p. 34.〔「著作断片」『ヘラクレイトス』、『ソクラテス以前哲学者断片集第Ⅰ分冊』、三一一頁〕

(4) Ibid., fragment 49, p. 35.〔同掲書、三一一頁〕

(5) Benedict de Spinoza, *Correspondence*, in *The Chief Works of Benedict de Spinoza*, 2: 370.〔『スピノザ往復書簡集』、二三九頁〕

(6) Oscar Wilde, Preface to *The Picture of Dorian Gray*, in *The Portable Oscar Wilde*, rev. ed., eds. Richard Aldington and Stanley Weintraub (Harmondsworth, UK: Penguin, 1981), p. 138.〔『ドリアン・グレイの肖像』、八頁〕

(7) David Palumbo-Liu, "The Utopias of Discourse: On the Impossibility of Chinese Comparative Literature," *Chinese Literature: Essays, Articles, Reviews* 14 (December 1992): 165.

(8) Raghaven Iyer, "The Glass Curtain between Asia and Europe," in Iyer (ed.), *The Glass Curtain between Asia and Europe* (London: Oxford University Press, 1965), p. 5.

(9) Ibid., pp. 20-21.

(10) Jonathan D. Spence, *The Chan's Great Continent: China in Western Minds* (New York: W. W. Norton, 1998), p. 145.

(11) Segalen, *Essai sur l'exotisme*. を参照。

(12)　Jacques Gernet, *China and the Christian Impact: A Conflict of Cultures*, trans. Janet Lloyd (Cambridge: Cambridge University Press, 1985), p. 3.

(13)　Ibid., p. 241.

(14)　Ibid., p. 247.

(15)　François Jullien, "Did Philosophers Have to Become Fixated on Truth?" trans. Janet Lloyd, *Critical Inquiry* 28: 4 (Summer 2002): 810.

(16)　Ibid., p. 820.

(17)　G. E. R. Lloyd, *Ancient Worlds, Modern Reflections*, p. 53.

(18)　Ibid., p. 55.

(19)　『論語』「子路第十三」。〔『論語』、二八三頁〕

(20)　『老子』「顯質第八十一」。〔『老子』、八八頁〕

(21)　『荘子』「内篇斉物論第二」。〔『老子・荘子（上）』、『荘子』「内篇斉物論第二」、一八六頁〕

(22)　François Jullien, *La valeur allusive: Des catégories originales de l'interprétation poétique dans la tradition chinoise. (Contribution à une réflexion sur l'altérité interculturelle)* (Paris: École française d'Extrême-Orient, 1985), p. 126, no. 1.

(23)　Henri Baudet, *Paradise on Earth: Some Thousands on European Images of Non-European Man*, trans. Elizabeth Wenthold (Middletown, CT: Wesleyan University Press, 1988), p. 6.

第四章　天と人

(1)　Michael D. Barr, *Cultural Politics and Asian Values: The Tepid War* (London: Routledge, 2002), p. 3. バーはシンガポールとマレーシアについての章で、「『アジア的価値観』という対抗姿勢の出所と展開」を正確に突きとめることができる、「なぜなら『アジア的価値』の指針を書いた人物が、シンガポールはリー・クアンユー、マレーシアはマハティール・モハマドと特定できるからである」(p. 30) と述べる。

(2)　Josiane Cauquelin, Paul Lim and Birgit Mayer-König, "Understanding Asian Values," in Cauquelin, Lim and Mayer-König (eds.), *Asian Values: An Encounter with Diversity* (Surrey: Curzon, 1998), p. 15.

(3)　Hans-Georg Gadamer, *Truth and Method*, 2nd rev. ed., translation and revised by Joel Weinsheimer and Donald G. Marshall (New York: Crossroad, 1991), p. 15.〔『真理と方法Ⅱ』、三一四頁〕

（4） Cauquelin et al., "Understanding Asian Values," p. 17.
（5） Johannes Fabian, *Time and the Other: How Anthropology Makes Its Object* (New York: Columbia University Press, 1983), p. 31.
（6） Haun Saussy, *Great Walls of Discourse and Other Adventures in Cultural China* (Cambridge, Mass.: Harvard University Press, 2001), p. 95.
（7） Ibid., p. 96.
（8） Ji Xiankin（季羨林）, "New Interpretation of the Unity of Heaven and Man," 季羨林・張光璘編『東西文化議論集』全二册（北京：経済日報出版、一九九七年）、上册、八二頁。
（9） 同掲書、八三頁。
（10） 同掲書、八四頁。
（11） 同掲書、八四頁。
（12） 『墨子』「天志中第二十七」。〔『墨子（上）』、三〇一頁〕
（13） 黄樸民『天人合一――董仲舒與漢代儒學思潮』（長沙：岳麓書社、一九九九年）、六四頁。
（14） 『荘子』「天運第十四」。〔『壮士（下）』、四二〇頁〕
（15） 黄樸民『天人合一――董仲舒與漢代儒學思潮』、七六頁。漢代における儒教の社会制度化に果たした董仲舒の貢献を巡る英語文献としては、以下を参照。Sarah A. Queen, *From Chronicle to Canon: The Hermeneutics of the Spring to Autumn, according to Tung Chung-shu*. Cambridge: Cambridge University Press, 1996.
（16） 周桂钿『董學探微』（北京：北京師範大学出版社、一九八九年）、六一頁。黄樸民は董の《天人合一》の考えを「天と人の一致」という初期の考えとは別のものであると論じるが、その違いは董の考えが後になって、より体系的なものに発展したという事実とほとんど同じものである。黄樸民『天人合一』、八三―八六頁を参照。本論では、そうした僅かな違いは重視せず、二つのものを非常によく似た同類の考えとして扱うことにする。
（17） 董仲舒『春秋繁露』「順命」。〔「順命第七十」、二五六頁〕
（18） 同掲書「人副天数第五十六」。〔「古代中国における倫理思想に関する考察」、三頁〕
（19） 同掲書「人副天数第五十六」。〔「古代中国における倫理思想に関する考察」、四頁を参照〕
（20） 同掲書「必仁且知第三十」。
（21） Plato, *Timaeus* 47bc, trans. Benjamin Jowett, in Edith Hamilton and Huntington Cairns (eds.). *The Collected Dialogues of Plato,*

including the Letters (Princeton: Princeton University Press, 1961), p. 1175.〔『ティマイオス』、『プラトン全集一二』、七一頁〕

(22) G. E. R. Lloyd, *Ancient Worlds, Modern Reflections*, p. 20.

(23) 董仲舒『春秋繁露』「必仁且知第三十」。

(24) E. M. W. Tillyard, *The Elizabethan World Picture* (New York: Vintage, 1959), pp. 6-7.

(25) Ibid., p. 68.

(26) 董仲舒『春秋繁露』「天地陰陽第八十一」。

(27) Tillyard, *The Elizabethan World Picture*, p. 69.

(28) John of Salisbury, *Politicraticus: Of the Frivolties of Courtiers and the Footprints of Philosophers*, 5: 2, in Cary J. Nederman and Kate Langdon Forhan (eds.), *Medieval Political Theory–A Reader: The Quest for the Body Politic, 1100–1400* (London: Routledge, 1993), p. 38. Plato, *Republic* V.464b, *The Collected Dialogues*, p. 703 も参照。

(29) 李綱『梁溪集』巻一五七、『四庫全書』(上海：上海古籍、一九八七年、復刻版)。第一一二六冊、六八三b—六八四a頁。

(30) 董仲舒『春秋繁露』「天地陰陽第八十一」。

(31) 同掲書「人副天数第五十六」。

(32) 『論語』「郷党第十」〔『論語』、二三三頁〕、「顔淵第十二」〔同掲書、二七三頁〕。

第五章　廬山の真の姿

(1) Gadamer, *Truth and Method*, p. 302.〔『真理と方法Ⅱ』、四七三—七四頁〕

(2) Ibid., pp. 266-67.〔同掲書、四二二—二三頁〕

(3) Paul A. Cohen, *Discovering History in China: American Historical Writing on the Recent Chinese Past* (New York: Columbia University Press, 1984), p. 2.

(4) Ibid., p. 3.

(5) Ibid., p. 154.

(6) Ibid., p. 1.

(7) Ibid., p. 196.

(8) Paul A. Cohen, *China Unbound: Evolving Perspectives on the Chinese Past* (London: RoutledgeCurzon, 2003), p. 1.

(9) Ibid., p. 186.

(10) Wilhelm Dilthey, *Gesammelte Schriften*, VII, p. 278, quoted in Gadamer, *Truth and Method*, p. 222.〔『真理と方法Ⅱ』、三五九頁〕

(11) Giambattista Vico, *The New Science of Giambattista Vico*, trans. Thomas Goddard Bergin and Max Harold Fisch (Ithaca, NY: Cornell University Press, 1968), section 331, p. 96.

(12) Gadamer, *Truth and Method*, pp. 222, 232.〔『真理と方法Ⅱ』、三五九頁、三七三頁〕

(13) Cohen, *Discovering History in China*, p. 162.

(14) Ibid., pp. 186-87.

(15) François Jullien, *Detour and Access: Strategies of Meaning in China and Greece*, trans. Sophie Hawkes (New York: Zone Books, 2000), p. 9.

(16) Jullien with Thierry Marchaisse, *Penser d'un Dehors (la Chine)*, p. 39.

(17) Gernet, *China and the Christian Impact*, p. 3.

(18) Ibid., p. 241.

(19) Stephen Owen, *Traditional Chinese Poetry and Poetics: Omen of the World* (Madison: University of Wisconsin Press, 1985), p. 20.

(20) Ibid., 84;『論語』「述而第七」。

(21) Ibid., p. 34.

(22) Immanuel Wallerstein, *World-Systems Analysis: An Introduction* (Durham, NC: Duke University Press, 2004), p. 42.

(23) Huang Chun-chieh（黄俊傑）, "The Idea of Zhongguo and Its Transformation in Early Modern Japan and Contemporary Taiwan," *Taiwan Journal of East Asian Studies* 3: 2 (Dec. 2006): 93.

(24) 葛兆光「宋代における中国という意識の台頭――近年の愛国主義イデオロギーの遠縁」、『古代中國的歴史、思想與宗教』（北京：北京師範大学出版社、二〇〇六年）、一五一頁。

(25) Li Meng（李猛）, "Whose History to Rescue?" *Twenty-First Century*, no. 49 (October 1998): 128-33 を参照。

(26) Prasenjit Duara, *Rescuing History from the Nation: Questioning Narratives of Modern China* (Chicago: University of Chicago Press, 1995), p. 4.

(27) Ibid., p.6.

(28) Ibid., p. 54.

(29) Ibid., p. 59.
(30) Ibid., p. 26.
(31) Cohen, *China Unbound*, p. 193.
(32) Robert K. Merton, "The Perspectives of Insiders and Outsiders," in *The Sociology of Science: Theoretical and Empirical Investigations*, ed. Norman W. Storer (Chicago: University of Chicago Press, 1973), p. 113.
(33) Amartya Sen, *Identity and Violence: The Illusion of Destiny* (New York: W. W. Norton, 2006), p. 2.
(34) Ibid., p. 23.
(35) Merton, *The Sociology of Science*, p. 129.
(36) E. H. Carr, *What is History?* (Harmondsworth: Penguin Books, 1964), pp. 26-27.〔『歴史とは何か』、三四―三五頁〕

第六章　歴史と虚構性

(1) Herodotus, *The History*, trans. David Grene (Chicago: University of Chicago Press, 1987), p. 6.
(2) Thucydides, *The Peloponnesian War*, trans. Walter Blanco (New York: W. W. Norton, 1998), p. 11.〔『歴史（一）』、二四頁〕
(3) R. G. Collingwood, *The Idea of History*, ed. Jan van der Dussen (Oxford: Clarendon Press, 1993), p. 20.
(4) Atistole, *Poetics*, 51b, trans. Richard Janko (Indianapolis. IN: Hackett Publishing Co., 1987), p. 12.〔『詩学』、四三頁〕
(5) Plato, *Republic*, x.602c, trans. Paul Shorey, in *The Collected Dialogues*, p. 827.〔『国家』、六〇二頁〕
(6) Stephen Halliwell, "Aristotle's Poetics," in George A. Kennedy (ed.), *The Cambridge History of Literary Criticism*, vol. 1, *Classical Criticism* (Cambridge: Cambridge University Press, 1989), p. 149.
(7) Herodotus, *The History*, p. 33.〔『歴史（上）』、九頁〕
(8) 司馬遷『史記』「太史公自序第七十」。〔『史記十四（列伝七）』、一一九頁〕
(9) Gadamer, *Truth and Method*, pp. 127-8.〔『真理と方法Ｉ』、一八三頁〕
(10) Ibid., p. 127.〔『真理と方法Ｉ』、一八三頁〕
(11) Hayden White, *Tropics of Discourse: Essays in Cultural Criticism* (Baltimore, MD: Johns Hopkins University Press, 1978), p. 123.
(12) Ibid., p. 126.
(13) Johann Martin Chladenius, "On the Interpretation of Historical Books and Accounts," in Kurt Mueller-Vollmer (ed.), *The Hermeneutics*

Reader: Texts of the German Tradition from the Enlightenment to the Present (New York: Continuum, 1990), p. 68.

（14）Ibid., p. 69.

（15）Willhelm von Humbolt, "On the Task of the Historian," ibid., p. 105.

（16）Ibid., p. 106.

（17）Ibid., p. 109.

（18）Daniel Aaron, "What Can You Learn from a Historical Novel?" *American Heritage* 43: 6 (Oct. 1992): 55-61.

（19）Ibid., p. 62.

（20）Daniel Aaron, *America Notes: Selected Essays* (Boston: Northeastern University Press, 1994), p. 12.

（21）Ibid., p. 16.

（22）Ibid., p. 17.

（23）『春秋左氏伝』「僖公」。〔『春秋左氏伝（一）』、三七七頁〕

（24）『春秋左氏伝』「宣公二年」。〔『春秋左氏伝（二）』、五七四頁〕

（25）銭鍾書『管錐編』第二版、全五冊（北京：中華書局、一九八六年）、第一冊、一六六頁。

（26）Thucydides, *The Peloponnesian War*, p. 11.〔『歴史（一）』、二四—二五頁〕

（27）銭鍾書『談藝録』（補訂本）（北京：中華書局、一九八四年）、三六三頁。

（28）Herodotus, *The History*, p. 181.〔『歴史（上）』、二三五頁〕

（29）Ronald Egan, "Narratives in Tso chuan," *Harvard Journal of Asiatic Studies* 37: 2 (Dec. 1977): 335.

（30）Anthony C. Yu, *Rereading the Stone: Desire and the Making of Fiction in Dream of the Red Chamber* (Princeton: Princeton University Press, 1997), p. 39.

（31）Ibid., p. 40.

（32）White, *Tropic of Discourse*, p. 98.〔『歴史の喩法』、七七頁〕

（33）Ibid., p. 125.

（34）Ibid., p. 134.

（35）F. R. Ankersmit, *Historical Representation* (Stanford: Stanford University Press, 2001), p. 21.

（36）Ibid., p. 41.

（37）　Ibid., pp. 41-42.

（38）　Martha C. Nussbaum, "Human Functioning and Social Justice: In Defense of Aristotelian Essentialism," *Political Theory* 20: 2 (May 1992): 209.

（39）　Ankersmit, *Historical Representation*, p. 36.

（40）　Roger Chartier, *On the Edge of the Cliff: History, Language, and Practices*, trans. Lydia G. Cochrane (Baltimore, MD: Johns Hopkins University Press, 1997), p. 18.

（41）　Ibid., p. 20.

（42）　Ibid., p. 34.

（43）　Ibid., p. 37.

（44）　Edith Wyschogrod, *An Ethics of Remembering: History, Heterology, and the Nameless Others* (Chicago: University of Chicago Press, 1998), p. 3.

（45）　Lawrence L. Langer, *Holocaust Testimonies: The Ruins of Memory* (New Haven, CT: Yale University Press, 1991), p. xv

（46）　Donald Davidson, "Is Truth a goal of inquiry: Discussion with Rorty," in Urszula M. Żegleń, (ed.), *Donald Davidson: Truth, Meaning and Knowledge* (London: Routledge, 1999), pp. 18-19.

（47）　『春秋左氏伝』「襄公二十五年」。〔『春秋左氏伝（三）』、一〇五一頁〕

第七章　幸福の土地を求めて

（1）　Ruth Levitas, *The Concept of Utopia* (New York: Philip Allan, 1990), p. 191.

（2）　『詩経』「碩鼠」。〔『詩経（上）』、三〇一頁〕

（3）　Jorge Luis Borges, "Tlön, Uqbar, Orbis Tertius," trans. James E. Irby, in *Labyrinths: Selected Stories and Other Writings*, eds. Donald A. Yates and James E. Irby (New York: The Modern Library, 1983), pp. 3-4 を参照。ユートピアは、社会科学の知識と工学的手法によって社会問題を解決していく計画が抑圧的な政治として具現化するとき、ディストピアに姿を変える。ディストピア＝反ユートピアを描く文学作品は、エヴゲーニイ・ザミャーチンの『われら』を嚆矢とし、その多くが二〇世紀、ソビエトの社会主義に対してその実体を非常に抑圧的であると訴えるものとして登場した。

（4）　Oscar Wilde, *The Soul of Man under Socialism, in Plays, Prose Writing and Poems*, ed. Anthony Fothergill (London: J. M. Dent, 1996),

p. 28.〔「社会主義下の人間の魂」『オスカー・ワイルド全集』四、三二四頁〕

(5) Robert Haven Schauffler, *Franz Schubert: The Ariel of Music* (New York: G. P. Putnam's Sons, 1949), p. 319.

(6) Dominic Baker-Smith, *More's Utopia* (London: HarperCollins, 1991), p. 75.

(7) Krishan Kumar, *Utopia and Anti-Utopia in Modern Times* (Oxford: Basil Blackwell, 1987), p. 10.

(8) Elaine Pagels, *Adam, Eve, and the Serpent* (New York: Vintage Books, 1989), p. xxiii.

(9) St. Augustine, *The City of God*, trans. Marcus Dods (New York: The Modern Library, 1993), xiii.3, p. 414.〔『アウグスティヌス著作集』第一三巻、一五九頁〕

(10) Ibid., xii.14, p. 423.〔『アウグスティヌス著作集』第一三巻、一五九頁〕

(11) Pagels, *Adam, Eve, and the Serpent*, p. 130.

(12) Ibid., p. xxvi.

(13) Kumar, *Utopia and Anti-Utopia*, p. 11.

(14) Giovanni Pico della Mirandola, *Oration on the Dignity of Man*, trans. A. Robert Caponigri (Washington, DC: Regnery Publishing, Inc., 1956), pp. 7-8.〔『人間の尊厳について』、一七頁〕

(15) Richard Norman, *On Humanism* (London: Routledge, 2004), p. 9.

(16) Martha C. Nussbaum, *Cultivating Humanity: A Classical Defense of Reform in Liberal Education* (Cambridge, MA: Harvard University Press, 1997), p. 8. 自然科学研究や職業訓練と一線を画す人文学が一般教育の根幹をなすという考えはカーディナル・ニューマンの古典で力説されている。John Henry Newman, *The Idea of a University* (New Haven: Yale University Press, 1996 [1873]) を参照。

(17) John Larner, *Marco Polo and the Discovery of the World* (New Haven, CT: Yale University Press, 1999), p. 136.

(18) Kumar, *Utopia and Anti-Utopia*, p. 23.

(19) Ibid., p. 19.

(20) Roland Schaer, "Utopia, Space, Time, History," trans. Nadia Benabid, in Roland Schaer, Gregory Claeys, and Lyman Tower Sargent (eds.), *Utopia: The Search for the Ideal Society in the Western World* (New York: The New York Public Library, 2000), p. 3.

(21) Krishan Kumar, *Utopianism* (Minneapolis: University of Minnesota Press, 1991), p. 35.

(22) Martin Jay, "Historical Explanation and the Event: Reflections on the Limits of Contextualization," *New Literary History* 42: 4 (Autumn 2011): p. 559.

(23) 『論語』「述而第七」。〔『論語』、一六七頁〕
(24) 『論語』「八佾第三」。〔同掲書、七二頁〕
(25) 『論語』「先進第十一」。〔同掲書、二四〇頁〕
(26) 『論語』「陽貨第十七」。〔同掲書、三七九頁〕
(27) 『孟子』「告子章句上」。〔『孟子』、三七九―八〇頁〕
(28) 『孟子』「公孫丑章句上」。〔同掲書、一一一頁〕
(29) 『孟子』「告子章句下」。〔同掲書、四一二頁〕
(30) Kumar, *Utopia and Anti-Utopia*, p. 28.
(31) 陶淵明『陶淵明集』「桃花源」、一六五頁。〔『陶淵明・文心雕龍』、一七三頁〕
(32) 同掲書、一六七頁。〔同掲書、一七六頁〕
(33) 同掲書、一六六頁。〔同掲書、一七三頁〕
(34) Douwe Fokkema, *Perfect Worlds: Utopian Fiction in China and the West* (Amsterdam: Amsterdam University Press, 2011), p. 24.
(35) Schaer, "Utopia, Space, Time, History," in *Utopia: The Search for the Ideal Society*, p. 5.
(36) Kumar, *Utopia and Anti-Utopia*, p. 49.
(37) Aziz Al-Azmeh, *Islams and Modernities*, 3rd ed. (London: Verso, 2009), p. 43.
(38) Ibid., p. 146.
(39) Ibid., pp. 150-51.
(40) Jacqueline Dutton, "'Non-western' tradition," in Gregory Claeys (ed.), *The Cambridge Companion to Utopian Literature* (Cambridge, MA: Cambridge University Press, 2010), p. 234.
(41) Aziz Al-Azmeh, *The Times of History: Universal Topics in Islamic Historiography* (Budapest: Central European University Press, 2007), p. 121.
(42) Ibid., p. 127.
(43) Ibid., p. 165.
(44) Ibid., pp. 165-66.
(45) Ibid., p. 172.

(46) Ibid., p. 175.

(47) Fokkema, *Perfect Worlds*, p. 27.

(48) Ibid., pp. 27-28.

(49) Thomas More, *Utopia: Latin Text and English Translation*, eds. George M. Logan, Robert M. Adams, and Clarence H. Miller (Cambridge: Cambridge University Press, 1995), p. 145.〔『ユートピア』、一一〇頁〕

(50) Yevgeny Zamyatin, *We*, trans. Clarence Brown (Harmondsworth, UK: Penguin, 1993), p. xxvii.

(51) Ibid., p. 14.〔『われら』、二二頁〕

(52) Ibid., p. 36.〔同掲書、五四頁〕

(53) Ibid., p. 111.〔同掲書、一七三頁〕

(54) Reneta Galtseva and Irina Rodnyanskaya, "The Obstacle: The Human Being, or the Twentieth Century in the Mirror of Dystopia," in Thomas Lahusen with Gene Kuperman (eds.), *Late Soviet Culture: From Perestroika to Novostroika*, (Durham, NC: Duke University Press, 1993), p. 80.

(55) Erika Gottlieb, *Dystopian Fiction East and West: Universe of Terror and Trial* (Montreal: McGill-Queen's University Press, 2001), p. 11.

(56) Zamyatin, *We*, p. 61.〔『われら』、九二—九三頁〕

(57) Gottlieb, *Dystopian Fiction East and West*, p. 5.

(58) Frédéric Rouvillois, "Utopia and Totalitarianism," trans. Nadir Benabid, in Roland Schaer et al (eds.), *Utopia: The Search for the Ideal Society*, p. 316.

(59) Mikhail M. Bakhtin, *The Dialogic Imagination: Four Essays*, trans. Caryl Emerson and Michael Holquist (Austin: University of Texas Press, 1981), pp. 262, 263.〔『小説の言葉』、一六七頁〕

(60) Ibid., p. 366.〔同掲書、二〇二頁〕

(61) Krishan Kumar, "The Ends of Utopia," *New Literary History*, 41: 3 (Summer 2010), p. 555.

(62) Ibid., p. 564.

第八章　銭鍾書と世界文学

(1) Pierre Ryckmans, "Fou de chinois," *Le Monde*, June 10, 1983, p. 15.

(2) Zhang Longxi, "Qian Zhongshu as Comparatist," in Theo D'haen, David Damrosch and Djelal Kadir (eds.), *The Routledge Companion to World Literature* (Routledge, 2012), p. 81.
(3) 一九八〇年六月一一日付の私への手紙。張隆溪『走出文化的封閉圏』〔Zhang Longxi, *Out of the Cultural Ghetto*〕(北京：三聯書店、二〇〇四年)、二二三—二四頁を参照。
(4) 湯晏『民國第一才子錢鍾書』(台北：時報出版、二〇〇一年)、二八頁。
(5) 銭鍾書「林紓的翻訳」『七綴集』、七九頁。
(6) 同掲書、六八—六九頁。
(7) 湯晏『民國第一才子錢鍾書』、三八—三九頁。
(8) 同掲書、六六頁。
(9) 同掲書、八〇頁。
(10) C. T. Hsia, *A History of Modern Chinese Fiction*, 2nd ed. (New Haven, CT: Yale University Press, 1971), p. 434.
(11) 錢鍾書「序」『談芸録』、一頁。
(12) 陸象山『陸象山全集』(北京：中国書店、一九九二年)、三一七頁。〔『陸象山（上）』、二二六頁〕
(13) 錢鍾書『談芸録』、二九—三〇頁。
(14) 同掲書、三四—三五頁。
(15) 同掲書、六〇頁。
(16) 同掲書、六一頁。
(17) 一九八〇年六月一一日付の私への手紙。張隆溪『走出文化的封閉圏』〔Zhang Longxi, *Out of the Cultural Ghetto*〕、二二三頁を参照。
(18) 錢鍾書『宋詩選注』(北京：人民文学出版社、一九五八年)、三頁。〔『宋詩選注Ⅰ』、二〇頁〕
(19) 同掲書、四—五頁。〔訳注を含め、『宋詩選注Ⅰ』、二一—二三頁〕
(20) 同掲書、五頁。〔訳注を含め、『宋詩選注Ⅰ』、六〇頁〕
(21) 一九八二年六月二八日付の私への手紙。張隆溪『走出文化的封閉圏』〔Zhang Longxi, *Out of the Cultural Ghetto*〕、二三一頁を参照。
(22) 一九八二年五月三日付の私への手紙。同掲書、二三二頁を参照。

(23) 錢鍾書『管錐編』、一—二頁。

(24) Stephen Ulmann, *The Principles of Semantics* (Oxford: Basil Blackwell, 1963), p. 120.

(25) 錢鍾書「読《拉奥孔》」『七綴集』、三〇頁。

(26) Zhang Longxi, "Qian Zhongshu on Philosophical and Mystical Paradoxes in the *Laozi*," in Mark Csikszentmihaly and Philip J. Ivanhoe (eds.), *Religious and Philosophical Aspects of the Laozi* (Albany: SUNY Press, 1999), p. 98.

(27) Qian Zhongshu, *Limited Views: Essays on Ideas and Letters*, trans. Ronald Egan (Cambridge, MA: Harvard University Asia Center, 1998) を参照。

(28) 銭鍾書『管錐編』、四四五頁。

(29) 同掲書、四四六頁。銭が言及したヘーゲルの書は、*Wissenschaft der Logik*, Reclams "Universal-Bibliothek," III, 365; II, 80; III, 373, 375; *Aesthetik*, Aufbau, 69; *Phänomenologie dess Geistes*, Berlin: Akademie Verlag, 20; *Geschichte der Philosophie*, Felix Meiner, I, 118, cf. 109.

(30) 銭鍾書「中国詩與中国書」『七綴集』、五頁。

(31) 同掲書、六頁。

(32) 同掲書、七頁。

(33) 同掲書、九—一〇頁。

(34) 同掲書、一八—一九頁。

(35) 同掲書、一四頁。

(36) 銭鍾書「読《拉奥孔》」同掲書、三〇頁。

(37) 同掲書、三一頁。

(38) 同掲書、三三頁。

(39) 同掲書、三三—三四頁。

(40) 同掲書、三七頁。

(41) 同掲書、四二頁。

(42) 同掲書、四三頁。

(43) 同掲書、四四頁。

（44）同掲書、四五頁。
（45）同掲書、四八頁。
（46）銭鍾書「通感」同掲書、五五頁。
（47）同掲書、五五―五六頁。
（48）同掲書、五四頁。
（49）同掲書、六二頁。
（50）銭鍾書「詩可以怨」同掲書、一〇二頁。
（51）同掲書、一〇四頁。
（52）同掲書、一一三頁。
（53）銭鍾書「林紓的翻訳」同掲書、六八頁。
（54）同掲書、八七頁。
（55）同掲書、注六〇、九八頁。
（56）銭鍾書「漢訳第一首英語詩《人生頌》及有関二三事」同掲書、一三五頁。
（57）『翁文恭公日記』光緒一三年（一八八七年）正月初十日より。同掲書、一二二頁。
（58）同掲書、一二一頁。
（59）同掲書、一一九頁。
（60）銭鍾書「詩可以怨」同掲書、一一三頁。

第九章　世界文学の詩学

（1）F. L. Lucas, *Tragedy : Serious Drama in Relation to Aristotle's Poetics*, rev. ed. (London : the Hogarth Press, 1957), p. 12.
（2）Ibid., p. 13.
（3）屈原『天問』〔『屈原詩集』、五七―五八頁〕。英語版は、以下を参照。Qu Yuan, et al., *The Songs of the South: An Ancient Chinese Anthology of Poems by Qu Yuan and Other Poets*, trans. David Hawkes (Harmndsworth, UK: Penguin, 1985).
（4）David Damrosch, *What Is World Literature?*, p. 4.〔『世界文学とは何か』、一五頁〕
（5）Ibid., p. 5.〔同掲書、一七頁〕

(6) Earl Miner, *Comparative Poetics: An Intercultural Essay on Theories of Literature* (Princeton, NJ: Princeton University Press, 1990), p. 7.

(7) Stephen Halliwell, "Aristotle's Poetics," in George A. Kennedy (ed.), *The Cambridge History of Literary Criticism*, vol. 1, *Classical Criticism* (Cambridge: Cambridge University Press, 1989), p. 149.

(8) Aristotle, *Poetics* 48b, ed. and trans. Stephen Halliwell, in Aristotle, *Poetics*, Longinus, *On the Sublime*, and Demetrius, *On Style* (Cambridge, MA: Harvard University Press, 1995), p. 35.〔『詩学』、二九頁〕

(9) Averroes, *Averroes' Middle Commentary on Aristotle's Poetics*, trans. Charles E. Butterworth (Princeton, NJ: Princeton University Press, 1986), p. 66.

(10) Ibid., pp. 13-14.

(11) Haun Saussy, *The Problem of a Chinese Aesthetic* (Stanford, CA: Stanford University Press, 1993), p. 96.

(12) 『詩経』「狡童」。〔『詩経（上）』、二三〇頁を参照〕

(13) Zhang Longxi, *Allegoresis: Reading Canonical Literature East and West* (Ithaca, NY: Cornell University Press, 2005), p. 110.〔『アレゴレシス』、一五四頁〕

(14) Aristotle, *Poetics* 48b, p. 37.〔『詩学』、二八頁〕

(15) Plato, *Socrates' Defense (Apology)* 22c, trans. Hugh Tredennick, in *The Collected Dialogues*, p. 8.〔『ソクラテスの弁明』『プラトン全集一』、六四頁〕

(16) Plato, *Ion* 534b, trans. Lane Cooper, ibid., p. 220.〔『イオン』『プラトン全集一〇』、一二九頁〕

(17) Plato, *Phaedrus* 244a, trans. Hackforth, ibid., p. 491.〔『パイドロス』『プラトン全集五』、一七四頁〕

(18) C. Rajendran, *Studies in Comparative Poetics* (Delhi: New Bharatiya Book Co., 2001), p. 11.

(19) Ibid., p. 10.

(20) 『書経』「舜典」。〔『詩経国風・書経』、二五二頁〕

(21) Pierre Somville, "Poetics," trans. Catherine Porter and Dominique Jouhaud, in Jacques Brunschwig and Geoffrey E. R. Lloyd (eds.), *The Greek Pursuit of Knowledge* (Cambridge, MA: Harvard University Press, 2003), p. 303.

(22) Ernst Cassirer, *Language and Myth*, trans. Susanne K. Langer (New York: Dover Publications, 1953), p. 98.〔『言語と神話』、一三五頁〕

(23) 『詩経』「序文」。〔『詩経』、一一―一二頁〕

(24) James J. Y. Liu（劉若愚）, *Chinese Theories of Literature* (Chicago: University of Chicago Press, 1975), p. 70.

(25) 劉勰「原道第一」『文心雕龍注』。〔『文心雕龍（上）』、一六頁〕

(26) Rajendran, *Studies in Comparative Poetics*, p. 10.

(27) Nicolas Boileau, *L'Art poétique* (Paris: Bordas, 1963), p. 47.〔『詩法』、九三頁〕

(28) Immanuel Kant, *Critique of Judgment*, trans. Wener S. Pluha, (Indianapolis, IN: Hackett, 1987), p. 196.〔『判断力批判』、二四三頁〕

(29) Ibid., p. 188.〔同掲書、二三四頁〕

(30) Gadamer, *Truth and Method*, p. 56.〔『真理と方法Ⅰ』、八一頁〕

(31) Friedrich Schleiermacher, *Hermeneutics: The Handwritten Manuscripts*, trans. James Duke and Jack Forstman, (Missoula, MT: Scholars Press, 1977), p. 112.

(32) 厳羽「詩弁」『滄浪詩話校釋』。〔『滄浪詩話』、三七―三八頁〕

(33) Alexander Pope, *An Essay on Criticism*, II. 68-69, *Selected Poetry and Prose* 2nd ed., ed. William K. Wimsatt (New York: Holt, Rinehart and Winston, 1972), p. 69.〔『批評論』、七頁〕

(34) Pope, *An Essay on Criticism*, II. 134-35, 139-40, ibid., p. 71.〔『批評論』、一一頁〕

(35) T. S. Eliot, *Selected Prose of T. S. Eliot*, ed. Frank Kermode (New York: Harcourt Brace Jovanovich, 1975), p. 38.〔『文学と文学批評』、一〇頁〕

(36) Northrop Frye, *Anatomy of Criticism: Four Essays* (Princeton, NJ: Princeton University Press, 1957), p. 97.〔『批評の解剖』、一三五頁〕

(37) Jonathan Culler, *Structuralist Poetics: Structuralism, Linguistics and the Study of Literature* (London: Routledge & Kegan Paul, 1975), p. 116.

(38) Aristotle, *Poetics*, 50a, p. 49.〔『詩学』、三五頁〕

(39) Barbara Stoler Miller, "The Imaginative Universe of Indian Literature," in B. S. Miller (ed.). *Masterworks of Asian Literature in Comparative Perspective: A Guide for Teaching* (Armonk, NY: M. E. Sharpe, 1994), p. 5.

(40) Sheldon Pollock, "Sanskrit Literary Culture from the Inside Out," in S. Pollock (ed.). *Literary Cultures in History: Reconstructions from South Asia* (Berkeley: University of California Press, 2003), p. 62.

(41) R. S. Pathak, *Comparative Poetics* (New Delhi: Creative Books, 1998), p. 99.

(42) 厳羽「詩弁」『滄浪詩話』。〔『滄浪詩話』、三八頁〕

（43）姜夔『白石道人詩説』。
（44）銭鍾書『管錐編』、一三五八―五九頁。
（45）黄寶生『印度古典詩學』（北京：北京大学出版社、一九九九年）、四一頁。
（46）Aristotle, *Poetics*, 53a, 54a, pp. 73, 77.〔『詩学』、五三、五七頁〕
（47）Aristotle, *Poetics*, 53a, p. 71.〔『詩学』、五二頁〕
（48）Georg Gottfried Gervinus, *Shakespeare Commentaries*, 2 vols., trans. F. E. Bunnett (London: Smith Elder, 1863), 1: 28.
（49）Frye, *Anatomy of Criticism*, p. 38.〔『批評の解剖』、五五頁〕
（50）Ibid., p. 207.〔同掲書、二八七頁〕
（51）曹植「野田黄雀行」。
（52）銭鍾書『管錐編』、一〇八二頁。
（53）Peter Stockwell, *Cognitive Poetics: An Introduction* (London: Routledge, 2002), p. 165.

第一〇章　変わり続ける世界文学の概念

（1）John Pizer, "Johann Wolfgang von Goethe: Origins and relevance of *Weltliteratur*," in Theo D'haen, David Damrosch and Djelal Kadir (eds.), *The Routledge Companion to World Literature*, p. 3.
（2）Johann Wolfgang von Goethe, *Essays on Art and Literature*, ed. John Gearey, trans. Ellen von Nardroff and Ernest H. Nardoff (Princeton, NJ: Princeton University Press, 1994), p. 207.〔『ゲーテ全集一三』、九四頁参照〕
（3）Ibid., p. 208.
（4）John Pizer, *The Idea of World Literature* (Baton Rouge: Louisiana State University Press, 2006), p. 25.
（5）Claudio Guillén, *The Challenge of Comparative Literature*, trans. Cola Franzen (Cambridge, MA: Harvard University Press, 1993), pp. 39-40.
（6）René Etiemble, "Faut-il réviser la notion de *Weltliteratur*?" in *Essais de littérature (vraiment) générale*, 3rd ed. (Paris: Gallimard, 1974), p. 17.
（7）Pizer, *The Idea of World Literature*, p. 26.
（8）*Conversations of Goethe with Eckermann and Soret*, trans. John Oxenford, rev. ed. (London: George Bell & Sons, 1883), pp. 212-13.

〔『ゲーテ全集一三』、九三―九四頁〕

（9） Monika Schmitz-Emans, "Richard Meyer's Concept of World Literature," trans. Mark Schmitt, in D'haen et al. (eds.), *The Routledge Companion to World Literature*, p. 50.

（10） Aijid Ahmad, "*The Communist Manifesto* and 'World Literature,'" *Social Scientist* 29: 7-8 (Jul.-Aug. 2000): 13.

（11） Mads Rosendahl Thomsen, *Mapping World Literature: International Canonization and Transnational Literatures* (London: Continuum, 2008), p. 13.

（12） Karl Marx and Friedrich Engels, *The Communist Manifesto* (New York: The Seabury Press, 1967), pp. 136-37. 〔『共産党宣言』、八頁〕

（13） Franco Moretti, "Conjectures on World Literature," *New Left Review* 1 (Jan.-Feb. 2000): 54.

（14） Etiemble, *Essais de littérature (vraiment) générale*, p. 19. もっとも、公平のために記すが、メルツルはヨーロッパ文学だけを対象にする問題をきちんと意識していた。メルツルはオーバード〔朝の歌〕の起源をヴォルフラム・フォン・エッシェンバッハに求めたアウグスト・コベルシュタインについて、「この類の歌は、中国では（『詩経』にあるものを含めて）一八〇〇年前に歌われていたし、現代でも、たとえばハンガリー人の民謡に散見される」ことを彼は知らないと批判している。Meltzl, "Present Tasks of Comparative Literature" (1877), in David Damrosch, Natalie Melas, and Mbongiseni Buthelezi (eds.), *The Princeton Sourcebook in Comparative Literature: From the European Enlightenment to the Global Present* (Princeton, NJ: Princeton University Press, 2009), p. 43 を参照。

（15） Sarah Lawall, "The West and the Rest: Frames for World Literature," in David Damrosch (ed.), *Teaching World Literature* (New York: MLA, 2009), p. 29.

（16） Moretti, "Conjectures on World Literature," pp. 55, 57.

（17） Ibid., p. 58.

（18） Pascale Casanova, "Literature as a World," *New Left Review* 31 (Jan.-Feb. 2005): 73-74

（19） Alexander Beecroft, "World Literature without a Hyphen: Towards a Typology of Literary Systems," *New Left Review* 54 (Nov.-Dec. 2008): 89.

（20） Aamir Mufti, "Orientalism and the Institution of World Literatures," *Critical Inquiry* 36: 3 (Spring 2010): 459.

（21） Ibid., p. 460.

（22） "Pour une 'littérature monde' en français," *Critical Inquiry* 36: 3 (Spring 2010) : 459.

(23) Ibid.
(24) Nicolas Sarkozy, "Pour une francophonie vivante et populaire," *Le Figaro*, 22 Mars 2007.
(25) François Lionnet, "Universalism and francophonies," *International Journal of Francophone Studies* 12: 2&3 (2009): 206.
(26) Casanova, "Literature as a World," p. 82.
(27) Ibid., p. 83.
(28) Jacqueline Dutton, "Francophonie and universality: the ideological challenges of littérature-monde," *International Journal of Francophone Studies* 12: 2&3 (2009): 429.
(29) David Damrosch in "Comparative Literature/ World Literature: A Discussion with Gayatri Charkravorty Spivak and David Damrosch," *Comparative Literature Studies*, 48: 4 (2011): 458.
(30) Ibid., p. 460.
(31) Stephen Owen, "Stepping Forward and Back: Issues and Possibilities for 'World' Poetry," *Modern Philosophy* 100: 4 (May 2003): 535.
(32) Stephen Owen, "The Anxiety of Global Influence: What Is World Poetry?" *New Republic* Nov. 19, 1990, p. 29.
(33) Owen, "Stepping Forward and Back: Issues and Possibilities for 'World' Poetry," p. 532.
(34) Gayatri Charkravorty Spivak in "Comparative Literature/ World Literature: A Discussion with Gayatri Charkravorty Spivak and David Damrosch," p. 478.
(35) Ibid., p. 467.
(36) Damrosch, ibid., p. 461.
(37) Susan Bassnett, "From Cultural Turn to Tranlational Turn: A Transnational Journey," in Cecilia Alvstad, Stefan Helgesson and David Watson (eds.), *Literature, Geography, Translation: Studies in World Writing* (Cambridge: Cambridge Scholars Publishing, 2011), p. 72.
(38) Revathi Krishnaswamy, "Toward World Literary Knowledges: Theory in the Age of Globalization," *Comparative Literature* 62: 4 (Fall 2010): 400.
(39) Ibid., p. 401.
(40) Edward Said, *The World, the Text, and the Critic* (Cambridge, Mass.: Harvard University Press, 1983), p. 227. 〔『世界・テキスト・批評家』、三七〇頁〕
(41) Sarah Lawall, "The West and the Rest: Frames for World Literature," in Damrosch (ed.), *Teaching World Literature*, p. 29.

参考文献

【英語・フランス語文献】

Aaron, Daniel. "What Can You Learn from a Historical Novel?" *American Heritage* 43: 6 (Oct. 1992): 55–61.

——. *America Notes: Selected Essays*. Boston: Northeastern University Press, 1994.

Ahmad, Aijid. "*The Communist Manifesto* and 'World Literature.'" *Social Scientist* 29: 7–8 (Jul.–Aug. 2000): 3–30.

Al–Azmeh, Aziz. *Islams and Modernities*, 3rd ed. London: Verso, 2009.

——. *The Times of History: Universal Topics in Islamic Historiography*. Budapest: Central European University Press, 2007.

Alvstad, Cecilia, Stefan Helgesson, and David Watson (eds.). *Literature, Geography, Translation: Studies in World Writing*. Cambridge: Cambridge Scholars Publishing, 2011.

Ankersmit, F. R. *Historical Representation*. Stanford: Stanford University Press, 2001.

Appiah, Kwame Anthony. *Cosmopolitanism: Ethics in a World of Strangers*. New York: W. W. Norton, 2006.

Apter, Emily. *The Translation Zone: A New Comparative Literature*. Princeton, NJ: Princeton University Press, 2006.

Atistole. *Poetics*, trans. Richard Janko. Indianapolis: Hackett Publishing Co., 1987.〔『アリストテレース 詩学・ホラーティウス 詩論』松本仁助・岡道男訳、岩波書店、二〇〇四年〕

——. *Poetics*, ed. and trans. Stephen Halliwell, pp. 1–141 in Aristotle, *Poetics*, Longinus, *On the Sublime*, and Demetrius, *On Style*. The Loeb Classical Library 199. Cambridge, MA: Harvard University Press, 1995.

Augustine, St. *The City of God*, trans. Marcus Dods. New York: The Modern Library, 1993.〔『アウグスティヌス著作集』第一三巻、泉治典訳、教文館、一九八一年〕

Averroes. *Averroes' Middle Commentary on Aristotle's Poetics*, trans. Charles E. Butterworth. Princeton, NJ: Princeton University Press, 1986.

Badiou, Alain. *Handbook of Inaesthetics*, trans. Alberto Toscano. Stanford, CA: Stanford University Press, 2005.

Baker-Smith, Dominic. *More's Utopia*. London: HarperCollins, 1991.

Bakhtin, Mikhail M. *Problems of Dostoevsky's Poetics*, ed. and trans. Caryl Emerson. Minneapolis: University of Minnesota Press, 1984.〔『ドストエフスキイ論――創作方法の諸問題』新谷敬三郎訳、冬樹社、一九八四年〕

――. *The Dialogic Imagination: Four Essays*, trans. Caryl Emerson and Michael Holquist. Austin: University of Texas Press, 1981.〔『小説の言葉』伊東一郎訳、平凡社、一九九六年〕

Balzac, Honoré de. *Le Père Goriot*. Paris: Éditions Garnier Frères, 1961.

Barr, Michael D. *Cultural Politics and Asian Values: The Tepid War*. London: Routledge, 2002.

Baudet, Henri. *Paradise on Earth: Some Thousands on European Images of Non-European Man*, trans. Elizabeth Wenthold. Middletown, CT: Wesleyan University Press, 1988.

Beecroft, Alexander. "World Literature without a Hyphen: Towards a Typology of Literary Systems." *New Left Review* 54 (Nov.–Dec. 2008): 87–100.

Benjamin, Walter. *Illuminations*, trans. Harry Zohn. Glasgow: Fontana, 1973.〔「翻訳者の課題」『暴力批判論他十篇――ベンヤミンの仕事1』野村修編訳、岩波書店、一九九四年〕

Bennett, Enoch Arnold. *The Grim Smile of the Five Towns*. London: Penguin, 1946.

Berman, Antoine. *The Experience of the Foreign: Culture and Translation in Romantic Germany*, trans. S. Heyvaert. Albany: State University of New York Press, 1992.〔『他者という試練――ロマン主義ドイツの文化と翻訳』藤田省一訳、みすず書房、二〇〇八年〕

Bermann, Sandra, and Michael Wood (eds.). *Nation, Language, and the Ethics of Translation*. Princeton: Princeton University Press, 2005.

Bloom, Harold (ed.). *Sophocles' Oedipus Plays: Oedipus the King, Oedipus at Colonus, & Antigone*. Broomall, PA: Chelsea House Publishers, 1999.

Boileau, Nicolas. *L'Art poétique*. Paris: Bordas, 1963.〔『詩法』小場瀬卓三訳、『世界大思想全集　哲学・文芸・思想篇　第二一巻』小場瀬卓三他訳、河出書房、一九六〇年〕

Borges, Jorge Luis. *Labyrinths: Selected Stories and Other Writings*, eds. Donald A. Yates and James E. Irby. New York: The Modern Library, 1983.

Boynton, Percy H. (ed.). *American Poetry*. New York: Charles Scribner's Sons, 1918.

Brunschwig, Jacques, and Geoffrey E. R. Lloyd (eds.). *The Greek Pursuit of Knowledge*. Cambridge, MA: Harvard University Press, 2003.

Buck, David D. "Forum on Universalism and Relativism in Asian Studies: Editor's Introduction." *The Journal of Asian Studies* 50: 1 (Feb. 1991): 29–34.

Carr, E. H. *What is History?* Harmondsworth: Penguin Books, 1964.〔『歴史とは何か』清水幾太郎訳、岩波書店、二〇〇四年〕

Casanova, Pascale. *The World Republic of Letters*, trans. M. B. DeBevoise. Cambridge, MA: Harvard University Press, 2004.

——. "Literature as a World." *New Left Review* 31 (Jan.–Feb. 2005): 71–90.

Cassirer, Ernst. *Language and Myth*, trans. Susanne K. Langer. New York: Dover Publications, 1953.〔『言語と神話』岡三郎・岡富美子訳、国文社、一九八一年〕

Cauquelin, Josiane, Paul Lim, and Birgit Mayer–König (eds.). *Asian Values: An Encounter with Diversity*. Surrey: Curzon, 1998.

Chartier, Roger. *On the Edge of the Cliff: History, Language, and Practices*, trans. Lydia G. Cochrane. Baltimore, MD: Johns Hopkins University Press, 1997.

Chateaubriand, Viscount de. *The Genius of Christianity; or the Spirit and Beauty of the Christian Religion*, trans. Charles I. White. Baltimore: John Murphy and Co., 1856.

Clark, Katerina, and Michael Holquist. *Mikhail Bakhtin*. Cambridge, Mass.: Harvard University Press, 1984.

Cohen, Paul A. *Discovering History in China: American Historical Writing on the Recent Chinese Past*. New York: Columbia University Press, 1984.

——. *China Unbound: Evolving Perspectives on the Chinese Past*. London: RoutledgeCurzon, 2003.

Collingwood, R. G. *The Idea of History*, ed. Jan van der Dussen. Oxford: Clarendon Press, 1993.

Csikszentmihaly, Mark, and Philip J. Ivanhoe (eds.). *Religious and Philosophical Aspects of the Laozi*. Albany: SUNY Press, 1999.

Culler, Jonathan. *Structuralist Poetics: Structuralism, Linguistics and the Study of Literature*. London: Routledge & Kegan Paul, 1975.

Curd, Patricia (ed.). *A Presocratics Reader: Selected Fragments and Testimonia*, trans. Richard D. McKirahan, Jr. Indianapolis, IN: Hackett, 1996.〔「著作断片」内山勝利訳、『ヘラクレイトス』三浦要・内山勝利訳、『ソクラテス以前哲学者断片集第Ⅰ分冊』内山勝利編、岩波書

店、一九九七年〕
Damrosch, David, Natalie Melas, and Mbongiseni Buthelezi (eds.). *The Princeton Sourcebook in Comparative Literature: From the European Enlightenment to the Global Present*. Princeton, NJ: Princeton University Press, 2009.
Damrosch, David (ed.). *Teaching World Literature*. New York: MLA, 2009.
——. *What Is World Literature?* Princeton, NJ: Princeton University Press, 2003.〔『世界文学とは何か?』秋草俊一郎・奥彩子・桐山大介・小松真帆・平塚隼介・山辺弦訳、国書刊行会、二〇一一年〕
——. "Comparative Literature / World Literature: A Discussion with Gayatri Charkravorty Spivak and David Damrosch." *Comparative Literature Studies*, 48: 4 (2011): 455–85.
Davidson, Donald. *Inquiries into Truth and Interpretation*, 2nd ed. Oxford: Clarendon Press, 2001.
Derrida, Jacques. *Of Grammatology*, trans. Gayatri Charkravorty Spivak. Baltimore: Johns Hopkins University Press, 1976.〔『根源の彼方に——グラマトロジーについて(上)』足立和浩訳、現代思潮社、一九八四年〕
Dickens, Charles. *A Tale of Two Cities*. New York: The Modern Library, 1996.〔『二都物語(上)』中野好夫訳、新潮社、一九九四年〕
Diderot, Denis. *This Is Not a Story and Other Stories*, trans. P. N. Furbank. Oxford: Oxford University Press, 1993.
Duara, Prasenjit. *Rescuing History from the Nation: Questioning Narratives of Modern China*. Chicago: University of Chicago Press, 1995.
Dutton, Jacqueline. "Francophonie and universality: the ideological challenges of littérature–monde." *International Journal of Francophone Studies* 12: 2&3 (2009): 425–38.
Eckermann, Johann Peter. *Conversations of Goethe with Eckermann and Soret*, trans. John Oxenford, rev. ed. London: George Bell & Sons, 1883.〔『ゲーテ全集一三』小岸昭・芦津丈夫・岩崎英二郎・関楠生訳、潮出版社、一九七二年〕
Egan, Ronald. "Narratives in Tso chuan." *Harvard Journal of Asiatic Studies* 37: 2 (Dec. 1977): 323–52.
Eliot, T. S. *Selected Prose of T. S. Eliot*, ed. Frank Kermode. New York: Harcourt Brace Jovanovich, 1975.〔『文学と文学批評』工藤好美訳、南雲堂、一九七六年〕
Emerson, Ralph Waldo. *Essays and Letters*, ed. Joel Porte. New York: Library of America, 1983.〔『エマソン選集・二 精神について』入江勇起男訳、日本教文社、一九六一年〕
Etiemble, René. *Essais de littérature (vraiment) générale*, 3rd ed. Paris: Gallimard, 1974.
Fabian, Johannes. *Time and the Other: How Anthropology Makes Its Object*. New York: Columbia University Press, 1983.

Fokkema, Douwe. *Perfect Worlds: Utopian Fiction in China and the West*. Amsterdam: Amsterdam University Press, 2011.

Foucault, Michel. *The Order of Things: An Archaeology of the Human Sciences*. New York: Vintage, 1973.〔『言葉と物——人文科学の考古学』渡辺一民・佐々木明訳、新潮社、一九八四年〕

Freud, Sigmund. *Collected Papers*, 5 vols. New York: Basic Books, 1959.〔「原始言語における単語の意味の相反性について」浜川祥枝訳、「精神分析に関わるある困難」高田淑訳、『フロイト著作集一〇』高橋義孝他訳、人文書院、一九八三年〕

Frost, Robert. *Selected Poems*. New York: Gramercy Books, 1992.

Frye, Northrop. *Anatomy of Criticism: Four Essays*. Princeton, NJ: Princeton University Press, 1957.〔『批評の解剖』海老根宏・中村健二・出渕博・山内久明訳、法政大学出版局、一九八〇年〕

Gadamer, Hans–Georg. *Truth and Method*, 2nd rev. ed., translation and revised by Joel Weinsheimer and Donald G. Marshall. New York: Crossroad, 1991.〔『真理と方法Ⅰ』轡田収・麻生建・三島憲一・北川東子・我田広之・大石紀一郎訳、法政大学出版局、一九八八年。『真理と方法Ⅱ』轡田収・巻田悦郎訳、法政大学出版局、二〇一五年〕

Gernet, Jacques. *China and the Christian Impact: A Conflict of Cultures*, trans. Janet Lloyd. Cambridge: Cambridge University Press, 1985.

Gervinus, Georg Gottfried. *Shakespeare Commentaries*, trans. F. E. Bunnett. 2 vols. London: Smith Elder, 1863.

Ginzburg, Carlo. “Killing a Chinese Mandarin: The Moral Implications of Distance.” *Critical Inquiry* 21: 1 (Autumn 1994): 46–60.

Goethe, Johann Wolfgang von. *Essays on Art and Literature*, ed. John Gearey, trans. Ellen von Nardroff and Ernest H. Nardroff. Princeton: Princeton University Press, 1994.

Gottlieb, Erika. *Dystopian Fiction East and West: Universe of Terror and Trial*. Montreal: McGill–Queen’s University Press, 2001.

Guillén, Claudio. *The Challenge of Comparative Literature*, trans. Cola Franzen. Cambridge, MA: Harvard University Press, 1993.

Hamilton, Edith, and Huntington Cairns (eds.). *The Collected Dialogues of Plato, including the Letters*. Princeton: Princeton University Press, 1961.〔『イオン——「イリアスについて」』森進一訳、『プラトン全集一〇』北嶋美雪・戸塚七郎・森進一・津村寛二訳、岩波書店、一九八一年。『国家』藤沢令夫訳、『プラトン全集一一』田中美知太郎・藤沢令夫訳、岩波書店、一九八一年。『ソクラテスの弁明』田中美知太郎訳、『プラトン全集一』今林万里子・田中美知太郎・松永雄二訳、岩波書店、一九八〇年。『ティマイオス』種山恭子訳、『プラトン全集一二』種山恭子・田中頭安彦訳、岩波書店、一九八一年。『パイドロス』藤沢令夫訳、『プラトン全集五』鈴木照雄・藤沢令夫訳、岩波書店、一九八〇年〕

Hayot, Eric. *The Hypothetical Mandarin: Sympathy, Modernity, and Chinese Pain*. Oxford: Oxford University Press, 2009.

Herodotus. *The History*, trans. David Grene. Chicago: University of Chicago Press, 1987.〔『歴史』松平千秋訳、岩波書店、一九七一年〕

Huang Chun–chieh 黄俊傑 . "The Idea of Zhongguo and Its Transformation in Early Modern Japan and Contemporary Taiwan." *Taiwan Journal of East Asian Studies* 3: 2 (Dec. 2006): 91–100.

Iyer, Raghavan (ed.). *The Glass Curtain between Asia and Europe*. London: Oxford University Press, 1965.

Jakobson, Roman, and Morris Halle. *Fundamentals of Language*. The Hague: Mouton & Co., 1956.〔『一般言語学』川本茂雄・田村すゞ子・村崎恭子・長嶋善郎・中野直子訳、みすず書房、一九八七年〕

Jay, Martin. "Historical Explanation and the Event: Reflections on the Limits of Contextualization." *New Literary History* 42: 4 (Autumn 2011): 557–71.

Jullien, François. *La valeur allusive: Des catégories originales de l'interprétation poétique dans la tradition chinoise. (Contribution à une réflexion sur l'altérité interculturelle)*. Paris: École française d'Extrême–Orient, 1985.

——. *Detour and Access: Strategies of Meaning in China and Greece*, trans. Sophie Hawkes. New York: Zone Books, 2000.

——. With Thierry Marchaisse. *Penser d'un Dehors (la Chine): Entretiens d'Extrême-Occident*. Paris: Éditions de Seuil, 2000.

——. "Did Philosophers Have to Become Fixated on Truth?" trans. Janet Lloyd. *Critical Inquiry* 28: 4 (Summer 2002): 803–24.

Kant, Immanuel. *Critique of Judgment*, trans. Wener S. Pluha. Indianapolis, IN: Hackett, 1987.〔『カント全集・第八巻　判断力批判』原佑訳、理想社、一九八二年〕

Kao, Yu–kung, and Tsu–lin Mei. "Meaning. Metaphor, and Allusion in T'ang Poetry." *Harvard Journal of Asiatic Studies* 38: 2 (1978): 281–356.

Kennedy, George A. (ed.). *The Cambridge History of Literary Criticism*, vol. 1, *Classical Criticism*. Cambridge: Cambridge University Press, 1989.

Krishnaswamy, Revathi. "Toward World Literary Knowledges: Theory in the Age of Globalization." *Comparative Literature* 62: 4 (Fall 2010): 399–419.

Kugel, James L. *The Idea of Biblical Poetry: Parallelism and Its History*. New Haven: Yale University Press, 1981.

Kuhn, Thomas S. *The Structure of Scientific Revolution*, 2nd enlarged ed. Chicago: University of Chicago Press, 1970.〔『科学革命の構造』中山茂訳、みすず書房、一九八四年〕

——. *The Road since Structure: Philosophical Essays, 1970–1993, with an Autobiographical Interview*, ed. James Conant and John Haugeland. Chicago: University of Chicago Press, 2000.

Kumar, Krishan. *Utopia and Anti–Utopia in Modern Times*. Oxford: Basil Blackwell, 1987.

——. “The Ends of Utopia.” *New Literary History*, 41: 3 (Summer 2010): 549–69.

Lahusen, Thomas, with Gene Kuperman (eds.). *Late Soviet Culture: From Perestroika to Novostroika*. Durham, NC: Duke University Press, 1993.

Lakoff, George, and Mark Turner. *More than Cool Reason: A Field Guide to Poetic Metaphor*. Chicago: University of Chicago Press, 1989.〔『詩と認知』大堀俊夫訳、紀伊国屋書店、一九九四年〕

Landau, Iddo. “To Kill a Mandarin.” *Philosophy and Literature* 29 (April 2005): 89–96.

Langer, Lawrence L. *Holocaust Testimonies: The Ruins of Memory*. New Haven, CT: Yale University Press, 1991.

Laozi. *Tao te ching*, trans. D. C. Lau. Harmondsworth, UK: Penguin, 1963.

——. *The Classic of the Way and Virtue: A New Translation of the Tao–te ching of Laozi as Interpreted by Wang Bi*, trans. Richard John Lynn. New York: Columbia University Press, 1999.

Larner, John. *Marco Polo and the Discovery of the World*. New Haven, CT: Yale University Press, 1999.

Levinas, Emmanuel. *Outside the Subject*, trans. Michael B. Smith. Stanford: Stanford University Press, 1994.〔『外の主体』合田正人訳、みすず書房、一九九七年〕

——. *Time and the Other [and Additional Essays]* , trans. Richard A. Cohen. Pittsburgh: Duquesne University Press, 1987.〔『時間と他者』原田佳彦訳、法政大学出版局、一九八六年〕

Levitas, Ruth. *The Concept of Utopia*. New York: Philip Allan, 1990.

Li Meng 李猛 . “Whose History to Rescue?” *Twenty-First Century*, no.49 (October 1998): 128-33.

Lionnet, François. “Universalism and francophonies,” *International Journal of Francophone Studies* 12: 2&3 (2009): 203–21.

Liu, James J. Y. 劉若愚 . *The Art of Chinese Poetry*. Chicago: University of Chicago Press, 1962.

——. *Chinese Theories of Literature*. Chicago: University of Chicago Press, 1975.

Liu Xie (Liu Hsieh) 劉勰 . *The Literary Mind and the Carving of Dragons: A Study of Thought and Pattern in Chinese Literature*, trans. Vincent Yu–chung Shih. New York: Columbia University Press, 1959.

Lloyd, G. E. R. *Demystifying Mentalities*. Cambridge: Cambridge University Press, 1990.

——. *Ancient Worlds, Modern Reflections: Philosophical Perspectives on Greek and Chinese Science and Culture*. Oxford: Clarendon Press, 2004.

——. *Cognitive Variations: Reflections on the Unity and Diversity of the Human Mind*. Oxford: Clarendon Press, 2007.

Lucas, F. L. *Tragedy: Serious Drama in Relation to Aristotle's Poetics*, revised ed. London: the Hogarth Press, 1957.

Luo Guanzhong 羅貫中 (1330?~1400?). *Three Kingdoms: A Historical Novel*, attributed to Luo Guanzhong, trans. Moss Roberts. Berkeley: University of California Press, 1991.

Marcus, George E. *Ethnography through Thick and Thin*. Princeton: Princeton University Press, 1998.

Marx, Karl, and Friedrich Engels. *The Communist Manifesto*. New York: The Seabury Press, 1967.〔『マルクス・エンゲルス選集第五巻　共産党宣言』相原茂他訳、新潮社、一九七四年〕

Merton, Robert K. *The Sociology of Science: Theoretical and Empirical Investigations*, ed. Norman W. Storer. Chicago: University of Chicago Press, 1973.

Miller, Barbara Stoler (ed.). *Masterworks of Asian Literature in Comparative Perspective: A Guide for Teaching*. Armonk, NY: M. E. Sharpe, 1994.

Miner, Earl. *Comparative Poetics: An Intercultural Essay on Theories of Literature*. Princeton, NJ: Princeton University Press, 1990.

Mirandola, Giovanni Pico della. *Oration on the Dignity of Man*, trans. A. Robert Caponigri. Washington, DC: Regnery Publishing, Inc., 1956.〔『人間の尊厳について』大出哲・安部包・伊藤博明訳、国文社、一九九一年〕

More, Thomas. *Utopia: Latin Text and English Translation*, eds. George M. Logan, Robert M. Adams, and Clarence H. Miller. Cambridge: Cambridge University Press, 1995.〔『ユートピア』平井正穂訳、岩波書店、二〇〇五年〕

Moretti, Franco. "Conjectures on World Literature," *New Left Review* 1 (Jan.–Feb. 2000): 54–68.

Mueller–Vollmer, Kurt (ed.). *The Hermeneutics Reader: Texts of the German Tradition from the Enlightenment to the Present*. New York: Continuum, 1990.

Mufti, Aamir. "Orientalism and the Institution of World Literatures," *Critical Inquiry* 36: 3 (Spring 2010): 458–93.

Nederman, Cary J., and Kate Langdon Forhan (eds.). *Medieval Political Theory-A Reader: The Quest for the Body Politic, 1100–1400*. London: Routledge, 1993.

Nelson, John S., Allan Megill, and Donald N. McCloskey (eds.). *The Rhetoric of the Human Sciences: Language and Argument in Scholarship and Public Affairs*. Madison: University of Wisconsin Press, 1987.

Newman, John Henry. *The Idea of a University*. New Haven: Yale University Press, 1996 [1873].

Nisbett, Richard. *The Geography of Thought: How Asians and Westerners Think Differently… and Why*. New York: The Free Press, 2003.〔『木を見る西洋人　森を見る東洋人』村本由紀子訳、ダイヤモンド社、二〇〇四年〕

Norman, Richard. *On Humanism*. London: Routledge, 2004.

Nussbaum, Martha C. "Human Functioning and Social Justice: In Defense of Aristotelian Essentialism," *Political Theory* 20: 2 (May 1992): 202–46.

——. *Cultivating Humanity: A Classical Defense of Reform in Liberal Education*. Cambridge, MA: Harvard University Press, 1997.

Owen, Stephen. "The Anxiety of Global Influence: What Is World Poetry?" *New Republic* (Nov. 19, 1990): 28–32.

——. "Stepping Forward and Back: Issues and Possibilities for 'World' Poetry," *Modern Philosophy* 100: 4 (May 2003): 532–48.

——. *Traditional Chinese Poetry and Poetics: Omen of the World*. Madison: University of Wisconsin Press, 1985.

Pagels, Elaine. *Adam, Eve, and the Serpent*. New York: Vintage Books, 1989.

Palumbo–Liu, David. "The Utopias of Discourse: On the Impossibility of Chinese Comparative Literature," *Chinese Literature: Essays, Articles, Reviews* 14 (December 1992): 165–76.

Pathak, R. S. *Comparative Poetics*. New Delhi: Creative Books, 1998.

Pizer, John. *The Idea of World Literature*. Baton Rouge: Louisiana State University Press, 2006.

Pollock, Sheldon (ed.). *Literary Cultures in History: Reconstructions from South Asia*. Berkeley: University of California Press, 2003.

Pope, Alexander. *Selected Poetry and Prose*. 2nd ed., ed. William K. Wimsatt. New York: Holt, Rinehart and Winston, 1972.〔『批評論』矢本貞幹訳、研究社、一九六七年〕

Putnam, Hilary. *Realism with a Human Face*, ed. James Conant. Cambridge, Mass.: Harvard University Press, 1990.

Qu Yuan, et al. *The Songs of the South: An Ancient Chinese Anthology of Poems by Qu Yuan and Other Poets*, trans. David Hawkes. Harmndsworth, UK: Penguin, 1985.〔『屈原詩集』黒須重彦訳、角川書店、一九七三年〕

Queen, Sarah A. *From Chronicle to Canon: The Hermeneutics of the Spring to Autumn, according to Tung Chung–shu*. Cambridge: Cambridge University Press, 1996.

Queiróz, Eça de. *The Mandarin and Other Stories*, trans. Margaret Jull Costa. Sawtry: Dedalus, 2009.

Rajendran, C. *Studies in Comparative Poetics*. Delhi: New Bharatiya Book Co., 2001.

Ryckmans, Pierre. "Fou de chinois," *Le Monde*, June 10, 1983.

Said, Edward. *The World, the Text, and the Critic*. Cambridge, Mass.: Harvard University Press, 1983.〔『世界・テキスト・批評』山形和美訳、法政大学出版局、一九九五年〕

Sallis, John. *On Translation*. Bloomington: Indiana University Press, 2002.

Saussure, Ferdinand de. *Course in General Linguistics*, trans. Wade Baskin. New York: Philosophical Library, 1959.〔『一般言語学講義』小林英夫訳、岩波書店、一九七七年〕

Saussy, Haun. *The Problem of a Chinese Aesthetic*. Stanford: Stanford University Press, 1993.

——. *Great Walls of Discourse and Other Adventures in Cultural China*. Cambridge, Mass.: Harvard University Press, 2001.

Schaer, Roland, Gregory Claeys, and Lyman Tower Sargent (eds.). *Utopia: The Search for the Ideal Society in the Western World*. New York: The New York Public Library, 2000.

Schauffler, Robert Haven. *Franz Schubert: The Ariel of Music*. New York: G. P. Putnam's Sons, 1949.

Schleiermacher, Friedrich. *Hermeneutics: The Handwritten Manuscripts*, trans. James Duke and Jack Forstman. Missoula, MT: Scholars Press, 1977.

Schwartz, Benjamin. *China and Other Matters*. Cambridge, MA: Harvard University Press, 1996.

Segalen, Victor. *Essai sur l'exotisme: une esthétique du divers*. Paris: Fata Morgana, 1978.

Sen, Amartya. *Identity and Violence: The Illusion of Destiny*. New York: W. W. Norton, 2006.

Smith, Adam. *The Theory of Moral Sentiments*, ed. Knud Haakonssen. Cambridge: Cambridge University Press, 2002.〔『道徳感情論』村井章子・北川知子訳、日経BP社、二〇一四年〕

Sophocles. *Theban Plays: Oedipus the King, Oedipus at Colonus, Antigone*, trans. Ruth Fainlight and Robert J. Littman. Baltimore, MD: Johns Hopkins University Press, 2009.〔『ギリシア悲劇全集三』岡道男・引地正俊・柳沼重剛訳、岩波書店、一九九〇年〕

Spence, Jonathan D. *The Chan's Great Continent: China in Western Minds*. New York: W. W. Norton, 1998.

Spinoza, Benedict de. *Correspondence, The Chief Works of Benedict de Spinoza*, trans. R. H. M. Elwes, 2 vols. New York: Dover Publications, 1951.〔『エチカ（上）』畠中尚志訳、岩波書店、一九五九年。『スピノザ往復書簡集』畠中尚志訳、岩波書店、一九五八年〕

Stein, Gertrude. *Everybody's Autobiography*. New York: Cooper Square Publications, 1971.〔『みんなの自伝』落石八月月訳、マガジンハウス、一九九三年〕

Stockwell, Peter. *Cognitive Poetics: An Introduction*. London: Routledge, 2002.

Thomsen, Mads Rosendahl. *Mapping World Literature: International Canonization and Transnational Literatures*. London: Continuum, 2008.

Thucydides. *The Peloponnesian War*, trans. Walter Blanco. New York: W. W. Norton, 1998.〔『歴史』藤縄謙三訳、京都大学学術出版会、二〇〇八年〕

Tillyard, E. M. W. *The Elizabethan World Picture*. New York: Vintage, 1959.

Tolstoy, Leo. *Anna Karenina*, trans. Louise Maude and Aylmer Maude. Oxford: Oxford University Press, 1998.〔『アンナ・カレーニナ（上）』木村浩訳、新潮社、一九八七年〕

Ulmann, Stephen. *The Principles of Semantics*. Oxford: Basil Blackwell, 1963.

Vico, Giambattista. *The New Science of Giambattista Vico*, trans. Thomas Goddard Bergin and Max Harold Fisch. Ithaca, NY: Cornell University Press, 1968.

Wallerstein, Immanuel. *World–Systems Analysis: An Introduction*. Durham, NC: Duke University Press, 2004.

Waters, Lindsay. "The Age of Incommensurability." *Boundary 2* 28: 2 (Summer 2001): 134–72.

White, Hayden. *Tropics of Discourse: Essays in Cultural Criticism*. Baltimore, MD: Johns Hopkins University Press, 1978.〔『歴史の喩法――ホワイト主要論文集成』上村忠男編訳、作品社、二〇一七年〕

Wilde, Oscar. *The Portable Oscar Wilde*, revised ed., eds. Richard Aldington and Stanley Weintraub. Harmondsworth, UK: Penguin, 1981.〔『ドリアン・グレイの肖像』仁木めぐみ訳、光文社、二〇〇六年〕

――. *Plays, Prose Writings and Poems*, ed. Anthony Fothergill. London: J. M. Dent, 1996.〔『オスカー・ワイルド全集』四、西村孝次訳、青土社、一九八九年〕

Wyschogrod, Edith. *An Ethics of Remembering: History, Heterology, and the Nameless Others*. Chicago: University of Chicago Press, 1998.

Yu, Anthony C. *Rereading the Stone: Desire and the Making of Fiction in Dream of the Red Chamber*. Princeton: Princeton University Press, 1997.

Zamyatin, Yevgeny. *We*, trans. Clarence Brown. Harmondsworth, UK: Penguin, 1993.〔『われら』川端香男里訳、岩波書店、一九九二年〕

Żegleń, Urszula M. (ed.). *Donald Davidson: Truth, Meaning and Knowledge*. London: Routledge, 1999.

Zhang, Longxi 張隆溪. *The Tao and the Logos: Literary Hermeneutics, East and West*. Durham, NC: Duke University Press, 1992.

――. *Mighty Opposites: From Dichotomies to Differences in the Comparative Study of China*. Stanford, CA: Stanford University Press, 1998.

――. *Allegoresis: Reading Canonical Literature East and West*. Ithaca, NY: Cornell University Press, 2005.〔『アレゴレシス――東洋と西洋の文学と文学理論の翻訳可能性』鈴木章能・鳥飼真人訳、水声社、二〇一六年〕

【中国語文献】

阮元編『十三經注疏』全二册、北京：中華書局、一九八〇年。〔『詩経（上）』石川忠久、明治書院、一九九七年。『詩経』目加田誠、講談社、一九九一年。『春秋左氏伝（一）～（四）』鎌田正、明治書院、一九八七～七八年。『詩経国風・書経』橋本循・尾崎雄二郎他訳、筑摩書房、一九六九年。『礼記（下）』市原亨吉・今井清・鈴木隆一訳、集英社、一九八六年〕
黄寶生『印度古典詩學』、北京：北京大学出版社、一九九九年。
王弼（二二六～二四九）『老子注』、『諸子集成』第三冊。〔『老子』斉藤晌訳、集英社、一九八三年〕
黄樸民『天人合一――董仲舒與漢代儒學思潮』、長沙：岳麓書社、一九九九年。
何文煥（一七三二～一八〇九）編『歷代詩話』全二冊、北京：中華書局、一九九九年。
郭慶藩（一八四四～一八九五）『莊子集釋』、『諸子集成』第三冊。〔『老子・莊子（上）』阿部吉雄・山本敏夫・市川安司・遠藤哲夫、明治書院、一九八八年。『莊子（下）』市川安司・遠藤哲夫、明治書院、一九八八年〕
葛兆光『古代中國的歷史、思想與宗教』、北京：北京師範大学出版社、二〇〇六年。
仇兆鰲（一六八五頃活躍）『杜詩詳注』全五冊、北京：中華書局、一九七九年。〔『唐詩選』目加田誠、明治書院、一九六四年〕
金開誠編『楚辭選注』、北京：北京出版社、一九八〇年。
厳羽『滄浪詩話校釋』郭紹虞編、北京：人民文学出版社、一九八三年。〔『滄浪詩話』市野沢寅雄訳、明徳出版社、一九七六年〕
司馬遷（紀元前一四五？～九〇？）『史記』、北京：中華書局、一九五九年。〔『史記十四（列伝七）』青木五郎、明治書院、二〇一四年〕
周桂鈿『董學探微』、北京：北京師範大学出版社、一九八九年。
焦循（一七六三～一八二〇）『孟子正義』、『諸子集成』第一冊。〔『孟子（下）』金谷浩、朝日新聞社、一九五六年〕
『諸子集成』全八冊、北京：中華書局、一九五四年。
銭鍾書『管錐編』第二版、全五冊、北京：中華書局、一九八六年。
――『談藝録』（補訂本）、北京：中華書局、一九八四年。
――『宋詩選注』、北京：人民文学出版社、一九五八年。〔『宋詩選注Ⅰ』宋代詩文研究会訳注、平凡社、二〇〇四年〕
――『七綴集』、上海：上海古籍、一九八五年。
孫詒譲（一八四八～一九〇八）『墨子閒詁』、『諸子集成』第四冊。〔『墨子（上）』山田琢、明治書院、一九八七年〕
傅庚生編『國語選』、北京：人民文学出版社、一九五九年。
董仲舒（紀元前一七九～〇四）『春秋繁露』凌曙注、上海：商務印書館、一九三七年。〔「人副天数」：横山裕「古代中国における倫理思想に関する考察」、『九州保健福祉大学研究紀要』一八、二〇一七年、一―一一頁、「順命」：近藤則之「春秋繁露通解並びに義証

通読稿一七　巻一五〔全〕——郊義第六六・郊祭第六七・四祭第六八・郊祀第六九・順命第七〇・郊事対第七一〕、『佐賀大学文化教育学部研究論文集』七（二）、二〇〇三年、二四九—六八頁〕
陶淵明（三六五〜四二七）『陶淵明集』逯欽立編、北京：中華書局、一九七九年。〔『陶淵明・文心雕龍』一海知義・興膳宏訳、筑摩書房、一九七八年〕
羅貫中（一三三〇？〜一四〇〇？）『三國演義』、北京：人民文学出版社、一九八五年。〔『三国志演義』（上）〕立間祥介訳、平凡社、一九六八年〕
李綱『梁溪集』、『四庫全書』第一一二六冊、上海：上海古籍、一九八七年（復刻版）。
季羨林・張光璘編『東西文化議論集』全二冊、北京：経済日報出版、一九九七年。
陸象山（一一三九〜一一九三）『陸象山全集』、北京：中国書店、一九九二年。〔『陸象山（上）』友枝龍太郎・福田殖・麓保孝・荒木見悟・山根三芳訳、明徳出版社、一九七三年〕
劉安（？〜紀元前一二二）『淮南子』、『諸子集成』第七冊。
劉勰（四六五？〜五二二）『文心雕龍注』全二冊、范文瀾注、北京：人民文学出版社、一九五八年。〔『文心雕龍（下）』戸田浩曉、明治書院、一九八七年〕
劉寶楠（一七九一〜一八五五）『論語正義』、『諸子集成』第一冊。〔『論語』吉田賢抗、明治書院、一九八八年〕
魯迅（一八八一〜一九三六）『魯迅全集』全一六冊、北京：人民文学出版社、一九八一年。
湯晏『民國第一才子錢鍾書』、台北：時報出版、二〇〇一年。
余冠英編『三曹詩選』、北京：作家出版社、一九五六年。

索引

ア行

アーロン、ダニエル Aaron, Daniel　110-111, 120
アヴェロエス Averroes　185-186
アウグスティヌス Augustine, St.　128-129, 135, 139-140
アジア Asia　11-13, 37, 45, 49, 51-55, 67-68, 72, 75-76, 78, 87, 199-200, 204, 208, 210
　「アジア的価値観」“Asian values”　75, 78-79, 86, n221
アッピア、クワーミ・アンソニー Appiah, Kwame Anthony　31-33
アッラ-アズミ、アジス Al-Azmeh, Aziz　138-140, 144
アプター、エミリー Apter, Emily　38, 41-42
アメリカ America　11, 12, 16, 26, 45, 51, 91, 93, 95, 151, 161, 179, 181, 207
　——文学 literature　26, 179, 181
　ラテン——Latin　11, 12
アラビア（アラブ）Arabia　18, 42, 130, 185, 218
　イスラムの「ユートピア」の項も参照
アリストテレス Atistole　18, 33, 70, 106-107, 109, 156, 160, 167, 174, 183-186, 188, 193-195
アンカーシュミット、F・R Ankersmit, F. R. 116, 118
異国趣味 exoticism　68
インド India　11, 18, 99-100, 189, 193-194, 209
ヴィーコ、ジャンバッティスタ Vico, Giambattista　94, 167, 173
ヴェルトリテラトゥーア（《世界文学》）*Weltliteratur*　11, 19, 197-202
ウォーラーステイン、イマニュエル Wallerstein, Immanuel　19, 98, 203
ヴォルテール Voltaire　36, 133, 150
　「ゲーテ」の項も参照
エッカーマン、ペーター・ヨハン Eckermann, Johann Peter　11, 199
オーウェン、ステファン Owen, Stephen　20, 96, 207-208

カ行

解釈学 hermeneutics　15, 65, 76, 90, 108, 191
　解釈的循環 hermeneutic circle　53, 76, 90
カザノヴァ、パスカル Casanova, Pascale　11-12, 19, 204-206, 209
ガダマー、ハンス・ゲオルク Gadamer, Hans-Georg　76, 89-90, 93-94, 108, 191
カント、イマヌエル Kant, Immanuel　38, 120,

167-168, 191
ギリシア Greece　54-56, 58, 64, 70, 78, 83-84, 106-107, 131-132, 183-184, 189, 196
中国と対照的な—— as compared with China　13-15, 49, 51, 55-57, 68-72
岐路 crossroads　14, 26 30, 37, 43
——に立って泣く weeping at　26, 30, 31
「楊朱」の項も参照
金聖嘆 Jin Shengtan　173
ギンズブルグ、カルロ Ginzburg, Carlo　33-34
クーン、トーマス Kuhn, Thomas　14, 46-49
屈原 Qu Yuan　183-184
クマー、クリシャン Kumar, Krishan　128-129, 132-133, 135, 138, 147
クラデニウス、ヨハン・マルティン Chladenius, Johann Martin　109
ゲーテ、ヴォルフガング・フォン Goethe, Wolfgang von　11, 19, 152, 197-202, 209
ヴェルトリテラトゥーア（《世界文学》）の項も参照
厳羽 Yan Yu　191, 193
原罪 original sin　129, 135
「アウグスティヌス」の項も参照
コーエン、ポール Cohen, Paul　16, 91-95, 100-101
「中国学」の項も参照
孔　子 Confucius　70, 87, 97, 111, 133-134, 139, 167, 175-176
国家（ボディ・ポリティック）body politic　15, 85

サ行

ザミャーチン、エヴゲーニイ Zamyatin, Yevgeny　142-143, 146, n227
シェアー、ロラン Schaer, Roland　132, 138
シェイクスピア、ウィリアム Shakespeare, William　130, 157-158, 161, 195
ジェルネ、ジャック Gernet, Jacques　68-70, 96
詩学 poetics　18, 183-186, 188-189, 193-194, 196, 209-210
アリストテレスの—— Aristotelian　18, 106-107, 156, 160, 183-185, 193-194
サンスクリットの—— Snskrit　18, 190, 193, 194, 209
中国の—— Chinese　18, 189-190, 193-194
司馬光 Sima Guang　108, 115
司馬遷 Sima Qian　107-108
シャトーブリアン、フランソワ＝ルネ・ド Chateaubriand, François-René de　33-34, 36
シャルチエ、ロジェ Chartier, Roger　118-119
シュウォルツ、ベンジャミン Schwartz, Benjamin　59-60
シュライエルマッハー、フリードリヒ Schleiermacher, Friedrich　191
ジュリアン、フランソワ Jullien, François　55-56, 69-71, 95-96,
スピノザ、ベネディクトゥス・デ Spinoza, Benedict de　43, 65
スミス、アダム Smith, Adam　32-33, 36-37, 151
世界市民主義 cosmopolitanism　32-33, 43
セガレン、ヴィクトル Segalen, Victor　49, 68
銭鍾書 Qian Zhongshu　17-18, 59, 71, 113, 149-182, 194, 196, 210
絵画と詩 painting and poetry　167-174
自然と芸術 nature and art　156-158
断章と統一的体系 fragmentary and systematic argument　163-165, 166-167
文学的でないものが文学に取り入れられること accepting non-literary into literature　155-156
文学と現実 literature and reality　158-160
ヘーゲルと《アウフヘーベン》Hegel and *Aufhebung*　162-163, 165-166
林紓の翻訳 Lin Shu’ s translation　177-179
ロングフェローの『人生賛歌』の翻訳 late Qing translation of Longfellow’s *Psalm of Life*　179-181
荘子 Zhuangzi　70, 81, 167
ソーシー、ホーン Saussy, Haun　78, 186
ソシュール、フェルディナン・ド Saussure, Ferdinand de　24-25, 28, 39, 43

蘇軾 Su Shi　89-90, 94, 102-104, 194

タ行

ダムロッシュ、デイヴィッド Damrosch, David　20-21, 184, 207-209
中国 China
　ヨーロッパの対極としての―― as opposite to Europe　13-16, 49-56, 67-72, 76, 79-80 95-97
中国学 China studies/ Sinology　16, 89-92, 95, 97, 101-102, 104, 113, 207
　「中国中心」モデル "China-centered" approach　16, 92-93, 95, 97, 100-101
　「コーエン」の項も参照
通約不可能性 incommensurability　13-15, 46-49, 52, 57, 67, 69, 73, 256
　「クーン」の項も参照
デイヴィッドソン、ドナルド Davidson, Donald　48, 121
ディケンズ、チャールズ Dickens, Charles　27, 152
ディストピア dystopia　17, 141-147, n227
　「反ユートピア」、「ユートピア」の項も参照
ディドロ、ドゥニ Diderot, Denis　33-34, 36, 150, 169-170
ディルタイ、ヴィルヘルム Dilthey, Wilhelm　94
デュアラ、プラセンジット Duara, Prasenjit　99-100
デリダ、ジャック Derrida, Jacques　13, 50-51, 78, 120, 149, n218
天才 genius　190-193
陶淵明 Tao Yunming　136
トゥキュディデス Thucydides　105-108, 113
董恂 Dong Xun　179, 181
董仲舒 Dong Zhongshu　15, 81-87, n222
東洋と西洋の関係性 East-West relationships　13-16, 51-53, 67-68, 71, 75-76, 79-80, 86-87, 97, 163-164, 178, 209-210, n218
杜甫 Du Fu　28, 169

ナ行

ニーチェ、フリードリヒ Nietzsche, Friedrich　90, 120
二項対立 dichotomy　13-14, 49, 56, 67, 71-72, 76, 79, 87, 97, 199, n218
ニスベット、リチャード Nisbett, Richard　51-55, 76
日本 Japan　11, 37, 50, 75, 120, 153-154, 161
ヌスバウム、マーサ Nussbaum, Martha　117, 131

ハ行

ハイデガー、マルティン Heidegger, Martin　90, 120
バディウ、アラン Badiou, Alain　41-44
バフチン、ミハイル Bakhtin, Mikhail M.　44, 146, n217
バルザック、オレノ・ド Balzac, Honoré de　31-32, 34, 36-37
反ユートピア anti-utopia　142-143, n227
　「ディストピア」、「ユートピア」の項も参照
フーコー、ミシェル Foucault, Michel　13, 49-51, 56, 78, 96
フォッケマ、ダウィ Fokkema, Douwe　137, 141, 150
フライ、ノースロップ Fry, Northrop　192, 195, 203
プラトン Plato　38, 70, 83, 85, 106, 132, 141, 156, 167, 188, 191
フロイト、ジークムント Freud, Sigmund　24, 43, 191
フンボルト、ヴィルヘルム・フォン Humboldt, Wilhelm von　109-110
ヘイオット、エリック Hayot, Eric　35-36
ペイガル、イレイン Pagels, Elaine　129
平行性 parallelism　28-30, 43
ヘーゲル、G・W・F Hegel, G. W. F.　78, 113, 120, 162-163, 165-167, 170, 172, 200
ベルマン、アントワーヌ Berman, Antoine　40
ヘロドトス Herodotus　105-108, 114
ベンヤミン、ヴァルター Benjamin, Walter　39-

40, 42, 44
ホメロス Homer　174, 187-188
ホワイト、ヘイドン White, Hayden　108-109, 115-116, 119
翻訳 translation　11, 13-14, 20, 37-44, 57, 60, 69, 72, 85, 151-152, 177-179, 181, 184, 199, 201, 207-209
　翻訳可能性と翻訳不可能性 translatability and untranslatability　13-14, 38-44, 48, 66, 84, 208-209

マ行

マートン、ロバート Merton, Robert K.　101-102
ミルトン、ジョン Milton, John　86, 127, 172
民族学 ethnography　14, 46, 51, 60
モア、トマス More, Thomas　126-127, 132, 135, 137-138, 141
孟子 Mencius　63-64, 135
モレッティ、フランコ Moretti, Franco　11, 19, 201, 203, 209

ヤ行

ヤコブソン、ロマン Jakobson, Roman　28, 30
ユートピア utopia　17, 50, 67, 125-129, 132-133, 135-142, 144-148, n227
　イスラムの── Islamic　138-141, 144
　中国の── Chinese　135-137
　「反ユートピア」、「ディストピア」の項も参照
楊朱 Yang Zhu　26, 30-31, n214
ヨーロッパ Europe　11-13, 15, 17, 19, 33, 35-37, 45, 49-50, 52, 55-56, 66-68, 71-72, 85, 87, 97-100, 106, 131-133, 137, 149-151, 153-155, 158, 161, 170, 178-179, 183-186, 191, 196-197, 199, 201, 203-208, 201
ヨーロッパ中心主義 Eurocentrism　12, 19, 198-199, 202, 204, 209

ラ行

ライプニッツ、ゴットフリート・ヴィルヘルム Leibniz, Gottfried Wilhelm von　36, 133
劉勰 Liu Xie　27, 175-176, 190
リュウ、ジェイムズ・J・Y（劉若愚）Liu, James J. Y.　30, 190
林紓 Lin Shu　152, 177-179
ルーカス、F・L Lucas, F. L.　183-184
ルソー、ジャン＝ジャック Rousseau, Jean-Jacques　31-32
レイコフ、ジョージ Lakoff, George　26, 196, n214
レヴィナス、エマニュエル Levinas, Emmanuel　40-41, 44, n217
歴史 history
　──と文学の語り and literary narrative　16-17, 106-111, 113-116, 122
　──のクーンの概念 Thomas Kuhn᾽s concept of　48
　──理論 theory of　90-95, 99, 101-104
レッシング、ゴットフリート・ヴィルヘルム Lessing Gotthold Ephraim　168-173
ロイド、G・E・R Lloyd, G. E. R.　15, 52, 55-59, 70, 83
老子 Laozi　23, 70, 165-167, n218
魯迅 Lu Xun　35, 203

ワ行

ワイルド、オスカー Wilde, Oscar　66, 126

訳者あとがき

本書は、Zhang Longxi, *From Comparison to World Literature* (SUNY Press, 2015) の全訳である。

比較文学、East-West Studies ならびに「世界文学」の世界的研究者として、またスウェーデン王立アカデミー外国人会員、欧州アカデミー（Academia Europaea）会員、国際比較文学会会長（二〇一六〜二〇一九）として、日々世界を飛び回る張隆溪氏の名は、漢字名の張隆溪より英語名の Zhang Longxi、そしてその発音「チャン・ロンシー」で世界に知られている。よって、これ以降、「チャン・ロンシー」の表記を用いることとする。

チャン氏は北京大学で修士号（英文学）、ハーヴァード大学で博士号（比較文学）を取得後、北京大学、ハーヴァード大学、カリフォルニア大学リヴァーサイド校を経て、現在、香港城市大学（City University of Hong Kong）で比較文学ならびに翻訳論の主任教授を務めている。また、右記の要職のほかに、*New Literary History, Journal of East-West Thought, Journal of World Literature, Brill's East Asian Comparative Literature and Culture, KNOW: A Journal on the Formation of Knowledge* などの編集長や編集顧問を務めている。主な著書は、*The Tao and the Logos: Literary Hermeneutics, East and West* (Durham: Duke University Press, 1992)〔『タオとロゴス——東洋と西洋の文学の解釈学』〕、*Mighty Opposites: From Dichotomies to Differences in the Comparative Study of China* (Stanford:

Stanford University Press, 1998)〔『崩れない壁――比較中国研究における二項対立から差異まで』〕、*Out of the Cultural Ghetto* (Hong Kong: Commercial Press, 2000;『走出文化的封閉圏』（中国語版）Beijing: Joint Publishing Co., 2004)〔『文化的ゲットーからの脱出』〕、*Unexpected Affinities: Reading across Cultures* (Toronto: University of Toronto Press, 2007)〔『予期せぬ類似――文化を横断して読む』〕、『比較文學研究入門』*An Introduction to Comparative Literature*（中国語）(Shanghai: Fudan University Press, 2009)、『靈魂的史詩――失樂園』*A Spiritual Epic*: Paradise Lost（中国語）(Taipei: Net and Books, 2010)、*Allgoresis: Reading Canonical Literature East and West* (Ithaca: Cornell University Press, 2005)〔『アレゴレシス――東洋と西洋の文学と文学理論の翻訳可能性』鈴木章能・鳥飼真人訳、水声社、二〇一六年〕をはじめ多数ある。

本書『比較から世界文学へ』は、表題のとおり、比較論から徐々に世界文学へと議論が展開する。各章の内容は、「序」に簡潔かつ具体的にまとめられているので、そちらを参照していただきたい。

チャン氏の本書における（というよりも、一貫した）主張は、文学研究は適切な人間理解と世界の平和の促進に資するものであり、また資するべきであるという点にある。もちろん、文学はそもそも、人間の様々な苦悩や悦びを取り上げ、読者に共感理解を呼び起こしたり、個人のあり方や社会のあり方に問題提起をしたり、未来への警告を発したり、よりよい生や社会のためのヒントを示したりしながら、幸せな人生や平らかな社会の実現という人間の欲望に寄り添ってきた。チャン氏があえて、文学による世界の平和促進を主張するのは、一部の文学理論のために文学作品があまり読まれなくなってしまったため、人類の分断に資するような言説が流布しているため、また実際に分断の様相が目立つため、そして、東洋は西洋と根源的に異なるという憶測のもと、東洋の言説が理解不能と黙殺されることが多々あるためである。こうしたことから、チャン氏は、西洋と非西洋、もっと言えば、世界の様々な文学作品をきちんと読み、作品同士を突き合わせてみて、人間の精神と想像が驚くほど類似しており、互いに繋がっていることを確認することを勧める。幅広い比較をとおして、非西洋と西洋の言説が等価であることを確認することを勧める。様々な文学作品を読めば、文学や文化的伝統に見られる考え方や主題についても、言語や文化の別を越えて互いに無関係でないことがわかるであろう。こうした文学の読み方ならびに比較考察の方法自体が人類の平和の促進になるとチャン氏は考える。なぜなら、西洋と非西洋の言説、あるいは世界の様々な地域や文化の言説が、互いに理解の光明を投じあい、よりよい、また適切な人間の理解へと人類を導くためである。西洋だけ、非西洋だけ、一地域だけの文学・人間理解は偏狭な知に繋がったり、ともすれば自己愛や自民族中心主義的な妄想を抱かせたりする恐れもある。世界は広い。文学作品も全体像が見えないほど世界には数多くある。だからこそ、世界の様々な文学作品が読まれ、世界中で様々な文学作品や詩学が論じられ、とどまることのない新たな発見とともに、より適切な人間の理解が促進されることをチャン氏は期待する。もちろん、文学作品には、あるいは人間の精神と想像には、類似性だけがあるわけではない。差異も多々ある。もっとも、チャン氏が繰り返し述べるように、類似性と差異は表裏一体の関係にあり、類似性は差異とともに、差異は類似性とともにある。したがって、チャン氏は、類似性と差異にバランスよく目配りをしながら、世界の様々な文学の伝統のもとに生まれた作品の理解、ならびに世界の様々な文化・伝統のもとに生まれ、生きる人間の理解を求める。

類似性についても差異についても、視野を地球規模に広げることによって、新たな発見が次々に生まれることであろう。世界の人々がまだ知らない発見は世界に発信される必要がある。人間理解と人類の平和の促進のために発信される必要がある。ここに、非西洋から西洋への発信の意義と義務がある。もちろん、西洋から非西洋への発信の意義と義務と同等に、である。西洋と非西洋、言い換えれば、世界中の人々から発信された、ローカルな文学作品群とグローバルな文学作品群の比較をとおした発見は、別のローカルな作品群とグローバルな作品群の比較をとおした新たな発見によって評価されていく。こうして、地球規模で文学知・人間知が蓄積されていく。それが、世界文学の方法であり意義であり、また世界文学という理論構築の過程でもあるとチャン氏は考える。もちろん、チャン氏はこうした文学の読み方や考察の方法について単に素朴な主張をしているわけではない。相対主義と普遍主義を巡る議論、通約不可能性や翻訳不可能性、ひいては比較不可能性を巡る様々な主張があるなか、チャン氏はそうした議論や主張について丁寧な考察を行ったうえで、世界文学の方法を提示している。それが本書の展開でもある。

人類が協力し合って、文学と人間を考えていくことは、たしかに、チャン氏が述べるように、胸が躍ることである。非西洋とみなされる日本から世界へ発信する研究方法の可能性に本書が貢献できれば幸いである。

訳出に関していくつかのことに触れておきたい。まず、一箇所訳文を割愛した部分がある。第一章の杜甫の詩のチャン氏自身による英訳引用の直後にある、「右の文は、各カプレットの平行性をわかりやすく示すために、できる限り原文に近い語順で訳してある」という一文である。たしかに、杜甫の詩の英訳は中国語の原文の語順にほぼ忠実なのだが、それを日本語で訳出すると、「できる限り原文に近い語順で訳してある」という言葉がどうしても意味をなさなくなる。そもそも「原文に近い語順で訳し」た目的は漢詩の「平行性」を示すためであり、そのことについては、右の一文の直後にある語順比較を読めば十分に理解できる。そこで、漢詩の原文とその日本語訳を示すのみとし、チャン氏の英訳文を併記することは控え、かつ先の一文を割愛することとした。次に、先の杜甫の詩をはじめ、本書には様々な言語の文がチャン氏自身の英訳で引用されている部分が多々ある。とくに第八章「銭鍾書と世界文学」では多くの中国語の原典が英訳で引用されているのだが、なかには、中国語の慣用句が字義通りに英訳されているために、英文を素直に日本語に訳すと意味が不明になる部分がある。そのため、原文が中国語のものは、原典にあたって中国語の含意を確認して日本語に訳出していった。その際、日本語として支障がないと思われる範囲で中国語の表現を生かしたり残したりした部分もある。本書全体の引用部の訳出にあたって、邦訳のあるものは、すべてではないが、参考にさせていただいた。参考にさせていただいた邦訳書は、原注ならびに参考文献にその書誌情報を記載した。また、本書は、「序」で出典が示されているように、チャン氏の既出論文が基になっているが、そのなかで、チャン氏の先行邦訳研究書である『アレゴレシス』が基になっている部分については、いちいち訳注をつけなかったが、同邦訳書の訳文を随時加筆・修正して用いた。なお、『アレゴレシス』のみならず、いずれの邦訳書の訳文も、文脈に合わせるために、またその他の理由のために、随時訳文を変えさせていただいたことをお断りする。最後に数点。まず、中国語書籍の邦訳書の中には訳文（章や段落）の一部が抜けていたり刊行が途中で止まっていたりして訳文を参照できないものがあり、その場合は原書の英文と書物に関する関連事項の調査によって訳者が訳文を作った。加えて、非常に短い引用部は訳者が訳出した。こうした事情から、同一書でも、原注において邦訳書の書誌情報を記載していないものがある。二点目として、訳文内における中国語の書名表記は、読みやすさを重視し、基本的に日本の新漢字に改めた。三点目として、本書の原文にある書誌情報等の明らかな間違いについては訳者の判断で訂正をした。なお、本書には様々な言語の原文引用があるが、フランス語で不明な点につき、尚絅学院大学名誉教授の松田憲次郎先生にお世話になった。ここに感謝申し上げる。

最後に、本書を翻訳する機会を与えてくださった株式会社水声社社長鈴木宏氏、ならびに最後まで鼓舞激励してくださった編集者の後藤亨真氏に心より御礼申し上げたい。

二〇一八年八月　　　　訳者

著者／訳者について——

張隆溪（チャン・ロンシー）　一九四七年、中国四川省成都市に生まれる。北京大学、ハーヴァード大学で学び、ハーヴァード大学で博士号（比較文学）取得。北京大学、ハーヴァード大学、カリフォルニア大学リヴァーサイド校を経て、現在、香港城市大学比較文学・翻訳論主任教授。スウェーデン王立アカデミー外国人会員、欧州アカデミー（Academia Europaea）会員、国際比較文学会会長（二〇一六〜二〇一九）。比較文学、世界文学、East-West Studies の世界的研究者。著書に *Mighty Opposites: From Dichotomies to Differences in the Comparative Study of China* (Stanford: Stanford University Press, 1998), *Allegoresis: Reading Canonical Literature East and West* (Ithaca: Cornell University Press, 2005)〔邦訳、『アレゴレシス——東洋と西洋の文学理論の翻訳可能性』鈴木章能・鳥飼真人訳、水声社、二〇一六年〕などがある。

*

鈴木章能（すずきあきよし）　一九六七年、愛知県豊橋市に生まれる。明治学院大学大学院文学研究科博士後期課程修了。博士（英文学）。甲南女子大学教授等を経て、現在、長崎大学教授。専攻はアメリカ文学、比較文学、East-West Studies。主な共著に、*The Future of English in Asia: Perspectives on Language and Literature* (Routledge Studies in World Englishes, New York: Routledge, 2015)、主な訳書に、張隆溪『アレゴレシス』（水声社、二〇一六年）などがある。

比較から世界文学へ

二〇一八年八月二〇日第一版第一刷印刷　二〇一八年九月五日第一版第一刷発行

著者――張隆溪

訳者――鈴木章能

装幀者――西山孝司

発行者――鈴木宏

発行所――株式会社水声社

東京都文京区小石川二―七―五　郵便番号一一二―〇〇〇二

電話〇三―三八一八―六〇四〇　ＦＡＸ〇三―三八一八―二四三七

［**編集部**］横浜市港北区新吉田東一―七七―一七　郵便番号二二三―〇〇五八

電話〇四五―七一七―五三五六　ＦＡＸ〇四五―七一七―五三五七

郵便振替〇〇一八〇―四―六五四一〇〇

URL : http://www.suiseisha.net

印刷・製本――ディグ

ISBN978-4-8010-0360-6

乱丁・落丁本はお取り替えいたします。